PICKWICK

ALESSANDRO PERISSINOTTO

SEMINA IL VENTO

PIEMME

www.pickwicklibri.it
www.edizpiemme.it

Semina il vento
di Alessandro Perissinotto
Pubblicato in accordo con Grandi & Associati, Milano

ISBN 978-88-6836-626-1

I edizione Pickwick luglio 2013

Anno 2013-2014-2015 - Edizione 3 4 5 6 7 8 9 10 11 12

A Niccolò e Gabriele,
sperando che crescano
in un mondo senza tempeste

Gli uomini, non potendo più ignorarsi
su questo pianeta diventato troppo stretto,
non hanno altra scelta tra il dialogo e la violenza.
Il dilemma è netto: o parlarsi o combattersi.

NORBERTO BOBBIO

Mio padre mi dice che, prima o poi, ci si abitua, dice che un giorno entri, fai quello che devi fare, poi esci e, nello spazio di un gesto qualsiasi, mentre metti in moto la macchina o mentre ti soffi il naso, ti accorgi che non hai provato nulla. E allora sai che, da quel giorno, entrando in carcere, tu non proverai più nulla, mai più.

Per me, quel giorno non è ancora arrivato e anche oggi lo stomaco mi si è chiuso, proprio come il cancello alle mie spalle.

Braccio 6, massima sicurezza, guardo fisso il punto dove il corridoio piega a sinistra: un angolo retto. Non so quanti minuti trascorrano: superato il muro, si entra in una bolla nella quale il tempo si dilata. Alla fine, da quell'angolo del corridoio, il mio cliente spunta all'improvviso, accompagnato da due guardie che lo serrano ai fianchi. A vederlo così, non pare pericoloso. Ha l'aria della brava persona, ma i secondini sembrano avere molta paura di lui. Aprono la stanza dei colloqui e fanno entrare il detenuto, poi mi invitano ad accomodarmi. Chiedo loro di togliere le manette al mio cliente; mi guardano perplessi, poi acconsentono, controvoglia, con uno sguardo di rimprovero che sembra dire: io ti avevo avvisato, se succede qualcosa non prendertela con me.

Finalmente le guardie escono, la porta si chiude. Siamo soli.

Gli porgo la mano: «Buon giorno signor Musso, sono l'avvocato Di Stefano, il suo difensore d'ufficio».

La sua stretta è debole; non molle e viscida come quella di certi prelati, direi piuttosto affaticata.

«Buon giorno avvocato.»

Giacomo Musso ha la mia stessa età, trentacinque anni. Mi verrebbe voglia di dargli del tu, ma non sarebbe professionale.

«Per quanto tempo possono trattenermi?» mi chiede come prima cosa.

Non sembra rendersi conto della situazione, o forse finge, ma con maestria.

«L'interrogatorio di garanzia è previsto per domani, ma le possibilità che lei venga scarcerato mi sembrano minime.»

Musso mi guarda con occhi inespressivi, poi mi chiede: «Qualcuno si è occupato di Laika?».

«Chi è Laika?»

«La mia cagnetta. La tengo in giardino. Bisogna portarle da mangiare. E farle un po' di compagnia: non è abituata a stare sola.»

«Mi informerò.»

«Grazie.»

Rimane in silenzio e dopo un po' sono io che riprendo la conversazione.

«Lei sa perché si trova in carcere vero?»

«Credo c'entri Shirin.»

Prendo dalla mia borsa una copia del «Corriere della Sera» vecchia di tre giorni, la distendo sul tavolo e gliela faccio vedere.

Un blocnotes e una biro: è tutto ciò che mi hanno dato. E della carta carbone (quasi mi ero dimenticato che esisteva), per fare tutto in duplice copia. È stato il mio avvocato a chiederli: devo scrivere un memoriale e a ogni incontro devo consegnargli le pagine che ho scritto, dice che gli serve per organizzare la mia difesa, perché non so spiegarmi quello che è successo. Forse avrei dovuto attendermelo, invece ero del tutto impreparato.

A dire il vero, per essere uno impreparato ho reagito piuttosto bene: quando il maresciallo e l'appuntato sono entrati in classe ho avuto come una specie di premonizione, ho capito che erano lì per me, per portarmi via. Per un istante ho pensato che venissero a darmi una brutta notizia, un incidente, qualcosa che riguardava Shirin. Ho rivisto la scena di qualche anno fa. I carabinieri avevano bussato alla porta di casa e mi avevano annunciato la morte dei miei genitori: Carlo il gobbo, il cantoniere, ubriaco come al solito, li aveva investiti sulla strada di San Chiaffredo. Loro erano sulla Lambretta di mio padre, tornavano dalla festa del paese; sono finiti nella scarpata, morti sul colpo. Dieci metri più in là e sarebbero stati sbalzati nel prato, se la sarebbero cavata con qualche osso rotto.

La conosco la faccia dei carabinieri che portano brutte notizie; è una faccia rassegnata, addolorata, e non sai se soffrono per te o per loro, per la pena di fare quello che fanno. Questa mattina invece, il maresciallo e il brigadiere avevano un'espressione diversa, avevano l'aria tesa e appagata di chi sta per compiere un atto di giustizia. Ma forse erano più tesi che appagati, perché il giovane, incrociando il mio sguardo, ha portato la mano alla fondina. È stato in quel momento che mi sono sorpreso della mia stessa prontezza.

«Bambini,» ho detto rivolgendomi alla classe «adesso il maestro Giacomo si allontana un attimo con questi signori, voi state bravi e finite quello che stavate facendo.»

I miei dodici allievi mi hanno guardato un po' stupiti, poi i due di quinta si sono concentrati di nuovo sul loro tema e quelli più piccoli li hanno imitati, sprofondando ognuno nel proprio compito: disegnare lo schema del ciclo dell'acqua, fare le addizioni in colonna, tracciare delle "o" approssimative e incerte sul foglio a righe di prima.

Una volta in corridoio, ho preso subito l'iniziativa: «Mi metto il giaccone e vengo. Chiamate voi qualcuno che si occupi di loro?».

I due uomini in divisa hanno annuito. Sembravano soddisfatti della mia completa disponibilità. La preoccupazione di dover effettuare un arresto sotto gli occhi sbigottiti dei bambini si è dissolta; si sono rilassati. Troppo. Così, quando sono scivolato dietro la porta con la scritta SALA INSEGNANTI, non mi hanno seguito, hanno aspettato fiduciosi che io ricomparissi. Credo che ci abbiano impiegato un minuto a realizzare cosa poteva succedere. Qualche anno fa, nello spazio ragazzi della Cité des Sciences, a Parigi, avevo organizzato una mostra sul concetto di tempo: c'erano tabelloni che spiegavano che in un secondo un colibrì batte venticinque volte le ali, altri che parlavano del viaggio della luce in un anno e, naturalmente, ce n'era uno che elencava tutte le cose che si possono realizzare in un minuto esatto. Ora potrei aggiungere che in un minuto si può aprire silenziosamente una finestra, scavalcare il davanzale e sparire nel fitto del bosco. Certo, quel bosco bisogna conoscerlo bene, bisogna esserci nati in frazione Molini, dove le case sembrano assediate dai castagni: io ci sono nato, il brigadiere e il maresciallo no.

Avrei potuto prendere il largo e, pensando a come avevo visto Shirin l'ultima volta, avrei avuto delle buone ragioni per fuggire. Invece li ho seguiti davvero.

Cinque ore di interrogatorio: non credevo che si potessero ripetere così a lungo le stesse domande. E le stesse risposte. E domani si ricomincia.

L'interrogatorio di garanzia è andato come previsto. Il mio cliente non è riuscito a convincere il giudice. Rimarrà in carcere. Per certi reati, la garanzia è una pura formalità.

Io stesso non so se credere o meno alla sua innocenza: la sua estraneità ai fatti è possibile, ma a molti pare poco plausibile, dicono che c'è dentro fino al collo.

Nei suoi occhi leggo la rassegnazione, ma la rassegnazione non è indizio di innocenza, né, per converso, di colpevolezza. Si rassegna chi comincia a fare i conti con la propria colpa e si rassegna chi, innocente, è annientato dal carcere.

Sicuramente Giacomo Musso è un uomo smarrito. Oggi, al termine dell'interrogatorio, mi ha consegnato due paginette, in bella calligrafia, proprio da maestro elementare: lettere di altezza regolare, leggermente inclinate a destra, come se avesse passato la vita a disegnare cerchi e aste. Poi mi ha chiesto ancora della sua cagnetta.

L'ho rassicurato: «Sta bene. Laika adesso è a casa del suo amico Antonio».

Mi è parso rasserenarsi un attimo, ma poi mi è sembrato ancora più confuso. Mi ha confidato di non riuscire a mettere insieme i ricordi.

«Le parrà strano» ha detto «ma ogni volta che comincio a scrivere, mi sembra che il mio cervello si riempia di farfalle, o di formiche, o di polvere. Ha presente com'è lo schermo del televisore quando è sintonizzato su un canale morto? La mia testa è così, piena di puntini bianchi e neri.»

Allora mi ha chiesto se potevo fargli avere la scatola delle fotografie e dei ricordi che aveva in casa, sul fondo dell'armadio della camera da letto.

«Sono convinto che davanti alle foto e ai ritagli di giornale riuscirei a concentrarmi e a raccontare la mia storia.»

Ho domandato l'autorizzazione al giudice.

È rimasto sorpreso: «Le fotografie sono state sequestrate durante la perquisizione a casa del Musso».

Poi ha avuto una specie di illuminazione, si è grattato la barba e mi ha chiesto di attendere fuori per qualche istante.

Credo che abbia telefonato al funzionario che conduce le indagini: «Passate allo scanner tutte le foto che avete trovato» deve avergli detto «il suo avvocato chiede che gli vengano consegnate in cella e noi lo accontentiamo».

Sicuramente spera che il mio cliente si tradisca, che faccia una di quelle cose stupide come distruggere le immagini compromettenti; così, tra qualche settimana, loro tornano a requisirgli la scatola e, confrontando le fotografie rimaste con quelle che hanno memorizzato sul computer, individuano quelle incriminate.

Non mi aspettavo che la scatola arrivasse così in fretta: non erano trascorse neanche tre ore da quando l'avevo chiesta all'avvocato Di Stefano che già le guardie me la recapitavano.

Fotografia numero 1. Shirin. È stata scattata quando ancora non la conoscevo. Shirin è appoggiata alla balaustra di un battello, sullo sfondo si vede una città sulla sponda di un lago: Ginevra, probabilmente. È estate, Shirin indossa una gonna corta e un top, annodato dietro al collo: la schiena, lo si intuisce, è quasi completamente nuda. I capelli hanno la lunghezza di sempre, fino alle spalle, però sul nero spiccano due ciocche più chiare, quasi bionde. Sorride, come faceva spesso un tempo.

Penso alla prima volta che ho incontrato Shirin, a Parigi. Non è un ricordo mio, me lo ha imprestato lei; si vede che quella sera io ero troppo impegnato a non rompere i bicchieri e a fare bella figura di fronte al mio nuovo datore di lavoro. Che beffa! Anni di università per poi andare a fare il cameriere in un bar: se i miei fossero stati ancora vivi avrebbero rimpianto tutti gli sforzi compiuti per farmi studiare, per prepararmi un futuro lontano dalla frazione Molini, lontano dalle montagne. Ma i miei erano morti e il mio stipendio da collaboratore a contratto presso la Cité des Sciences era troppo basso per sopravvivere in una città come Parigi. Così avevo risposto a un annuncio: «Cercasi barista fantasioso. Orario serale. Rivolgersi tutti i giorni dalle 19 alle 21 al Café-Théâtre Le Popul'air, 36, rue Henri Chevreau, Paris 20me arr., métro: Couronnes».

L'orario serale e la collocazione, non troppo lontana dalla Villette, mi permettevano, in teoria, di conciliare i due lavori, ma quell'aggettivo, "fantasioso", mi lasciava perplesso. Cos'era un barista fantasioso? Un giocoliere che faceva volteggiare le bottiglie di cognac? Un barzellettiere che intratteneva i clienti tra una consumazione e l'altra? Un simpatico ossimoro?

Ci pensai un paio di giorni, poi, un martedì, mi presentai. Il locale era ancora vuoto; Laurent, il proprietario, mi guardò sconcertato: se a chiedere quel posto fosse stato un cavallo parlante, nel suo sguardo ci sarebbe stato meno stupore; più tardi mi avrebbe confidato di aver visto in me uno strano miscuglio tra un boscaiolo e un ingegnere svaporato.

«Sai preparare i cocktail?» mi chiese.

Confessai che le mie conoscenze in materia erano piuttosto scarse.

«Tanto meglio, qui non ne serviamo. Vino bianco, vino rosso, pastis e, per gli astemi, sciroppi e bibite. Chi vuole bere alla moda non viene qui a Belleville. E poi, questo è un caffè teatro, la gente consuma più che altro per assistere allo spettacolo. A me basta qualcuno che raccolga le ordinazioni, che serva ai tavoli e che lavi i bicchieri.»

«E deve essere anche fantasioso?»

«Certo. Fammi vedere cosa sai fare.»

Rimasi qualche secondo interdetto e lo mandai mentalmente a quel paese, poi, quasi per sfida, decisi di adattare alle circostanze un esperimento che si usa di solito per esporre ai ragazzi il concetto di "densità".

«Permetti?» gli chiesi infilandomi dietro al bancone.

Lui acconsentì col capo.

Presi un grande bicchiere e ci versai dentro tre sciroppi diversi: menta, amarena e castagna. Agitai con il cucchiaino e il composto si mescolò, assumendo un colore indefinibile. Poi presi un altro bicchiere, uguale al precedente, e ci versai gli stessi sciroppi dopo averli diluiti leggermente e in misura diversa: si formarono tre fasce di colore che, anche agitando, non si confondevano tra loro. Quanto a fantasia era il massimo che potevo fare.

Laurent sorrise: «Sei dei nostri, se vuoi puoi incominciare domani sera».

Avevo superato il test, ma quella specie di esame mi aveva un po' irritato.

«Ho dato prova di fantasia?»

«No, di intelligenza. Solo che in un annuncio non posso scrivere CERCO BARISTA INTELLIGENTE: nessuno si crede stupido e a nessuno posso dire "non sei abbastanza intelligente"; è un insulto. Con la fantasia in apparenza è diverso, ma, per quel che mi riguarda, fantasia e intelligenza sono la stessa cosa. Solo che se dici a uno che non è abbastanza fantasioso, quello non si offende.»

La spiegazione non mi convinse del tutto, ma non importava: avevo trovato il modo di arrotondare, di non arrivare con il fiato corto a pagare l'affitto del mio monolocale in rue du Nord.

Fu probabilmente durante la mia prima serata da barista che Shirin mi vide. Io non la notai, ma lei ricorda di aver chiesto a Laurent dove mi avesse trovato e di aver convenuto con lui circa il mio aspetto da taglialegna dei Pirenei.

Fu solo nelle settimane successive che cominciai a far caso a Shirin e al suo gruppo di amici. A lei e a tutti gli altri affibbiai subito l'etichetta di "BoBos", di "Bourgeois Bohèmes". Li ho sempre detestati i "BoBos", conservano il peggio dei due "Bo": dall'alta borghesia hanno ereditato il senso dell'apparenza, del mostrarsi; dalla bohème hanno preso il gusto per una sregolatezza senza genio, per una sciatteria ricercata, per l'esibizione di una finta povertà, per il ruolo di artisti incompresi.

E a giocare all'artista, in quel gruppo, erano diversi. Il fatto che frequentassero il caffè teatro non era certo casuale: a parte un paio di imbrattatele, gli altri erano aspiranti attori, aspiranti cabarettisti, aspiranti chansonnier, aspiranti poeti; anche se, naturalmente, nessuno di loro si riteneva un "aspirante", quanto piuttosto un "talento in attesa di rivelazione". Laurent premiava la loro fedeltà di clienti lasciandoli esibire il terzo giovedì di ogni mese in una serata che gli altri frequentatori fissi avevano imparato a disertare: *La soirée des moutons noirs*. Il sentirsi "pecore nere" faceva più che mai parte dell'orgoglio "BoBo" e le loro canzoni, le loro poesie, le loro improvvisazioni surrealiste inneggiavano, senza il minimo senso del ridicolo, a un ribellismo così consunto che ogni volta, uscendo da lì, mi aspettavo di vedere i sessantottini invadere boulevard Saint-Michel e sfilare davanti alla Sorbona.

Ci impiegai un po' di tempo a cogliere le differenze tra Shirin e gli altri. Nella mia inedita veste di barista, avevo cominciato per gioco ad applicare le tecniche di osservazione che avevo appreso nei corsi di psicologia all'università. Quello che a prima vista mi era parso un gruppo omogeneo di amici, a uno studio più attento si rivelava costituito da un nucleo e da alcuni satelliti. Il nucleo era rappresentato dal circolo degli "aspiranti", dai *moutons noirs*; intorno a loro ruotavano alcune persone che sembravano avere un accesso limitato ai discorsi e alle discussioni. Una di queste persone era Shirin. Sul piccolo palco in mezzo ai tavolini, Shirin non saliva mai: non aveva canzoni da cantare, poesie da declamare, non aveva appelli o proclami, e neppure cercava di far ridere. Quello che tentava di strappare le risate del pubblico era Sébastien, il suo ragazzo. Prima di ogni sua esibizione, lei, come rito propiziatorio, lo baciava a lungo, intensamente, tanto che, a volte, quando le loro labbra si allontanavano, si vedevano ancora le lingue intrecciate.

A seconda delle serate, Sébastien portava in scena due diversi personaggi. Il primo era Dick Zobi, un uomo che a partire dal nome, che in italiano sarebbe suonato come "Uccello Cazzo", millantava generose prestazioni sessuali e che ringraziava la natura per averlo «viziato genitalmente». Alle sue spiritosaggini grevi, le altre pecore nere si piegavano dalle risate, ma a nessuno sfuggiva la freddezza con cui i rari clienti occasionali accoglievano quelle facezie da adolescente. Il secondo personaggio era più delicato e anche più divertente: un clown stralunato che mescolava ingenuità e battute folgoranti sul malcostume e la politica. Peccato che le sue uscite migliori fossero copiate di sana pianta dal repertorio di Coluche.

Alla fine del suo numero, Sébastien tornava al tavolo, il volto scuro, il fare scontroso di chi sa di aver mancato ancora una volta l'appuntamento con il successo. Ecco, la mia mente ha conservato intatta l'immagine di Shirin che accarezza i capelli del fidanzato in un gesto di consolazione e, insieme, di infinita tenerezza. Fu quell'atteggiamento a rivelare ai miei occhi la sua estraneità al gruppo: appariva decisamente al di sopra della bagarre, al di sopra delle illusioni, delle infatuazioni che animavano gli altri, al di sopra del vuoto che gli "aspiranti" speravano di ricoprire con "l'arte". Nel consolare Sébastien, nel temperare i suoi scatti di nervi e le sue bizze, sembrava voler dire: "Ti amo, anche se qui sei un perdente, ti amo perché la vita è altrove".

Shirin cominciò a essere il principale motivo d'interesse durante il mio secondo lavoro. Non veniva in giorni fissi, ma, abitando nella zona, si faceva vedere spesso, a volte per un semplice bicchiere al banco, sempre con Sébastien. Mi sono chiesto sovente se già allora io fossi attratto da lei, ma credo che, all'epoca, la mia fosse soprattutto curiosità. Assolutamente parigina nei modi, orientale nel nome e nell'incarnato, mediterranea nei capelli corvini, Shirin rappresentava per me, se non un mistero da risolvere, diciamo una piccola distrazione nella routine delle comande e dei bicchieri. Certo, mi ero accorto dei suoi occhi, del disegno delle sue labbra, di quella bellezza appena incrinata dal naso troppo pronunciato, ma ero sicuro che fosse la sua storia ad affascinarmi.

E poi, come pare che sempre accada, giunse l'episodio rivelatore. Un giovedì il gruppo si presentò al completo per la solita *soirée des moutons noirs*, mancava solo Shirin. Pensai che sarebbe arrivata di lì a poco, ma lei non arrivò e non arrivò neppure la sera successiva o quella ancora dopo. Naturalmente, nella sua assenza non c'era nulla di così inquietante: un raffreddore, un viaggio all'estero, una zia in ospedale... Quello che davvero mi sorprese non fu la sua momentanea sparizione, ma la mia ansia, il mio strano attaccamento a una presenza tanto estranea.

In sei mesi di vita a Parigi avevo accantonato l'amore come si fa con una questione non pertinente: tutto ciò che mi interessava era dare solide basi alla mia carriera di curatore di esposizioni scientifiche per ragazzi. Il mio mondo era fatto di tre isole, collegate tra loro da altrettante linee di métro. L'isola del giorno, dalle nove alle diciotto, la Cité des Sciences. L'isola della sera dalle diciannove a mezzanotte, il café théâtre. L'isola della notte, dall'una alle otto, il mio appartamento. Per il resto non c'era spazio, o almeno così credevo. Alla Cité, gran parte dei colleghi giovani erano nelle mie stesse condizioni: una casa troppo piccola per ipotizzare qualsiasi invito, un portafogli troppo magro per una cena al ristorante e, nel weekend, chi poteva tornava in famiglia. In testa avevamo solo una cosa, il futuro; difficile dire se fossimo giudiziosi o imbecilli, ma la realtà era quella. Tra noi "socializzavamo", come si dice, solo nella pausa pranzo; poche parole, spesso brevi corsi di geografia per capire da dove venivamo: Italia, Camerun, Antille, Marocco, Norvegia, un frammento di ONU trapiantato alla Villette.

Per questo, dopo mesi di completa indipendenza da qualsiasi relazione umana, la smania di rivedere Shirin mi colse di sorpresa. Ricordo che la domenica successiva a quella *soirée des moutons noirs* in cui non la vidi, ascoltai per quattro volte consecutive *Ho capito che ti amo* di Tenco e, sul calendario appeso al muro, annotai un verso: «Ho capito che ti amo, quando ho visto che bastava un tuo ritardo, per sentir svanire in me l'indifferenza, per temere che tu non venissi più».

A dire il vero, non so se avevo capito di amarla, non so neppure se io l'abbia capito in seguito, ma quel giorno, quella domenica, era davvero troppo presto per dire che mi ero innamorato. Però l'indifferenza, persino il fastidio che avevo provato per lei nei primi tempi erano completamente svaniti: avevo bisogno di conoscerla.

Il cielo adesso è color del freddo. Il cielo è tutto ciò che si vede dalla finestra della mia cella. Fino a qualche minuto fa c'erano due nuvole rosa; ora si sono spente e si è accesa la luce. Non mi sono ancora abituato all'assenza dell'interruttore, al fatto di non essere io a decidere. Non so se in tutte le celle sia così, ma qui, in isolamento, la tua volontà è irrilevante, non puoi scegliere nulla. Puoi cercare di tenerti lontano dal carcere: io credevo che sarebbe stato facile, che sarebbe bastato il rigore morale che i miei genitori mi avevano insegnato. Mi sbagliavo.

Mi hanno portato la cena. Ho mangiato senza appetito, avanzando quasi tutto. Quando il secondino ha visto i piatti pieni mi ha schernito: «Non ti piace più la pastasciutta?

Preferisci il cous-cous? Oppure, se vuoi, domani venendo al lavoro vado a prenderti un kebab».

Poi ha richiuso tutto e io mi sono sdraiato sulla branda. Sono in isolamento: niente televisione, né radio, né giornali, né libri. Tutto ciò che posso leggere sono le macchie di umidità sul soffitto. Mi paiono carte geografiche, planisferi di mondi sconosciuti. I continenti hanno forme insolite e io navigo alla loro scoperta: è il primo stadio della follia.

Poi le luci si sono spente.

Ho aspettato l'alba come, in ospedale, si aspetta che accendano le luci e che gli infermieri passino per il primo giro. Sai che il dolore che ti tiene sveglio non sparirà col chiarore dei neon, ma hai l'impressione che, col riprendere della vita intorno a te, tutto andrà meglio.

Non ho dormito e non c'era alcuna ragione per cui dovessi dormire; sono mesi che non dormo, da quando Shirin se n'è andata. Mi assopisco, dopo aver letto un po', poi, dopo un'ora, mi sveglio, spalanco gli occhi e fisso il soffitto, che c'è anche se non lo vedo. Non lo vedo perché è buio e perché la testa mi si riempie di immagini di Shirin, della nostra vita insieme e soprattutto della sua nuova vita, di cui io non so quasi nulla. E allora mi prende l'angoscia: mi sembra di sentirla parlare, di sentirla chiedere aiuto. So che le stanno facendo del male, e che si sta facendo del male da sola, ma io non posso intervenire, perché lei non vuole. Di tanto in tanto torno ad assopirmi, talvolta per un quarto d'ora, talvolta per cinque minuti appena. Ma non è vero sonno, è uno spazio incerto dove i pensieri perdono i contorni netti, e allora mi sembrano sogni e per un attimo, quando con un soprassalto apro gli occhi di nuovo, mi rassereno: le preoccupazioni sono scivolate in mezzo agli incubi da cattiva digestione. Poi mi sveglio del tutto; e rimpiango gli incubi.

Dopo la colazione ho fatto un po' di ginnastica: piegamenti, flessioni, i piccoli esercizi che insegnavo ai bambini della scuola. Non che ne avessi voglia, ma la guardia più anziana mi ha raccomandato di mantenere svegli i muscoli: «In principio ti sembra che stai bene, che tutto è come prima, ma dopo due mesi che stai in una cella di tre metri per uno e mezzo ti accorgi che il tuo corpo non funziona più, che non riesci più a comandare le braccia o le gambe. Ogni volta che ti muovi ti fanno male le giunture e alla fine non ti alzi più dal letto».

Si chiama Salvatore, è nelle guardie carcerarie dagli anni Settanta, si è fatto tutto il periodo del terrorismo e adesso prende in giro i colleghi: «Sono dei cacasotto,» dice «se stavano con me ai tempi delle Brigate Rosse, a quelli ci prendeva l'infarto».

Forse per questo parla più volentieri con i detenuti che con gli altri secondini.

«Scriva, signor Musso, scriva tutto quello che è successo, racconti la sua storia fin dall'inizio, mi servirà e servirà ai giudici, per capire meglio.»

Il mio avvocato ha insistito. È un avvocato d'ufficio, perché quando mi hanno chiesto chi volessi nominare come difensore, mi sono accorto che non conoscevo neppure un penalista. E tutto mi è sembrato così assurdo, così insensato, che ho preferito affidarmi al caso. L'avvocato Di Stefano però mi sembra molto scrupoloso (lo scrivo qui, così lui lo legge) e mi dico che il caso mi ha trattato bene.

E allora seguo il suo consiglio e continuo a raccontare.

L'assenza di Shirin dal caffè di rue Henri Chevreau durò dieci giorni. Avrei potuto chiedere notizie agli altri, ma ero certo che non fosse una buona idea. Senza la sua pacificatrice, la prima sera Sébastien aveva dato in escandescenze appena finito il numero: «Il cabaret è morto» gli avevo sentito dire. «L'ha ucciso la televisione. La gente ha il culo pesante, la sera se ne sta sprofondata nel suo divano Ikea e non si prende neppure la pena di venirsi a divertire. Guardano mille volte Gad Elmaleh o Anne Roumanoff, sempre gli stessi sketch, gli stessi personaggi, si accontentano. Noi fatichiamo per niente. Sono tutti dei coglioni.»

Poi, un martedì, il gruppo ricomparve al completo e io mi resi conto una volta di più di quale gabbia fosse la timidezza. I timidi si bloccano, si confondono, rinunciano a tutto pur di non esporsi, si dicono che non ne vale la pena. Io sono timido e, come tutti i timidi, quando mi butto do l'impressione di uno che si tuffa dal trampolino e finisce in acqua con una spanciata.

«Non ti ho visto per un po'. Cominciavo a essere preoccupato: va tutto bene?»

Parlai in una specie di apnea che mi rese ancora più goffo del solito.

E dopo il tuffo, i timidi si dicono che sarebbe stato meglio non saltare, che senz'altro si poteva trovare qualcosa di più originale, di più intelligente, di meno scontato. Ma ogni tanto, il mondo è benigno con loro, malgrado loro.

«Credo che tu sia stato il solo a notare la mia assenza. A parte Sébastien naturalmente. Ha dovuto cucinare e fare la lavatrice per dieci giorni: sicuramente si è accorto che non c'ero.»

Era una specie di segnale: lei si era aperta alla confidenza, potevo farlo anch'io. E gradualmente l'avrei fatto, ma con calma.

«Sei stata in viaggio?»

«Per lavoro. La mia azienda sta impiantando un ufficio marketing anche nella filiale italiana. Così sono stata a Milano per la formazione dei nuovi colleghi.»

«Io a Milano ho fatto l'università.»

Parve sorpresa che il boscaiolo dei Pirenei fosse in realtà un italiano laureato.

«Quale facoltà?»

«Ho studiato da maestro, ma, come vedi, mi guadagno da vivere diversamente.»

Feci una pausa, con le parole che già cominciavano a mancare, poi mi aggrappai al discorso che mi sembrava meno banale: «Come ti trovi a lavorare con gli italiani?».

«Abbastanza bene, ma è una fortuna che io abbia studiato l'italiano, perché nessuno dei miei colleghi di Milano parla francese.»

«Se vuoi fare conversazione in italiano, io ci sono.»

«Grazie.»

Ci sono storie d'amore che iniziano all'improvviso, con notti memorabili, la nostra cominciò lentamente, come tra compagni del liceo.

Senza avvisare, il dolore mi ha sopraffatto. Non che prima non lo avvertissi, ma mi pareva di poterlo tenere a bada, di poter fare quello che tutti ti consigliano: non pensarci. Poi, di colpo, non ci sono più riuscito. Mi ero ripromesso che sarei andato con ordine, che non avrei anticipato i fatti, ma non è possibile, devo scriverlo qui, ora.

Shirin è morta.

Shirin è morta, il giorno in cui sono stato arrestato.

Shirin è morta.

Ieri l'avvocato ha estratto dalla borsa una copia del «Corriere della Sera» e l'ha distesa sul tavolo. Non ce l'ha fatta a dirmelo, ha voluto che leggessi.

La notizia era in prima pagina. Non posso dire di averla letta, almeno non subito: l'ho guardata. Ho guardato la fotografia, inebetito, credo per cinque minuti almeno.

L'articolo proseguiva all'interno del giornale. Dopo un po' ho trovato la forza di voltare le pagine. Dentro c'erano altre foto, agghiaccianti come la prima. Mi sono obbligato a leggere ciò che era successo. A un certo punto ho trovato il mio nome: «Gli inquirenti hanno gravi sospetti su Giacomo Musso, marito di Shirin Tofigh, di fatto separato da qualche mese, ma spesso in contatto con la donna. L'uomo è stato arrestato ed è ora detenuto. Circa un anno fa, Giacomo Musso si era già reso responsabile di un grave episodio di violenza e ci si domanda come abbia potuto mantenere il suo incarico di maestro elementare nella piccola scuola di Molini».

Non sono riuscito ad andare avanti.

«Shirin è morta» mi sono ripetuto.

Allora ho cominciato a interpretare come presagio anche il luogo del nostro primo appuntamento: il cimitero del Père Lachaise.

Erano passate tre settimane da quando avevamo cominciato a parlarci. Mi viene in mente il significato che, dalle mie parti, assume il parlarsi: un uomo e una donna che "si parlano", sono due che fanno l'amore, che stanno insieme. Io e Shirin invece parlavamo davvero, alternando brevi conversazioni in italiano ad altre, più lunghe e frequenti, in francese. Aveva preso l'abitudine di installarsi al banco, abbandonando il gruppo quando questo cominciava a intavolare le discussioni sulla decadenza della cultura contemporanea. Lei si sedeva su uno sgabello e io desideravo che, d'incanto, i clienti smettessero di ordinare e di sporcare bicchieri. La mia impressione però era che, in quei momenti, gli avventori moltiplicassero le richieste, che consumassero il poco tempo che avevo per stare con lei. Le nostre conversazioni erano soffocate dal baccano e dalla congestione del bar, ma cominciavo a capire che l'importante per lei non era tanto parlare, quanto cancellare quella sensazione di trasparenza che la coglieva ogni volta che superava la soglia del Popul'air. Da qualche frase, avevo intuito che nel suo lavoro Shirin godeva di una certa reputazione, eppure, quando era con Sébastien e i suoi amici, all'improvviso diventava una semplice appendice del fidanzato artista, qualcosa che nessuno vedeva. Per me invece, e non c'era bisogno di dirglielo, lei era il centro: questo la faceva sentire bene.

Finalmente, una sera in cui per capirsi bisognava urlare al di sopra del vocio convulso della sala, concordammo che sarebbe stato bello vederci in un luogo più silenzioso e fu lì che lei, forse per contrasto, scelse il cimitero.

«Sabato mattina lavori alla Villette?» mi chiese.

«No, sabato e domenica sono libero.»

«Allora ci vediamo sabato mattina al Père Lachaise, alle undici, ingresso principale.»

Fotografia numero 2. Una rotonda, al centro, un'aiuola d'erba verdissima. Intorno, come una spessa circonferenza, il viale, lastricato con cubetti di porfido. E ancora intorno, oltre il viale, le panchine. Poi, dietro, altri allineamenti curvi, come cerchi concentrici che si allargano nell'acqua, cerchi di tombe e di cappelle funerarie. Su una di quelle, che svetta sopra le altre e che si impone per la forma e la mole da tempio greco, è incisa un'iscrizione: LA MORT MÊME NE LES SEPARERA PAS.

A Molini, il camposanto è un fazzoletto di terra circondato da un muro di pietra. Le tombe sono basse, con croci di legno o di ferro sormontate da una specie di tetto a due spioventi, quasi a volerle riparare dalla neve. I miei genitori riposano in un'unica sepoltura, con una sola lapide e una sola fotografia, quella di loro due abbracciati. Una volta all'anno, su quella lapide appoggio un mazzo di rose; è tutto, non mi piacciono i cimiteri e l'abitudine dei parigini di passeggiare per il Père Lachaise mi è sempre sembrata un po' sacrilega. Però, quel giorno di novembre ci stupì con una tiepida estate di San Martino e mi parve stranamente naturale trovarmi lì, con lei, su una panchina in mezzo alle cappelle funerarie. Shirin, lo ricordo ancora, indossava un paio di jeans molto stretti, infilati al fondo in un paio di stivali di pelle nera. Anche il giubbino era di pelle: rosso, attillato. Mi sorpresi di vederla così, e mi sorpresi di quanto, fasciato in quegli abiti così diversi da quelli che portava quando veniva al bar, il suo corpo fosse minuto. Mi resi conto che non l'avevo mai vista alla luce del giorno e che, fuori dal café-théâtre, eravamo due persone diverse, due sconosciuti. Dunque, senza curarci troppo dei frammenti di discorso che nelle settimane precedenti si erano mescolati al caos del Popul'air, tornammo a raccontarci.

«Da quanto tempo lavori alla Cité des Sciences?»

«Da maggio di quest'anno.»

«Cosa fai esattamente?»

«Mi occupo delle esposizioni temporanee per ragazzi tra gli otto e i dodici anni: a partire dai temi che mi danno, io progetto i materiali didattici, preparo i pannelli esplicativi e, se ce ne sono, scelgo i supporti filmati e il software.»

Mi accorgevo che il mio lavoro la affascinava, come affascinava me, del resto.

«E che studi hai fatto per arrivare alla Cité?»

«Dopo l'università ho fatto un master biennale in didattica della scienza. E dopo ho inondato con il mio curriculum tutti i musei tecnico-scientifici d'Europa: quello di Parigi è l'unico che mi ha risposto, e così eccomi qua.»

«Prima dove vivevi?»

«Ho studiato a Milano e a Firenze, ma ho sempre vissuto in un paese che si chiama Molini. Più che un paese è una frazione, ma è così lontana dal capoluogo comunale che sembra di essere in un mondo a parte. È in montagna, in provincia di Vercelli, i miei erano agricoltori, avevano qualche campo, due prati belli grossi e una ventina di mucche.»

L'uso del passato non le sfuggì ed evitò le domande sulla mia famiglia.

«E non ti manca il tuo paese?»

«Intendi l'Italia o Molini?»

«Tutti e due.»

Ci pensai sopra un po' e poi confessai: «Questi mesi sono stati così convulsi che non ho avuto il tempo di rifletterci. Però devo dire che qui sto bene. Parigi è...».

Cercai un'espressione che non fosse troppo banale, ma non la trovai: «...è accogliente».

«È la stessa parola che utilizza mio padre quando parla della Francia in generale: accogliente.»

Notai una specie di ironia nella sua voce.

«Non sei d'accordo con lui?» le chiesi.

«I miei hanno lasciato l'Iran nel '79, quando lo scià è stato cacciato. Tutti e due erano colti, ricchi, avevano un mestiere e lo avevano imparato in Francia, all'università. Capisci che a queste condizioni è facile farsi accogliere. Prova a essere oggi un afgano senza fissa dimora e poi parlami di accoglienza.»

«Cosa fanno i tuoi?»

«Mio padre era uno dei medici di corte a Teheran, ha continuato a fare il medico anche qui, il gastroenterologo. Mia madre è dentista.»

«E tu sei nata in Francia?»

«Sì, nell'81. A parte il nome, in me non c'è niente di iraniano.»

«La bellezza.»

«Come dici?»

«Hai una bellezza che da queste parti è sconosciuta, una bellezza che non ha niente di convenzionale, niente di artificioso, niente che ti faccia assomigliare alle bambole della pubblicità.»

Il timido aveva di nuovo fatto il tuffo e, prima che potesse accorgersi se aveva spanciato o meno, un intruso venne a salvarlo.

«Scusate...»

Era un uomo sui cinquant'anni, pesante di corporatura, l'accento inglese, o americano. Al collo teneva appesa una grossa reflex e in mano aveva una cartina spiegazzata: «Scusate, sapete dov'è la tomba di Jim Morrison?».

Shirin si alzò dalla panchina e gli indicò sulla mappa il percorso da seguire. Lui ringraziò e imboccò immediatamente la direzione sbagliata.

«Vieni,» mi disse lei ridendo «meglio accompagnarlo, altrimenti vaga fino all'ora di chiusura.»

Raggiungemmo di corsa l'uomo e lo guidammo verso il viale che attraversava il cimitero da nord a sud, poi riprendemmo a passeggiare.

Ignoravo, e tuttora ignoro, quali siano le condizioni per essere inumati al Père Lachaise; non so se, per riposare nel più noto cimitero parigino, si debba risiedere nel quartiere al momento del decesso, o se si debbano pagare cifre esorbitanti o ancora se si debba godere di un particolare prestigio. Camminando tra le tombe si aveva però la strana e, tutto sommato, piacevole impressione che lì ci fosse posto per tutti. Non che la morte avesse cancellato le differenze di casta, non che le tombe degli insigni avvocati assomigliassero davvero a quelle dei bottegai di avenue Gambetta, ma semplicemente le une, con i loro marmi e le loro statue, potevano stare accanto alle altre, con il loro aspetto di chiusini in cemento. Lì riposavano Colette, Édith Piaf, Marcel Proust, le glorie di Francia, e vicino alle loro tombe c'erano quelle con le iscrizioni in arabo, in ebraico, in turco, in armeno, in cirillico.

Dalla finestra, il sole è finalmente penetrato dentro la cella e la grata in ferro ha disegnato dei riquadri sul tavolo: in uno di quei riquadri c'era la foto di prima pagina del «Corriere» (mi hanno concesso di ritagliarla e tenerla con me). Ho ancora pensato al sentimento di equità, di giustizia che avevo provato al Père Lachaise e allora mi sono detto che anche quello era presagio. Mi sono detto che la morte rappresentava il lato gentile della vita. E mi sono chiesto se i signori Tofigh sarebbero venuti a riprendersi il cadavere della figlia per seppellirlo al Père Lachaise. Toccherebbe a me decidere: per la legge sono ancora suo marito. Ma per la legge sono anche un pericoloso criminale. Così, mentre il corpo di Shirin giace sul tavolo di qualche obitorio, io sono qui, a scrivere.

Ieri, credevo che questo memoriale sarebbe stato utile solo al mio avvocato, oggi ho capito che mi serve anche per non lasciarmi sopraffare dalla disperazione. Ancora ieri, ripetendomi i versi di Tenco, mi chiedevo se davvero avevo capito di amare Shirin; oggi che lei è morta so che la amo, con l'intensità con cui si ama solo chi non ti potrà mai deludere, chi non potrà cambiare, o invecchiare, o tradirti. La amo di un amore perfetto: è questa la disperazione. La disperazione è pensare che la morte non è il lato gentile della vita, non è la coesistenza ormai pacificata delle sepolture, ma è la ruggine, è tutta la ruggine del Père Lachaise. Quel giorno, durante la nostra passeggiata, un'altra cosa mi colpì: l'abbandono. Decine e decine di tombe di famiglia, di cappelle, dimenticate da tutti, con le porte in ferro divorate dalla ruggine. C'è ruggine ovunque al Père Lachaise, c'è il muschio che ricopre le lapidi dimenticate, ci sono statue decapitate, obelischi frantumati. Su quegli inutili templi, qualche targa superstite recita CONCESSION À PERPÉTUITÉ; ma la ruggine se ne frega della perpetuità. La ruggine della morte sta già divorando Shirin e ride della perpetuità del mio amore, e della mia disperazione.

Eppure, proprio quel giorno, in mezzo alla morte e alla ruggine del cimitero, io vedevo iniziare la mia nuova vita. Quando uscimmo, dopo quasi due ore di passi e di parole, sentii che qualcosa stava per cambiare.

Per entrare in carcere c'è la fila. L'autobus 49, arrivato dal centro, ha riversato una piccola folla di parenti che, giudiziosamente, si sono messi in coda attendendo il loro turno alla verifica identità. Tengono gli occhi bassi, come se avessero vergogna di essere lì. Ogni tanto, quando il tempo mi impedisce di usare lo scooter, lo prendo anch'io il 49. Al capolinea di partenza, la palina che riporta il numero e l'itinerario mette bene in evidenza la destinazione: "Casa circondariale". Ma, a parte questo, sembra un autobus come tutti gli altri. Ci vedi le stesse facce, gli stessi vestiti, le stesse voci che potresti trovare su qualsiasi altra linea. Eppure, a mano a mano che si procede verso la periferia, i passeggeri "normali" scendono e le chiacchiere si spengono. L'ultima fermata "normale", il 49 la fa all'altezza del vecchio dazio, poi prosegue la sua corsa senza interruzioni verso il carcere, lungo le strade della città che finisce, in mezzo a campi grigi di nebbia per molta parte dell'anno. Quando, dopo l'ultima fermata "normale", si chiudono le porte, i passeggeri rimasti a bordo sanno di avere tutti qualcosa in comune, qualcosa di inconfessabile. Anche lì fissano il pavimento, per non incrociare lo sguardo di quelli che sono appena scesi, o quello degli automobilisti, lo sguardo di tutti coloro che non hanno bisogno di molta immaginazione per indovinare la loro meta e il loro segreto.

Oggi ho preso la macchina: ero troppo di fretta per affidarmi all'autobus e troppo pigro per infilarmi la tuta antipioggia e affrontare il diluvio con lo scooter.

Piove, abbondantemente, con gocce pesanti e fredde che sfidano la gravità e cadono oblique. Quelli che non trovano posto sotto la pensilina si riparano come possono, con gli ombrelli, ma nessuno si lamenta: anche per chi è fuori, è la data del "fine pena" a dettare i tempi della pazienza. Per qualcuno si tratta di settimane, e allora non è il caso di scaldarsi tanto per una mezz'ora d'attesa; per altri, il "fine pena" è uguale a "mai", e allora fanno della rassegnazione un esercizio di sopravvivenza.

La fila procede lentamente. Per fortuna, quella riservata ai legali è più rapida. Saluto con un cenno qualche collega: neanche gli avvocati hanno voglia di parlare.

Un'auto della polizia si ferma davanti al cancello, sotto la scritta FARSI RICONOSCERE. Scende un agente e, tagliando di netto la fila, scambia due parole con la guardia all'ingresso. Il cancello si apre scivolando silenzioso da un lato. Appena la volante è passata, con il suo carico destinato alla sezione "nuovi giunti", il cancello si richiude, con lo stesso muto scivolamento. Mi ha sempre sorpreso come un mostro di ferro alto dieci metri potesse muoversi con tanta leggerezza. Solo al momento della chiusura totale, si avverte un clangore sinistro che fa pensare al rumore della lama quando incontra il collo del ghigliottinato.

Finalmente riesco a superare il controllo.

Giacomo Musso arriva. Qui in carcere sono ancora convinti della sua pericolosità e le manette gliele tolgono solo su mia richiesta. Una volta liberate le mani, poggia sul tavolo alcuni fogli e li spinge verso di me: «Ecco avvocato, ho fatto il compitino».

Lo ringrazio con un sorriso e getto un'occhiata alle pagine. Vedo che le fotografie gli sono servite.

«Mi raccomando, non distrugga nessuna di quelle immagini» gli ingiungo.

Mi guarda stranito: «Perché mai dovrei farlo? Sono tutto quello che mi resta di Shirin e di me».

Poi si ricorda che gli rimane ancora qualcos'altro là fuori: «E adesso, dove vanno a scuola i miei allievi?».

«Frequentano le elementari a Badallo, ma appena troveranno un sostituto torneranno a Molini.»

«Non sarà facile trovare qualcun altro, ma alla fine riusciranno a rimpiazzarmi.»

«Se non ci riusciranno, si adatteranno a prendere lo scuolabus e a scendere verso la piana come tutti quelli degli altri paesi.»

«Ha ragione avvocato. Il problema è che sono io che non posso rimpiazzare loro, i miei ragazzi, le loro domande, la fiducia totale che avevano nel loro maestro. È una cosa ovvia a dirsi, anche un po' melensa se vuole, ma mi mancano. Mi mancano loro e mi manca la mia cagnetta: ha qualche notizia di Laika?»

Attendendomi la domanda, ieri sera ho telefonato ad Antonio Berardi per informarmi.

«Laika sta bene, non si preoccupi. Antonio mi assicura che non ha perso l'appetito. Le manda i suoi saluti e dice che appena lei potrà ricevere visite verrà a trovarla.»

Rimango un attimo pensieroso e cerco il modo migliore per formulare la domanda; alla fine scelgo quello più diretto: «Il suo amico mi ha chiesto di riferirle che si sente in colpa, che, in fondo, la responsabilità è anche sua...».

Il mio cliente mi interrompe: «Ha ragione, la colpa è anche un po' sua, ma non poteva sapere cosa sarebbe successo. Nessuno di noi poteva saperlo. Quando quel giorno, al telefono da Parigi, io e Shirin abbiamo accettato la sua proposta, non potevamo immaginare come sarebbero cambiate le cose in Italia e a Molini. E nemmeno lui poteva immaginarlo».

Riprendo il filo della domanda.

«Perché la colpa è anche di Antonio?»

«Glielo spiego la prossima volta. Ho scritto altre pagine, ma prima di fargliele leggere preferisco aggiustarle un po'. Da quello che racconto lì, lei potrà capire qual è il coinvolgimento di Antonio. Roba di poco conto, comunque.»

«Non può anticiparmi qualcosa?»

«Non servirebbe.»

La sera di quel sabato, quello del nostro incontro al Père Lachaise, ci rivedemmo al caffè e riprendemmo i nostri ruoli da una parte e dall'altra del bancone. Era accompagnata dai soliti amici e la compostezza del suo saluto, entrando, mi fece capire che nessuno era al corrente della nostra passeggiata tra le tombe illustri e che nessuno doveva esserlo. Tutto era tornato come prima e quella sensazione di mutamento, di svolta, che avevo provato la mattina uscendo dal cimitero sembrava svanita. Quando il vino, e il pastis e le birre mi davano un attimo di tregua, mi voltavo verso di loro nel tentativo di incrociare lo sguardo di Shirin, ma lei sembrava completamente assorbita dalla presenza di Sébastien. Eravamo di nuovo due estranei.

Durante la settimana che seguì, cercai di farmi risucchiare completamente dal lavoro. Stavo ultimando l'allestimento di una mostra su scienza e indagini criminali. Era il tributo che pagavamo al successo del poliziesco. Anche nell'attività con i ragazzi, il giallo era diventato il passepartout, il metodo più efficace per suscitare l'interesse verso qualunque cosa, dall'ambiente alla scienza. Preparai un punto di rilevamento delle impronte digitali, un filmato sui cani che fiutano l'esplosivo, vari tabelloni sulle armi da fuoco e sulle prove balistiche. Chi lo avrebbe mai pensato, allora, che un giorno tutto quello mi avrebbe riguardato da vicino, che qualcuno avrebbe rilevato davvero le mie impronte digitali.

Inutile dire che la fatica e l'entusiasmo e l'abnegazione per il mio lavoro alla Villette non riuscirono a cancellare neanche per un istante il ricordo di Shirin. Vedevo il suo volto riflesso in ogni cristallo dell'immensa Cité des Sciences ed ero preda di autentiche allucinazioni, di quelle che ti fanno sussultare e dubitare della tua lucidità. Per porre un freno al dilagare dell'innamoramento facevo appello alla sgradevole sensazione di abbandono che avevo provato nel rivedere Shirin assieme a Sébastien e, con il raziocinio superstite, mi ripetevo che durante la nostra passeggiata non ci eravamo scambiati nulla che assomigliasse a una promessa: non avevo niente da sperare. E nondimeno speravo: in un cenno al bar, in uno sguardo. Il sogno si concretizzò invece sotto forma di telefonata. Avevo quasi scordato di averle lasciato il mio numero di cellulare, certo com'ero che non mi avrebbe mai chiamato. E invece, il venerdì, verso le diciotto, il mio telefonino squillò e la sentii: «Ciao, sono Shirin».

«Ciao.»

La sua voce era allegra, la mia arrochita dalla sorpresa e dall'imbarazzo.

«Sei libero anche questo sabato?»

«Sì.»

«Allora, se ti va, domani ci vediamo nella tua zona: devo andare in un negozio di boulevard Barbès.»

Farfugliai qualcosa.

«Benissimo: domani alle undici alla stazione Barbès-Rochechouart, in basso.»

Fotografia numero 3. A dominare l'immagine è il ponte del métro aérien, *il trionfo di ferro grigio della stazione sospesa, dove i treni prendono l'ultima boccata d'aria prima di tornare sottoterra. Sotto, la foto congela i gesti di almeno duecento persone. Sono tutti lì, al solito, si danno convegno come se giungessero direttamente da Bamako, da Timbuctu, da Dakar, da Lagos, da Libreville. Si vedono chiazze di colori sgargianti, stoffe d'Africa che drappeggiano donne abbondanti nel petto e nei fianchi, che ne avvolgono la massa dei capelli crespi. La luce è quella di un autunno mite e c'è ancora posto per le tuniche chiare degli uomini. Negli anni trascorsi a Parigi, avrei dovuto imparare a decifrare i codici di quel vestire, a riconoscere le provenienze e il significato dei cappellini da baseball volti all'indietro, o in avanti, o sul fianco, con la visiera poggiata sull'orecchio. Ma confesso che all'epoca non m'importava e oggi, oggi che forse mi aiuterebbe a capire, oggi è troppo tardi.*

Quello che la foto non può cogliere è l'intreccio dei loro discorsi. Al crocevia tra Barbès e Rochechouart, il vociare sovrasta il muggito sordo del traffico. Una volta mi sono fermato anch'io sotto il ponte, cercando di afferrare qualche brandello di conversazione, ma le parole, come i vestiti, venivano direttamente dall'Africa e anche quando si mescolavano a frasi in francese, l'intonazione, dura e profonda, me le rendeva incomprensibili.

Nell'angolo in basso a sinistra, altre donne rovistano nei cestoni dei magazzini Tati alla ricerca di una maglia o di un golfino da pagare con una sola banconota azzurra, da cinque euro. E sempre a sinistra, nel limite estremo dove l'immagine lascia il posto al bordo bianco, spicca l'insegna gialla di un negozio di telefonia, uno dei mille che si allineano lungo boulevard Barbès.

Era là che Shirin doveva andare. Ho sempre amato credere che l'acquisto del caricabatterie fosse un pretesto per vedermi, per incontrarmi senza dover ammettere, nemmeno con se stessa, che aveva voglia di farlo. Nondimeno, fu del suo telefonino che mi parlò subito dopo avermi salutato: «Sai, è così vecchio che i ricambi non si trovano più, però mi hanno detto che qui hanno molta roba usata».

Era vero; il Maghreb, l'Africa Nera, l'Oriente e l'Occidente sudamericano convergevano su Barbès per soddisfare i loro bisogni di comunicazione e riciclare apparecchi, custodie e schede più o meno legali.

Dopo che tre venditori ebbero scosso la testa di fronte al vecchio Nokia di Shirin, un quarto, esplorando lungamente il retrobottega, assecondò il suo desiderio di salvare il pianeta dall'invasione dei rifiuti elettronici: «Ecco, è l'ultimo che mi rimane e credo che altri non ne vedrò più».

Pensai che forse sarebbe stato più giusto lasciarlo a qualcuno che non poteva permettersi di cambiare telefono, ma Shirin sembrava così soddisfatta che accantonai all'istante quella riflessione.

«A questo punto» fece lei «ho tutta la giornata a disposizione; Sébastien è a Nantes per provare a piazzare uno spettacolo: non torna prima delle otto di questa sera.»

Era un altro segnale: come dovevo interpretarlo? Avevo ancora in mente la sua freddezza al Popul'air e temevo di equivocare, di compromettere tutto con un invito inopportuno. Formulai una risposta che, nelle mie intenzioni, doveva essere un capolavoro di diplomazia: «Possiamo passeggiare un po' e andare a pranzare in un ristorante libanese che c'è vicino a casa mia».

«Perfetto» e si incamminò al mio fianco.

Gli alberi del viale avevano ricoperto il marciapiede di foglie gialle, che scrocchiavano sotto le nostre scarpe. Stentavo a ritrovare la complicità che si era creata la settimana precedente al Père Lachaise, così, per avviare la conversazione, le chiesi ancora in cosa consistesse esattamente il suo lavoro.

«Prendi questo modello, ad esempio.» E indicò il giaccone che stavo indossando e che avevo acquistato in una grande catena di articoli sportivi. «Ecco, il mio compito è quello di analizzare i trend di vendita e di dire all'azienda se per la prossima stagione bisogna incrementare o diminuire la quantità di pezzi prodotti, se bisogna ampliare la gamma di colori e cose di questo genere.»

«E ti piace?»

«Diciamo che ragionare con i numeri mi dà soddisfazione. Il vantaggio più grande però è quello di poter lavorare da casa. Io vado in ufficio solo il martedì e il giovedì: il resto del tempo lo gestisco come voglio.»

«È comodo.»

«Lo sarebbe di più se non dovessi dividere gli spazi con Sébastien: a volte ci pestiamo i piedi.»

«Anche lui lavora in casa?»

Shirin atteggiò la bocca a un sorriso sbilenco e capii che, sia pure involontariamente, avevo fatto centro, l'avevo costretta a scoprirsi, a confessare che con il suo ragazzo qualcosa non funzionava.

«Sébastien non lavora, lui è un artista.»

Pronunciò quell'ultima parola con la stessa sfumatura di ironia che si usa dalle mie parti, dove "artista" è sinonimo di "illuso", di "imbranato" e, non ultimo, di "scansafatiche".

«Lui, in casa, prova e riprova i suoi sketch, ad alta voce. Ripete la stessa frase mille volte, intonandola diversamente: più bassa, più alta, più veloce... Dice che provare sottovoce non gli serve a niente, che le risate del pubblico sono tutte lì, nel suo diaframma, nel modo in cui l'aria sale alla gola.»

«Immagino che per elaborare delle statistiche non sia la condizione più favorevole.»

«A volte mi tocca riprendere da capo tutta una serie di conti per paura di sbagliare. Un giorno o l'altro finirà che farò produrre all'azienda tre milioni di t-shirt verde marcio che nessuno indosserà mai.»

«E Sébastien non ha un altro posto dove provare?»

«Sébastien non ha niente.»

Avevo assestato un secondo colpo. Per la prima volta nella mai vita, mi trovavo a contendere la donna a un altro uomo. La cosa aveva un coté nobile, una tradizione cavalleresca, poetica, che sapeva di tornei e di madonne; ma aveva anche un lato estremamente banale: io single, lei compagna trascurata, io consolatore, lei infelice. Fu probabilmente per quel fondo di squallore che mi trattenni dal giocare fino in fondo il ruolo del rovina-famiglie e dal domandarle, più o meno brutalmente, cosa ci trovasse in un tipo borioso e inconcludente come Sébastien.

Quasi senza rendercene conto, avevamo risalito tutto boulevard Barbès e i passanti si erano andati a poco a poco diradando, così come i negozi.

Passata rue Ordener, Shirin si arrestò di colpo e mi indicò un furgone parcheggiato qualche metro più in là. Agganciati a una barra che sporgeva dal vano di carico, alcuni quarti di bue invadevano il passaggio pedonale, sospesi a qualche centimetro dal suolo sporco e polveroso. Intorno non c'era nessuno e pareva che fossero lì solo per aromatizzarsi coi gas di scarico delle auto ferme al semaforo. Poi, finalmente, un uomo con un camice bianco abbondantemente macchiato di sangue, si avvicinò, se ne caricò uno sulla spalla sinistra e, abbracciandolo, lo trasportò alla macelleria che, fino a quel momento, la sagoma del furgone ci aveva occultato. Era uno di quei negozi senza vetrina, aperti sulla strada, con il banco frigo che sporge sul marciapiede dal quale gli avventori fanno i loro acquisti senza neppure entrare. Sopra la tenda a cupolino, d'un rosso carminio, la scritta in francese recitava BOUCHERIE MUSULMANE e quella in arabo, sicuramente, riprendeva il concetto.

«Non li capisco» mormorò Shirin tra i denti.

«A chi ti riferisci?»

«Ai musulmani.»

«Perché?»

«Per come macellano le bestie. Le sgozzano senza stordirle, lasciano colare il sangue, le fanno soffrire.»

«Ci sono delle leggi anche per la macellazione secondo la dottrina islamica no?»

«E credi che le rispettino? Il Corano, il Corano, solo quello hanno in testa. Vacche, capre, donne, per loro è tutto uguale. L'unica legge che servirebbe sarebbe quella che vieta di professare qualsiasi religione, come ai tempi della Rivoluzione.»

«Mi pare che anche la macellazione kasher non sia un paradiso per gli animali.»

«E infatti ho detto che bisognerebbe vietare qualsiasi religione, anche quella ebraica, anche quella cristiana. Ma è soprattutto l'islam che ci sta portando alla barbarie. Lo hai letto *La rabbia e l'orgoglio* di Oriana Fallaci? È una tua connazionale no?»

«L'ho letto. Da ragazzo ho divorato tutti i suoi libri. Ma *La rabbia e l'orgoglio* mi è parso imbarazzante, anzi, vergognoso. Sostiene che gli arabi non hanno una cultura, che non l'hanno mai avuta. Dimentica i grandi matematici, dimentica poeti come Al-Akhtal, dimentica gli architetti che costruirono moschee che non hanno niente da invidiare alle nostre cattedrali. E poi dice che gli arabi dovrebbero restare a casa loro; la stessa cosa che dicevano di noi italiani in America, in Belgio e qui in Francia. Mi sembra che, prima di scrivere quel libercolo, la Fallaci si sia completamente bevuta il cervello.»

«E invece aveva ragione, su quasi tutto.»

Rimasi sorpreso da quelle parole, ma non urtato: a qualunque altro avrei dato dell'intollerante, del fascista, ma i genitori di Shirin erano iraniani, a lei l'attacco all'islam era concesso, come ai comici ebraici è concesso scherzare sull'avarizia giudea e ai ruandesi è consentito criticare gli afro-americani senza attirarsi l'accusa di razzismo. Erano le regole e le ipocrisie del politicamente corretto: ognuno poteva parlar male della propria famiglia, ma guai se a farlo erano gli altri.

«Immagino che i tuoi siano laici.»

«In casa mia non è mai entrata una copia del Corano, o della Bibbia, o dei vangeli. Fin da quando ero piccola ho sentito mio padre ripetere che Dio non esiste e gli ayatollah ne sono la prova.»

«Non deve essere stato facile per i tuoi vivere a Teheran.»

«È quello che credono tutti. Ma prima di Khomeini in Iran c'era una grande libertà.»

Pensai alle carceri dello scià traboccanti di oppositori politici, ma non osai contraddirla, e lei proseguì.

«Oggi la gente non riesce più a separare l'immagine del Medio Oriente da quella dell'islam, ma trentacinque anni fa era molto diverso. Una sera andiamo a cena dai miei e ti faccio raccontare com'era la vita a quei tempi.»

A cena dai suoi, come una coppia. Così volli interpretarlo, quasi le fosse sfuggito un desiderio segreto. Fu allora, mentre ci lasciavamo alle spalle la macelleria e le carcasse degli animali sgozzati, che trovai il coraggio di un gesto da adolescente: le sfiorai la mano e lei prese le mie dita tra le sue: «Casa tua è da queste parti, vero?».

«Sì» le risposi «in rue du Nord.»

«Ci andiamo?»

Fotografie numero 4 e 5. La prima foto la scattai il giorno in cui sottoscrissi il contratto d'affitto del mio appartamento parigino. Ritrae la targa con il nome della via. Una targa di latta, del vecchio tipo, di quelle che la municipalità non ha ancora sostituito. È smaltata di blu e il bordino bianco è stato completamente mangiato dalla ruggine che assedia da ogni lato la scritta: RUE DU NORD. *A fianco, un'altra targa, più piccola, avverte che in quella casa arrivano il gas e l'acqua a ogni piano; è lì da quando acqua e gas erano un lusso della modernità.*

Mi soffermo ancora sul nome della via. Ricordo che quando lo lessi sull'annuncio che parlava di un monolocale da affittare, quel nome mi fece pensare a una grande strada dove un tempo sfilavano le diligenze e i carri diretti a Calais, o a Lille, o ancora più in là. E su quei carri immaginavo stoffe di Fiandra, botti di vino e carrettieri assetati, pronti a fermarsi nelle osterie che fiancheggiavano il cammino. E quindi osti e ostesse, col grembiale bianco.

Al contrario, rue du Nord era, ed era sempre stata, una stradina insignificante, dove le auto passano a stento, rasentando gli usci, un vicolo chiuso tra case vecchie che neanche da nuove erano mai state belle.

Però, il nome conservava il suo fascino: il Nord, il grande Nord di Jack London, il Nord misterioso dei vichinghi, il Nord laborioso dei lombardi, dei veneti, dei piemontesi. Un brivido mi sconquassa la schiena se penso a cosa ho sacrificato in nome di quel Nord laborioso: le pareti gialle della cella sono qui a ricordarmelo.

Nella seconda fotografia c'è la facciata della mia casa, al numero 39, dipinta d'un rosso cupo che negli anni ha perduto tutta la sua vivacità. Nessun balcone, solo finestre, due per piano, e una ragnatela di cavi che dagli appartamenti raggiungono le antenne del tetto. La mia finestra è la quarta, a partire dal basso, a destra. Nell'immagine, scattata dalla strada, si vede, attraverso il vetro, il legno del soppalco che sovrasta l'angolo cottura e ospita il letto: il mio appartamento è tutto lì, quattordici metri quadri, compreso il gabinetto. E mi ritenevo persino fortunato. per la stessa cifra, un mio collega della Cité des Sciences aveva affittato una soffitta di otto metri quadri con il bagno in comune. Parigi era così e sapevo che Shirin non avrebbe riso, anche di fronte a uno spazio tanto minuscolo.

E infatti non rise: appena ci chiudemmo la porta alle spalle, mi abbracciò, appoggiando il viso sul mio petto.

Lei, avvocato, ha idea di quanto mi costi ricordare quel momento ora che Shirin non c'è più? Ogni parola che scrivo mi strappa le carni, come se a essere martoriate, devastate, non fossero le membra di mia moglie, ma le mie.

Dopo qualche istante lei alzò la testa a cercare quel bacio che si era fatto inevitabile. Mi dispiace, vorrei descriverlo in modo meno scontato, ma i primi baci sono tutti uguali: diventano meravigliosi nel ricordo di chi li ha vissuti, ma a raccontarli non sono che melassa appiccicosa. E il primo amplesso non è meno ovvio e frusto: il nostro non fa eccezione, a meno di non voler considerare le comiche acrobazie cui ci costrinse l'esiguità dello spazio compreso tra il letto e il soffitto. Potrei descrivere ogni istante, ma mi basta ricordare la frenesia con cui le nostre mani cercavano i bottoni per sentire insopportabile il dolore.

Avevamo fatto l'amore, il corpo di Shirin era abbandonato sul mio, le cantai sottovoce *Ho capito che ti amo*: ora il timido non aveva più paura e poteva celebrare la sua vittoria. Lei ascoltava divertita.

«Ho capito che ti amavo quando sei partita per Milano e all'improvviso sei scomparsa.»

Lei mi prese il volto tra le mani e posò un bacio sulle mie labbra. Pensavo che mi avrebbe parlato anche lei del momento in cui si era accorta di essere innamorata, invece rimase in silenzio un attimo solo, quanto bastava perché i quattordici metri quadri si riempissero dello squillo di un cellulare, il suo.

Gelo.

Scese a precipizio la scaletta del soppalco e prese a fruga re nella borsa che era rimasta di sotto. Intanto, la marcia di Radetzky che aveva scelto come suoneria, continuava impla cabile. Alla fine, quando pensavo che ormai avrebbe perso la chiamata, riuscì a premere il tasto di risposta.

«Sì, scusa, è colpa del casino che ho sempre nella borsetta.»

La voce dell'altra parte dell'apparecchio giungeva a me come una specie di ronzio indistinto.

«Siete già di ritorno? Com'è andata a Nantes?»

Ancora il ronzio, questa volta prolungato.

«Ma no che non è stato un viaggio inutile. Avete preso dei contatti che vi serviranno per il futuro. Magari tra un paio di mesi vi richiama e riuscite a combinare lo spettacolo.»

Confinata nel monolocale, la situazione era molto più che imbarazzante. Shirin era nuda, la schiena appoggiata alla parete, e parlava al fidanzato con un leggero tremore nella voce, come se lui avesse potuto vederla, come se il tradimento appena consumato fosse stato subito scoperto.

Io non avevo scampo, non potevo fare a meno di ascoltarla, e neppure potevo fare a meno di guardarla; le forme del suo corpo, che prima avevo accarezzato senza realmente vederle, ora catturavano i miei occhi. I suoi seni piccoli, la bianchezza del suo ventre e del suo sesso glabro: è quella l'immagine che ho rivisto quando l'avvocato mi ha mostrato la foto sul «Corriere», è quella che ho accostato al cadavere buttato lì in prima pagina. Due immagini: l'inizio e la fine della mia storia con Shirin.

«Bene, a casa tra un'ora. A dopo amore mio.»

La vittoria del timido era stata di breve durata e si era infranta sulle sue ultime parole: a dopo amore mio. Era ancora Sébastien il suo amore.

«Mi passeresti i vestiti, per favore?»

Glieli portai, scendendo a mia volta. Era strano osservarla mentre indossava gli slip, mentre allacciava il reggiseno, mentre infilava le calze. Per me Shirin era ancora una sconosciuta e i gesti del rivestirsi erano più intimi, più personali di quelli del denudarsi; peccato, mi ripetevo, che fossero gesti di una volta sola, gesti che non avrei più rivisto.

Senza dire altro, mi salutò con un bacio sulla guancia.

Quel giorno avrei dato qualunque cosa pur di non farmi trovare da lei dietro al banco del Popul'air; pensai persino di fingermi malato. Alla fine, controvoglia, mi presentai regolarmente al lavoro e per tutta la sera evitai lo sguardo di Shirin, come lei evitò il mio, mentre Sébastien, trionfatore d'una battaglia che non sapeva neppure d'aver combattuto, continuava a lamentarsi dell'indifferenza degli impresari teatrali.

Fotografia numero 6. È ritagliata da una pagina del bollettino della Cité des Sciences. Al centro ci sono io, il direttore, monsieur Manoukian, alla mia destra e la mia collega Béatrice a sinistra, svettiamo sopra un nugolo di ragazzini che gridano di gioia a comando. In testa mi hanno messo il cappello da Sherlock Holmes e sto guardando il fotografo attraverso una lente d'ingrandimento che mi deforma metà del viso. La didascalia recita: «Inaugurata Crim'Expo*, la mostra dedicata al lavoro della polizia scientifica». È la fotografia di un giorno felice.*

Questa volta il lavoro, quello vero, quello per cui mi ero trasferito a Parigi, aveva dato i suoi frutti. Il direttore della Cité era entusiasta e, quando un paio di reti televisive erano venute a riprendere l'esposizione, aveva voluto che fossi io a illustrarla ai giornalisti. Il cappello e la lente erano un'idea sua, una delle meno felici, però gli andava riconosciuta una certa abilità mediatica. Un giorno, era passato qualche tempo dall'inaugurazione, il signor Manoukian mi convocò nel suo ufficio.

«Il suo contratto scade tra due mesi» mi disse. Poi prese una pagina appena uscita dalla stampante e quasi me la sventolò sotto il naso: «Questo è il modulo di rinnovo: altri sette mesi, alle stesse condizioni».

Tirai un sospiro di sollievo, ma lui, afferrato il foglio anche con l'altra mano, lo strappò a metà e poi ancora a metà, e ancora, fino a ridurlo in frammenti minuti.

Ero interdetto.

Sul suo volto si dipinse un largo sorriso mentre da una cartelletta prelevava un nuovo stampato.

«E questo è il suo nuovo contratto: due anni, rinnovabili. Mansioni di coordinamento, stipendio più che raddoppiato.»

Coup de théâtre. Di sicuro non gli mancava il gusto per il gesto istrionico.

Lo ringraziai di tutto cuore e, quando uscii, vidi nel corridoio Béatrice che attendeva con aria inquieta di entrare nell'ufficio dal quale io stavo uscendo. Contagiato dal direttore, atteggiai il viso al più profondo sconforto e le regalai qualche secondo di autentica angoscia, certo com'ero che, di lì a poco, anche per lei ci sarebbero state buone notizie.

La sera stessa, al café-théâtre, annunciai a Laurent la mia intenzione di licenziarmi: non avevo più bisogno di ammazzarmi di lavoro, né di torturarmi continuando a incontrare Shirin. Ciò che era accaduto quel sabato nel mio appartamento lo avevo ormai archiviato alla voce "avventure", una categoria che, per quanto mi riguardava, contemplava uno o forse due episodi, ma che nella vita di Shirin, mi dissi, doveva avere un posto ben più importante.

«Mi dai qualche giorno per trovare un sostituto?» mi domandò il titolare.

«Certo, non ho fretta.»

«Perché te ne vai?»

Gli dissi dell'aumento e del nuovo incarico e mi accorsi che non gli avevo mai parlato del mio lavoro alla Villette: vivere a Parigi significava frequentare universi paralleli, inconciliabili.

Il rimpiazzo arrivò prima del previsto: una lontana parente alsaziana di Laurent aveva una figlia che studiava alla Sorbona e che, dopo mesi di economie fino all'osso, non avrebbe disdegnato un piccolo job. Così, il Popul'air perdeva un boscaiolo fantasioso e acquistava una graziosa filologa piuttosto in carne. La affiancai per qualche giorno e, la settimana successiva, mi preparai per la mia ultima *soirée des moutons noirs*.

Come d'abitudine, il gruppo arrivò al gran completo, Shirin in testa. Da quando lei era praticamente fuggita da casa mia, ci eravamo detti sì e no dieci parole, quelle che cliente e barista non possono fare a meno di scambiarsi. Nei primi tempi sentivo il desiderio di chiarire, di spiegarle quanto mi mancasse la speranza di un nuovo incontro, ma il suo atteggiamento non lasciava spazio ai dubbi: non era disposta a mettere in crisi il suo rapporto con Sébastien.

Nel suo tentativo di ridurre al minimo ogni contatto, non si era neppure domandata chi fosse quella bionda tondetta e occhialuta che stava dietro al banco con me. Prima che lo spettacolo iniziasse, fu Laurent a presentargliela: «Il nostro Giacomo ci lascia» le spiegò appoggiandomi una mano sulla spalla. «Adesso ha un posto di responsabilità. Tu Shirin lo sapevi che è un uomo di talento?»

«No.» E poi volgendosi verso di me: «Complimenti».

Tornò al tavolo mentre il primo monologhista prendeva posto sul palco.

Malgrado il gran lavoro della *claque*, l'esibizione delle pecore nere fu un fiasco, come al solito. E, come al solito, Sébastien, concluso il suo sketch, andò a sedersi smaniando e maledicendo. Mi presi un istante di pausa per osservare i gesti consolatori di Shirin, ma questi non vennero. Se ne rimase immobile, a contemplare un residuo di schiuma in fondo al bicchiere.

Verso le undici, uscii in cortile per gettare le bottiglie nel contenitore del vetro e, un attimo dopo, Shirin era là. Pensai che stesse andando alla toilette, invece si fermò davanti a me: «Peccato che tu te ne vada».

«Reggere i due lavori stava diventando davvero complicato. Fortuna che si è presentata questa occasione.»

«Io non c'entro con la tua decisione, vero?»

La cortesia avrebbe voluto che l'aiutassi ad assolversi, ma un soprassalto d'amore mi obbligò a essere sincero: «Un po'. Diciamo che per me è più facile se non ti vedo».

«Mi dispiace. Ogni tanto credo che con Sébastien sia finita, che non ci sia più niente da fare. Poi però mi torna alla mente com'era lui quando ci siamo conosciuti e mi dico che devo aiutarlo a ritrovarsi.»

«E com'era?»

«Allegro, pasticcione, innamorato. Poi ha conosciuto gli altri *moutons noirs* e gli è presa questa febbre del successo, si sente tradito dal mondo e non capisce che forse questa non è la sua strada. Il fatto è che, nel gruppo, si montano la testa l'uno con l'altro, si dicono che è colpa del pubblico, della televisione...»

«Ma se li invitassero a qualche trasmissione, di sicuro non rifiuterebbero.»

«No di certo. Però stanno perdendo il contatto con la realtà. Credono di essere una cellula rivoluzionaria e non sono che degli illusi. Finché i genitori li finanziano va bene così, poi faranno i conti con il mondo vero. E, per il momento, Séb ha bisogno di me, mi ama.»

Non potei non pensare alla stizza che riempiva la voce di Shirin quando, mentre passeggiavamo in boulevard Barbès, parlava del fidanzato. Di quel disappunto, ora non rimaneva traccia e io sapevo cosa lo aveva cancellato: il senso di colpa. Quella telefonata che l'aveva sorpresa nuda nel mio letto le aveva restituito una nuova indulgenza: per quante colpe Sébastien avesse accumulato, lei ora ne aveva una più grande e la comprensione, la tolleranza, il ritrovato affetto, finanche, forse, una nuova passione tra le lenzuola, non erano che mezzi di espiazione.

Ci salutammo, stringendoci la mano: «Ogni tanto passa di qua, mi farebbe piacere rivederti».

«Lo farò, promesso.»

Ritornato padrone delle mie ore serali, organizzai l'aperitivo che Béatrice reclamava da giorni per festeggiare con i colleghi la nostra promozione. A dire il vero, il mio apporto non andò oltre la divisione a metà delle spese, fu lei a redigere la lista degli invitati e a individuare il posto. Su consiglio di un'amica, ci diede appuntamento in un bar, lungo il Canal Saint-Martin, che un tempo era stato una specie di dock per le chiatte che approdavano al quai de Valmy. Non credo che Béa ci fosse mai stata, perché quando la raggiunsi nel locale per aiutarla ad appendere qualche festone prima dell'arrivo degli altri, la trovai piuttosto scossa: «Speriamo che non capiti niente di brutto, specie alle ragazze».

Capii subito a cosa si riferiva. Per raggiungere il bar, che invero era molto simpatico, occorreva scendere lungo un viottolo che da place de Stalingrad conduceva fino al bordo del canale. La luce già opaca dei lampioni, lì si spegneva del tutto, vuoi perché nessuno si era preoccupato di sostituire le lampadine fulminate, vuoi perché dall'acqua montava una di quelle nebbie dense che avevano fatto la fortuna cinematografica in bianco e nero del Canal Saint-Martin e del suo Hotel du Nord. Ma non era l'atmosfera vagamente spettrale a suscitare l'inquietudine della mia collega; a spaventarla erano le fiamme che uscivano dai vecchi bidoni trasformati in bracieri e soprattutto gli uomini che davanti a quei fuochi si scaldavano. Era esattamente in quel punto, dove il canale entrava in galleria per riaffiorare cento metri più in là nella darsena, che decine di *sans papier* trascinavano le loro esistenze, cercando di sopravvivere, al riparo della galleria o di tende da campeggio. Qua e là, con sedie e tavoli recuperati tra i rifiuti, avevano allestito quartierini dove i più vecchi si riposavano dalla fatica del non fare nulla, mentre i giovani, che erano la maggior parte, formavano capannelli dall'aria minacciosa. Passare in mezzo a loro metteva i brividi; sentivi che sarebbe bastato un gesto fuori posto, uno sguardo inopportuno per suscitare la reazione del branco. Che questa sensazione corrispondesse alla realtà dei fatti era tutto da dimostrare, ma era la sensazione che contava, era quello che gli esperti definivano il "rischio percepito".

Cercai di rassicurare Béatrice: «Vedrai che non capita nulla. In ogni caso telefoniamo a Victoria e a Sarah e diciamo loro di aspettare il gruppo dei ragazzi prima di scendere».

«Certo, facciamo così; però sarebbe bello poter uscire la sera senza aver bisogno di muoversi in formazione come una testuggine romana...»

Non aggiunse altro, era troppo intelligente per mettersi a dispensare colpe e responsabilità.

Per fortuna, il rischio percepito non divenne reale e trascorremmo un paio d'ore piacevoli, bevendo quel tanto che bastava per trovare l'allegria, e forse anche un po' di più. Alle nove, gli invitati ripresero il cammino di casa, mentre io e Béa smantellavamo il piccolo scenario di carta colorata che avevamo allestito prima.

«Taxi o metropolitana?» le chiesi terminato il lavoro.

«Io abito vicino a Nation, vieni anche tu da quelle parti?»

La scelta dipendeva dalla mia disponibilità a scortarla: era venerdì, il giorno dopo avrei dormito, niente mi impediva di essere gentile.

«No, io sto nel diciottesimo, però ti accompagno volentieri.»

Mi parve contenta.

Prendemmo la 2 alla stazione Jean Jaurès. So che è sciocco, so che di Parigi puoi amare un'infinità di altre cose, ma io non potevo fare a meno di adorare certe stazioni, in particolare quelle esterne, soprelevate. Ancora più di Barbès-Rochechouart, Jaurès era un monumento alla forgia e alla fonderia: le colonne doriche, i capitelli, i fregi, le sottili cornici delle vetrate; tutto era di ferro e tutto era di una strana e straordinaria leggerezza.

La vettura non era vuota come avrei immaginato. Ci sedemmo sugli strapuntini accanto alle porte; davanti a noi un uomo anziano, probabilmente turco, parlava da solo, o forse biascicava qualche preghiera, mentre le sue dita scavavano incessantemente nelle narici larghe. La sua pelle era così rugosa che, se non fosse stato per il colore, sarebbe stato difficile capire dove finiva il cappello di Astrakan e dove iniziava la faccia.

Nel tragitto, Béatrice mi parlò di nuovi progetti per la Cité, poi, quando fummo in prossimità dell'arrivo mi disse: «In frigo ho ancora una bottiglia di champagne, potremmo bercela alla nostra salute: in fondo i festeggiati siamo noi due».

«Mi sembra una buona idea.»

In confronto al mio, l'appartamento di Béa pareva una reggia; almeno lei poteva contare su un ingressino, su una cucina lunga e stretta e su una camera da letto dove trovava posto persino la scrivania.

Il tavolo era sostituito da una specie di mensola infissa nel muro: ci posammo sopra i due calici e io feci saltare il tappo dello champagne.

Dopo un paio di sorsi, inevitabilmente, prendemmo a sparlare dei colleghi, ma senza malignità o cattiveria, così, in assenza di meglio. In fondo però, li conoscevamo troppo poco per far durare a lungo il pettegolezzo e dopo un po' cademmo in un silenzio annoiato.

«Ti va di fare sesso?»

Me lo chiese a un tratto, con tono neutro, come se mi stesse offrendo un caffè o un cioccolatino.

Béatrice faceva parte di quella categoria di persone che, una volta uscite dal posto di lavoro, scompaiono dal tuo orizzonte e dalla tua immaginazione. Il suo volto era privo di grazia, un po' asimmetrico e leggermente spigoloso. Il corpo però era asciutto, armonico, un corpo desiderabile, se mai mi fossi preso la briga di desiderarlo.

«Perché no» le risposi.

Una risposta per nulla romantica, o appassionata. Ma a lei andò bene ugualmente.

«In casa non ho preservativi» si scusò, come se ogni donna sola avesse dovuto tenerne una scorta nel comodino «però la farmacia all'angolo ha il distributore automatico.»

Uscii. Dopo qualche minuto ero di ritorno, con la mia scatola da sei in mano.

«Vieni» mi disse guidandomi verso la camera da letto, poi cominciò a togliersi i vestiti, in piedi, come se fosse stata nello spogliatoio della piscina. Io feci altrettanto. Ci ritrovammo nudi senza esserci neppure sfiorati: solo a quel punto ci sorridemmo e ci abbracciammo.

Con Béatrice avemmo quattro o cinque incontri, sempre secondo lo stesso schema: cena al ristorante e poi sesso a casa sua. Le prime due volte mi fermai a dormire da lei, ma il risveglio, al mattino, era penoso per entrambi: la nostra intimità finiva con l'orgasmo, dopo tornavamo a essere colleghi.

In tutto quel periodo, il ricordo di Shirin era come una ferita che tieni a bada con gli antidolorifici: non è che non ci fosse, però se ne stava in un angolo, acquattato. Gli unici momenti in cui davvero reclamava attenzione erano quelli in cui Béatrice fumava dopo l'amplesso. Ogni volta mi chiedeva il permesso di accendersi la sigaretta e ogni volta glielo accordavo, in primo luogo perché quella era casa sua e in secondo luogo perché mi sembrava che senza quelle boccate voluttuose il piacere del sesso rimanesse per lei incompleto. Però, nel momento stesso in cui mi abbandonavo accanto a lei, avvertivo un senso di disagio che mi faceva desiderare di essere in un altro letto, di sfiorare un altro corpo, quello di Shirin.

Per le feste natalizie Béatrice tornò dai suoi, in Normandia, e io trascorsi una settimana a Molini, con gli amici. Alla ripresa del lavoro, nessuno dei due sentì la necessità di invitare l'altro a uscire: quello che potevamo fare insieme lo avevamo fatto, non valeva la pena di andare oltre.

Fotografie dalla numero 7 alla numero 11. Nostalgia dell'emigrante. Avrei potuto intitolarle così queste foto. Credo di aver ripreso ogni casa di Molini. I tetti di ardesia sono carichi di neve; uno strato spesso e morbido, che non si ferma alla gronda, ma la scavalca, formando come un enorme ricciolo bianco che rimane sospeso negando la gravità, fingendosi senza peso. Dalla fontana del lavatoio continua a colare un filo d'acqua, ma i suoi spruzzi hanno creato, sopra la superficie gelata della vasca, una specie di cratere di ghiaccio in cui il rivolo liquido scompare. Le stradine sono diventate sentieri scavati nella neve e ai muri che da sempre le soffocano, sono state appese grosse corde, perché i vecchi possano tenersi. È Natale.

Era Natale, era il mio primo rientro al paese da quando stavo a Parigi. Avevo conosciuto il sapore dei ritorni fin dai tempi dell'università, ma all'epoca, quando i miei genitori erano ancora vivi, l'odore che mi accoglieva entrando in casa era quello della legna bruciata nella stufa; quella volta invece fu odore di muffa e di umido, odore di assenza. Spalancai le finestre della cucina e aspettai che l'aria fredda si portasse via la sgradevole sensazione di abbandono. Ripetei l'operazione per tutte le stanze, comprese quelle che, già lo sapevo, avrei chiuso e sigillato subito, di lì a qualche minuto: dopo mesi e mesi imprigionato in quattordici metri quadri, mi prendevo il gusto di esplorare le sei camere, e il fienile e la stalla che ancora puzzava degli animali ceduti anni prima a una cooperativa della piana. Sono certo che, se mio padre avesse avuto un letto di morte, su quello mi avrebbe fatto giurare di non vendere la casa che il mio avo, Musso Gerolamo fu Carlo, aveva costruito con le sue mani nel 1881, scrivendo quella data per lui storica sulla facciata bianca, accanto al suo nome e proprio sopra la meridiana.

Le finestre spalancate erano anche un segnale, il modo per dire "Ci sono". Era rimasto un che di arcaico nel nostro comunicare, fin da quando eravamo piccoli. In città, i ragazzini, dopo la scuola, si scambiavano lunghe telefonate, per noi invece il telefono era un oggetto grigio appeso al muro che doveva servire in caso d'emergenza: noi avevamo la piazza. Era forse per quello che, anche nell'era di internet, facevamo tanta fatica a tenerci in contatto: essere amici significava vedersi, altri sistemi non ne conoscevamo.

Antonio fu il primo ad accorgersi delle finestre. Mi lanciò un urlo dal cortile, mentre mi trovavo in cantina ad armeggiare con l'impianto di riscaldamento che non voleva accendersi. Risalii in fretta e corsi ad abbracciarlo, tenendo le mani chiuse a pugno per non sporcargli la schiena.

Eravamo commossi. «È il mio migliore amico» così dicevo di lui ai tempi delle elementari, e lui lo diceva di me. E anche in quel momento, dopo quella lunga lontananza, non avrei saputo trovare un'altra definizione: si resta "migliori amici" a vita, qualunque cosa questo significhi a trentacinque anni e a settecento chilometri di distanza.

Io e Antonio eravamo (e siamo tuttora) gli unici laureati di Molini, lui però aveva scelto di rimanere: aveva rinunciato a un buon posto in una multinazionale dell'acciaio ed era diventato direttore di stabilimento in una fabbrica della zona.

«Il paese è l'unica cosa veramente nostra,» mi ripeteva «non possiamo abbandonarlo.»

Sciolto l'abbraccio, ci raccontammo gli ultimi avvenimenti e ci demmo appuntamento per la sera: «Luisella e i ragazzi ti aspettano. Lo dico anche a Mauro e a Pietro».

Una casa accogliente, una moglie, dei figli, delle radici e dei germogli: era questo per loro il paese. *Un paese vuol dire non essere soli, sapere che nella gente, nelle piante, nella terra, c'è qualcosa di tuo, che anche quando non ci sei resta ad aspettarti.* Aveva ragione Pavese.

Più d'ogni cosa, di quei giorni ricordo il calore. La neve, quella che già si era accumulata e quella che continuava a cadere, non era che una parentesi, un modo per apprezzare di più la stufa dell'osteria, o il camino di Antonio, per desiderare una polenta o un vin brulé. Attraversavo il paese calandomi il cappello in testa, ma sapendo che, dopo un attimo, ci sarebbe stato un fuoco e un amico ad attendermi.

Nondimeno, dopo una settimana, l'idea di tornare a Parigi, dove pure mi aspettava nient'altro che il mio lavoro, non mi dispiacque affatto. Preparai di nuovo la casa per un lungo riposo, salutai Antonio e Pietro, che vennero ad accomiatarsi con le rispettive mogli e un discreto numero di bambini, e approfittai di un passaggio di Mauro che doveva andare a Badallo per incontrare una nuova e misteriosa fidanzata.

Fotografia numero 12. Cité de l'Hermitage. Dietro ho annotato una domanda: perché i vicoli senza uscita a Parigi si chiamano "Cité"? La risposta non la conosco ancora. Se a Barbès non ce l'avevo fatta a riprendere il rumore, qui ero riuscito a fotografare il silenzio. La strada si apre con un casetta a un solo piano, bianca, gli infissi d'un azzurro violento; prosegue poi con uno steccato di canne dal quale spuntano erbe e piante inselvatichite, e ancora, più avanti, una cancellata che delimita un giardino: quello della casa di Shirin. Ogni frammento dell'immagine parla di quiete, di atmosfera sonnolenta ed è difficile pensare che, alle spalle del fotografo, ci sia l'animazione di rue de Ménilmontant. È la natura composita di Belleville.

Fotografia numero 13. Giardino della casa di Shirin; 6, Cité de l'Hermitage. Una cancellata nera e, dietro, cespugli, siepi, pergolati. Un vialetto di ghiaia conduce alla porta d'ingresso. L'obiettivo inquadra anche la casa, fino al secondo piano. Il bianco della facciata non è più freschissimo, ma la patina giallognola non intristisce, semmai aggiunge fascino, soffoca sul nascere ogni inopportuna pretesa di modernità: quella è e deve rimanere una casa di campagna, che Parigi sia cresciuta tutto intorno non interessa.

Nella foto l'appartamento di Shirin non si vede, è più su, nella mansarda, né si vedono (ché forzatamente la scattai dopo il fatto) gli indumenti di Sébastien sparsi qua e là per il giardino. Però, anche senza documentazione fotografica, gli inquilini del numero 6 di Cité de l'Hermitage ricordano bene il giorno in cui dagli abbaini piovvero pantaloni, e mutande da uomo, e camicie. Fu il giorno in cui Shirin decise che il limite della comprensione, e anche quello dell'espiazione, erano stati superati.

Da settimane Sébastien bivaccava al Café de l'Abri, sull'angolo di rue des Cascades, un buco fetido frequentato solo da pusher algerini. La presenza degli spacciatori gli rendeva più agevole l'acquisto della roba che fumava tra una birra e l'altra per cercare di elaborare il lutto: i *moutons noirs* erano morti, si erano sciolti, avevano gettato la spugna. Il gruppo comico più triste della scena francese non esisteva più. Non so chi avesse preso la decisione di diventare adulto, ma, a un certo punto, qualcuno aveva capito che la nequizia dei tempi non bastava a spiegare il perdurare del loro insuccesso: mancava il talento ed era ora di ammetterlo.

Orfano dell'appoggio dei compagni, il fidanzato di Shirin recitò con sempre maggiore convinzione il ruolo del perseguitato, fino a che non fu lei a dare spettacolo. I dialoghi della loro ultima scenata li ho immaginati mille volte, prima con soddisfazione, poi con tenerezza e oggi con angoscia, ripetendomi che se lui quel giorno non fosse rientrato ubriaco e non avesse alzato le mani, lei adesso sarebbe ancora viva. E poco importa il fatto che Shirin non sarebbe mai stata mia, che forse avrei ripreso a vedermi con Béatrice, o con qualcuna come lei, e a consumare amori svogliati; poco importa.

Invece quel giorno Sébastien rincasò ubriaco, alle tre del pomeriggio, declamando battute non sue, di quelle che si ascoltano spesso alla radio: «Il Papa ha annunciato che non andrà a Lourdes perché è malato. Strano, di solito la gente ci va proprio per quello... Il ginecologo è un mestiere per sordi: non occorre ascoltare, basta guardare le labbra... Dio ha detto: "Bisogna che gli uomini si dividano le cose del mondo. I ricchi avranno il cibo, i poveri l'appetito...". Il Papa non crede in Dio: voi avete mai visto un prestigiatore che crede alla magia?».

«Ti prego, Séb, devo finire questo lavoro entro stasera.»

«Certo, il tuo lavoro pidocchioso, pulcioso, merdoso. Sei una conta-fagioli. È inutile abitare a Belleville e poi vivere come una borghesuccia. È inutile abitare a Parigi. Ecco, Clermont-Ferrand, quello è il tuo posto, così puoi fare la contabile alla Michelin.»

Lei vorrebbe spaccargli un piatto sulla testa, ma si trattiene, forse pensa ancora a quel sabato con me, alla colpa di aver provato piacere; e l'indulgenza torna: «Vedrai che ce la farai anche da solo. Sei bravo. Anzi, probabilmente erano gli altri che buttavano giù lo spettacolo. Pensa a Manu, a quelle penose parodie di Johnny Holliday e a quella chitarra sempre scordata».

«Non gettare fango sui miei amici. Tu non capisci un cazzo, non conti un cazzo. Anzi no, conti, conti benissimo: una, due, tre, quattro magliette, cinque scarpe da rugby, otto tende da campeggio, ventidue costumi da bagno. Tu conti, non sai fare altro.»

Io l'ho vista Shirin infuriata, ho conosciuto la forza della sua rabbia, così come, adesso, l'hanno conosciuta gli altri.

Il serbatoio dell'indulgenza si svuotò all'improvviso e prese a elencargli tutte le sue qualità: «Fannullone, illuso, parassita, ubriacone, drogato...».

Non so quanti epiteti ci vollero prima che lui incominciasse a picchiarla. So però che bastarono due schiaffi perché lei si chiudesse in camera da letto e gli svuotasse i cassetti fuori dalla finestra. E mentre Sébastien tempestava di pugni la porta, il padre di Shirin, avvertito al cellulare, bloccava la sua BMW nel bel mezzo del vicolo e saliva di corsa le scale.

Il giorno successivo, Shirin fece cambiare per precauzione la serratura del suo appartamento, ma di lui non ebbe più notizie: il padre era stato convincente. Fino a un anno fa, avrei detto che davvero di Sébastien non era rimasta traccia nella vita di mia moglie, ma negli ultimi mesi mi sono chiesto più volte se quell'accusa di essere solo buona a giocare con i numeri non abbia pesato nelle sue scelte, se in fondo, lasciandomi e andando a Milano con quella gente, non abbia voluto dimostrare che era capace di grandi cose.

E adesso vorrei scrivere che il nuovo incontro con Shirin fu del tutto accidentale, che insieme riparammo per la pioggia in un portone, o che pioveva su Brest. *Pioveva senza sosta quel giorno su Brest, e tu camminavi sorridente, serena rapita grondante, sotto la pioggia, un uomo s'era rifugiato sotto un portico, e ha gridato il tuo nome, e sei corsa verso di lui sotto la pioggia.*

Vorrei poter dare la colpa al caso, così come prima l'ho attribuita a Sébastien. Invece fui io a cercarla. Il dolore del suo ricordo era sempre là, accucciato in fondo allo stomaco. Prima di Natale, in un accesso di autolesionismo, avevo cancellato il suo numero dalla rubrica, così, quando né il lavoro, né l'ipotesi di altre relazioni riuscirono più a tenere a bada la voglia di rivederla, attesi il terzo giovedì del mese e mi presentai al café-théâtre con la scusa di salutare Laurent.

«Ed ecco il figliol prodigo!» gridò vedendomi entrare.

Il locale era ancora vuoto e ci sedemmo a un tavolino davanti a due calici di bianco.

«Come va la mia sostituta?»

«Bene. Non rompe i bicchieri e fa la smorfiosa con i clienti: ogni sera c'è uno diverso che l'accompagna a casa. E tu?»

«Mi sto occupando di energia solare: la prossima esposizione sarà sullo sviluppo sostenibile. Sto progettando tutta una serie di marchingegni che funzionano grazie al sole.»

«Ah, già, il mio barista fantasioso. Ti piace sempre lavorare per i bambini?»

«Sempre di più. Prima il mio compito si esauriva nella preparazione delle mostre, adesso cerco di essere presente quando vengono le scolaresche in visita, gioco con loro, li osservo mentre esplorano: sono affascinanti a quell'età.»

«Hai ragione, sono il nostro futuro.»

Non avrebbe potuto trovare una definizione più scontata, tuttavia sentii che era quello il nocciolo, era quello che mi aveva spinto a studiare da maestro: la proiezione verso il domani.

Parlammo ancora un po', di cose senza importanza, poi, mentre i primi clienti facevano il loro ingresso, mi informai, con noncuranza, sul programma della serata.

«C'è Christine Beriat, fa uno stand-up show da rotolarsi dalle risate. Secondo me, tra un po' la vediamo in televisione.»

«Niente *moutons noirs* dunque?»

Laurent alzò gli occhi al cielo, come per ringraziare le divinità: «Non ci sono più. Credo che i genitori li abbiano finalmente spediti a lavorare. Ho perso dei clienti, ma se avessero continuato con le loro pantomime ne avrei persi di più. Il terzo giovedì del mese ormai qui era un deserto».

«Di loro non viene più nessuno?»

«No, finito.»

«Neanche Shirin?»

Si prese qualche secondo per rispondermi e in quel breve lasso di tempo mi guardò con occhi curiosi: «È strano, Shirin è l'unica che ho rivisto. Una delle ultime volte mi ha chiesto se per caso eri passato da queste parti».

Tacque ancora e un attimo dopo, certo di aver capito, mi raccontò con compiacimento la storia dei vestiti in giardino, la quale, evidentemente, aveva fatto in fretta il giro del quartiere. Scelse quel modo per consegnarmi le due informazioni cui tenevo di più: l'indirizzo di Shirin e la sua situazione sentimentale.

Fotografia numero 14. Giardino della casa di Shirin; 6, Cité de l'Hermitage. All'ingresso del vialetto, con il cancello in ferro alle spalle, ci sono io. In mano ho due valigie. Indosso una camicia a scacchi, con le maniche arrotolate e credo che se non ci fossero gli spallacci dello zaino a coprirle, sotto le ascelle si vedrebbero due larghe chiazze di sudore. Il mio volto, piegato in una smorfia di fatica, è tutto rosso, stesso colore dei capelli. È il primo caldo primaverile, ed è il giorno del mio trasloco. Shirin ha voluto immortalare il momento in cui mi trasferisco a casa sua. Ci dovrebbe essere un'altra immagine, quella in cui barcollo sotto il peso di uno scatolone, ma non la trovo. Peccato, con la seconda foto completerei la cronaca illustrata del trasloco: due valigie, uno zaino, una scatola di cartone, nient'altro. La mobilia non mi apparteneva ed è rimasta nei quattordici metri quadri, assieme al microonde e alla televisione, a disposizione di nuove provvisorietà.

A dire il vero, almeno i primi tempi, non è che a casa di Shirin mi sentissi meno provvisorio. Ho sempre avuto scarsa fiducia nei progetti di lunga durata e ho abitato ogni casa come fosse una stanza d'albergo che presto o tardi devi lasciare. Ogni casa tranne la mia, quella di Molini, quella del bis bis nonno Gerolamo, con la data del 1881 sulla facciata.

E tuttavia, fin dal momento in cui scelsi la mia parte di letto, ebbi l'impressione che il materasso avrebbe finito per prendere la forma del mio corpo, che avrei imparato a riconoscere i passi di Shirin sulle scale, che il vicolo dell'Hermitage, il cancello di ferro, la ghiaia del vialetto, i rampicanti del giardino, sarebbero diventati le quinte della mia vita con lei.

Non mi sbagliavo, a partire da quel giorno, per più di due anni, non ci sarebbe stato altro che ordinaria felicità. Sì, felicità ordinaria, quella che non si costruisce, che si trova già fatta; quella che a descriverla assomiglia al tedio, alla monotonia, ma è solo perché la lingua non possiede le giuste sfumature, perché non ci sono parole così sottili da distinguere tra una logora abitudine e un ripetersi sempre nuovo, sempre gioioso, e profondo, e ricco, di gesti uguali. Forse il solo termine in grado di segnare questa differenza è proprio "felicità", ma "felicità" è parola inutile. Le altre parole, mantengono il loro significato anche quando sono lontane dall'oggetto che rappresentano, anzi, servono proprio nell'assenza, come surrogati degli oggetti che evocano. Se ho un cesto pieno di pesche e voglio offrirtene una, posso anche rinunciare alla parola, posso porgerti il frutto e farti segno di prenderlo, ma se sono rimasto senza, io dico "pesca" perché voglio che tu me la compri, perché la parola diviene indispensabile quando l'oggetto manca. La parola "felicità" invece la capisci completamente solo quando sei felice, quando l'oggetto non ha bisogno di essere evocato perché è lì, nella tua testa, nel tuo cuore. Quando la felicità sparisce, il termine corrispondente non indica che un vuoto da colmare, ma sulla vera natura della felicità non dice niente.

Di quel periodo dunque non scriverò molto, perché non so spiegare, oggi, dopo tutto quello che è successo, quali fossero gli ingredienti della nostra pienezza. E se qualcosa racconterò, malgrado lo strazio di rimestare tra i ricordi, sarà qualcosa che ora, illuminato dalla luce della tragedia, assume un senso nuovo.

Fotografia numero 15. Ancora io, con i miei capelli rossi, arruffati, che fanno macchia in mezzo al bianco della cucina. Bianchi i muri, bianco il tavolo, bianca la credenza, bianco il fornello, bianche le sedie. Bianca la tazza di latte che ho davanti. Sto facendo colazione e sopra il pigiama ho infilato una maglia di lana grossa, segno che fa freddo, cioè che sono passati alcuni mesi da quando mi sono trasferito. E malgrado questo, Shirin non si è ancora stancata di fotografarmi.

La macchina fotografica non riposava mai, era sempre appoggiata sul tavolo, o su un davanzale, sul comodino, pronta a scattare. Qualcuno potrebbe pensare che fosse la paura di perderci che ci imponeva di ritrarci in continuazione, ma io so che non era così; era semmai la certezza che un giorno avremmo riguardato insieme quelle immagini, magari con i nostri figli o i nostri nipoti. L'ordinaria felicità si esprimeva anche in questo, nel catturare un istante qualsiasi, reso unico da una smorfia dell'altro, da un suo sorriso, dalla sua semplice presenza. I primi tempi cercavo di sottrarmi all'obiettivo, nel tentativo di evitare che una canottiera imbarazzante o un paio di calzini bucati venissero consegnati all'eternità; ma dopo un po' entrai nello spirito del gioco e, anzi, presi ad appropriarmi dell'apparecchio ogni volta che Shirin si metteva a cucinare con quel suo grembiulone vinto con i punti del supermercato e ogni volta che arrivava a casa con qualche nuovo oggetto rintracciato chissà dove.

Tutto nella casa di Cité de l'Hermitage aveva subìto un processo di *récuperation*. Almeno una volta la settimana, Shirin si faceva il giro dei due o tre robivecchi del quartiere. Di comprare mobili e soprammobili nuovi, lei non voleva saperne; le piacevano soltanto le cose che avevano avuto una vita precedente, ma il suo non era il gusto ricercato dell'antiquario. Non le interessava il pezzo di pregio e neppure il restauro filologico: erano pochi i mobili che si sottraevano alla furia del suo pennello, a quella mania di ridipingere di bianco ogni cosa. Credo che in tutto quel vecchiume lei cercasse una soluzione al problema delle sue radici, una soluzione opposta a quella dei suoi genitori.

«I miei» mi aveva confidato una volta «cambiano l'arredamento completo ogni quattro o cinque anni. Chiamano un loro amico che è architetto d'interni e si fanno rifare la casa secondo le ultime tendenze.»

Era il loro modo di fare i conti con l'assenza di radici, con la mancanza di un servizio di piatti ereditato dalla nonna o di un armadio di famiglia. Di quanto avevano posseduto in Iran, non avevano potuto conservare nulla, se non il denaro messo sapientemente al riparo nelle banche svizzere. Così, nell'impossibilità di esibire vestigia antiche, tanto valeva rinunciare anche ai segni del passato più prossimo, ridisegnando continuamente il proprio spazio, come se per loro il cambiamento, anziché una necessità, fosse sempre stata una scelta.

Sul fronte opposto, Shirin comprava dal rigattiere il passato di altri, per non ammettere di non averne uno proprio. E con la stessa voglia di radici si sarebbe poi presa cura, una volta giunta a Molini, di vecchi paioli da polenta e di posate appartenute alla mia famiglia da generazioni: non aveva solo sposato me, ma anche la mia storia, per banale che fosse, e di questo era particolarmente felice.

Fino alla fine Shirin avrebbe continuato a cercare radici, anche dove non avrebbe dovuto.

Qualcosa del passato iraniano dei signori Tofigh però era rimasto.

Fotografia numero 16. Il cortile di una scuola. Un porticato, in cemento, senza fregi, senza fronzoli. Davanti al porticato qualche ragazzo e una fila di nove ragazze intorno ai sedici anni. Una fila indiana, o quasi. Le ragazze sono riprese di tre quarti e ognuna cinge con le braccia la vita di quella che ha davanti. Indossano un vestitino che, evidentemente, è uniforme, divisa. La gonna, leggermente plissettata, termina una buona spanna sopra il ginocchio, mentre la parte alta, aderente quan-

to può esserlo la tela, presenta una scollatura piuttosto casta e due spalline strette. Sul petto, dalla parte sinistra, le ragazze hanno cucito un numero che spicca chiaro su quello che, nella vecchia foto in bianco e nero, sembra un grigio scuro. È la squadra femminile di basket del liceo Razi di Teheran, liceo misto. La ragazza con il numero 6 è Ashraf Ghotbi, la nonna materna di Shirin, l'anno il 1950.

La foto, invero scioccante, fu una delle prime cose che il padre di Shirin mi mostrò nel corso del nostro primo incontro. Del suo paese natale non gli importava più molto (come ho detto, le radici le aveva recise da tempo), ma se c'era una cosa, una sola, che ancora gli stava a cuore, era l'immagine di un Iran diverso da quello di Khomeini e di Ahmadinejad.

«Ammetterai» mi disse «che la foto di mia suocera da ragazzina non corrisponde affatto all'idea che ci si fa della Persia.»

Mi avvicinai ancora alla cornice che la conteneva e che era poggiata sul ripiano di una libreria cui il designer aveva conferito un andamento sinuoso, irregolare e, a tutto dire, abbastanza inadatto a sistemare i volumi nel modo migliore. Guardando la foto da vicino non potei fare a meno di soffermarmi sui volti delle ragazze, sulle loro acconciature e, soprattutto, su quelle spalle nude: credo che in certi paesi del Sud Italia, quelle pose e quell'abbigliamento sarebbero apparsi scandalosi in tempi ben più vicini ai nostri.

«Effettivamente» risposi «si respira un'aria di modernità che è difficile immaginare oggi nel Medio Oriente.»

«Vedi che ho ragione! Anche tu che sei laureato, che hai fatto studi di alta specializzazione, quando ti dicono "Iran" non riesci a pensare ad altro che a donne velate e a uomini con il barbone e la sottana. E, per di più, pensi che sia sempre stato così, che la Persia attenda ancora il suo turno per uscire dal Medioevo.»

Annuii, un po' vergognoso dei miei schematismi, e con un certo fervore sottolineai la modernità di un liceo misto a Teheran negli anni Cinquanta: «In quel periodo, le scuole in Italia avevano ancora le classi separate».

«Certo, e l'hai vista, in rue des Pyrénées quasi all'angolo con Ménilmontant, la vecchia scuola elementare? Ha due porte: ENTRÉE DES GARÇONS e ENTRÉE DES FILLES. Noi eravamo già più avanti.»

Il padre di Shirin mi invitò a sedermi sul divano, che nella forma e nel colore ricordava un grosso salame, e riprese: «Non si sono limitati a rubare le nostre proprietà; il furto più grave è quello del nostro passato, di tutto il progresso che avevamo costruito durante il Novecento. E oggi ci consegnano agli occhi del mondo come dei selvaggi che lapidano, che schiavizzano le donne, che sono prigionieri delle loro superstizioni, che sono privi di libertà politiche e d'espressione...».

Ancora una volta avrei voluto obiettare che il regime dello scià Reza Pahlavi non passava per essere un esempio di democrazia e di pluralismo, ma ero di fronte al padre della donna che amavo e una certa soggezione era da mettere in conto. Tanto più che la statura, l'eleganza, la sicurezza del signor Tofigh incutevano un naturale rispetto, così come rispetto incuteva l'opulenza di quell'appartamento su due livelli. Ma, nonostante avessi composto il mio volto alla più totale riverenza, qualcosa dovette trasparire, perché lui, accennando un sorriso, mi prevenne: «Lo so cosa stai pensando, stai pensando alla repressione, alle riforme imposte con la forza dallo scià».

«Mi sembra difficile non fare i conti con quella parte di storia.»

«Hai presente cosa succedeva nel resto del mondo in quegli anni? Gli americani avevano il Vietnam, i francesi la guerra d'Algeria, persino Nasser, tanto amato dalla sinistra europea, aveva centinaia di scheletri negli armadi.»

«È vero, rispetto alla questione mediorientale, la nostra sinistra non ha mai capito molto. Ricordo che un giorno, all'università, un professore di sociologia ci mostrò a lezione un volantino e degli adesivi degli anni Settanta in cui si inneggiava all'ayatollah Khomeini e alla liberazione del popolo iraniano, il tutto sotto una grande falce e martello. Con il senno di poi, il minimo che si possa dire è che i comunisti dell'epoca erano degli ingenui.»

«I comunisti sono sempre stati degli imbecilli, nondimeno occorre riconoscere che, all'epoca, era difficile intuire la vera forza dell'islam integralista. Anche i comunisti iraniani, quelli del partito Tudeh, ci cascarono: nei giorni della rivoluzione si allearono con Khomeini pensando che, una volta al potere, lo avrebbero scaricato come si fa con un servitore diventato ormai inutile. Illusi! Proprio loro che volevano uno stato non solo laico, ma ateo, uno stato in cui fosse vietata qualsiasi forma di religiosità. Furono spazzati via in un attimo.»

«E non si può negare che anche i francesi abbiano fatto la loro parte. In fondo sono loro che hanno dato asilo a Khomeini...»

«Sì, con l'assenso dello stesso scià, che pensava che, esiliato qui in Francia, avrebbe provocato meno danni che in Siria o in Algeria. Lo chiamavano "l'ospite illustre di Neauphle-le-Château". Per non parlare degli inglesi della BBC. Nel 1941, la BBC aveva fatto propaganda contro il vecchio scià e questi aveva dovuto scappare in fretta e furia dal paese. Nel '78, quando la radio inglese ha cominciato a trasmettere, a beneficio degli iraniani, i discorsi di Khomeini, la gente ha capito che la monarchia stava per cadere.»

E così, al nostro primo incontro, eravamo lì, seduti tranquillamente sul divano, a parlare di politica, mentre sul terrazzo, che vedevamo attraverso la grande porta finestra del salone, Shirin e sua madre cercavano di ridare vita a una mimosa che non aveva sopportato il gelo invernale. Anche questa era ordinaria felicità; tanto ordinaria che la situazione si sarebbe ripetuta spesso, con poche varianti: le sdraio del terrazzo al posto del divano, il pastis al posto del cognac e, soprattutto, discussioni a quattro al posto di un semplice dialogo, discussioni che vedevano me nel ruolo del più tollerante verso l'islam e Shirin in quello della Oriana Fallaci di turno.

Quando ripenso a quei momenti mi dico che sono fortunato a essere in galera, che sono felice di non aver dovuto sostenere lo sguardo di mio suocero davanti al cadavere di sua figlia. E l'idea di una ordinaria felicità si fa sempre più straniera, incomprensibile, arcana.

Non so se quella del diario è stata una buona idea. Ero convinto che, nell'esercizio della scrittura, il mio cliente avrebbe spiegato senza troppi indugi le ragioni del gesto disperato che lo ha condotto in carcere.

E invece no. Preferisce attardarsi in descrizioni minuziose, preferisce gingillarsi con la scatola delle fotografie, quasi che cullarsi nel ricordo della moglie fosse più importante che convincere gli inquirenti della propria innocenza.

Quella stessa innocenza che però, davanti a me, protesta senza esitazioni.

Quando gli chiedo come sono andate le cose, lui mi dice di non sapere, di non aver avuto alcun contatto con Shirin Tofigh negli ultimi mesi, anzi, sostiene di averne totalmente perso le tracce qualche tempo dopo la loro separazione.

Però, i miei dubbi sulla sua estraneità ai fatti si fanno più insistenti.

Ho provato a parlare di Giacomo con la gente di Molini, ma, a parte Antonio che lo difende senza esitazioni, gli altri mostrano segni di insofferenza quando chiedo del loro maestro elementare. Qualcuno mi ha persino chiuso la porta in faccia. E tutti concordano sul fatto che è un bravo ragazzo, ma un po' strano; o, almeno, che lo è diventato dopo aver sposato quella straniera.

Eppure, l'impressione positiva che lui mi fece la prima volta che lo vidi sbucare dall'angolo del corridoio resiste.

Può capitare che l'incubo sia il sonno e può capitare che invece sia il risveglio. Nel profondo della notte il sonno mi ha abbandonato, all'improvviso. Un attimo prima, i miei occhi guardavano Shirin camminare per le strade di Parigi e un attimo dopo erano pieni di buio. Mi ci è voluto un po' per riuscire a vedere qualcos'altro, oltre il nero; per riuscire a vedere i riflessi dei proiettori esterni che disegnavano l'ombra delle sbarre sui muri della cella. Tuttavia, malgrado quei rettangoli di luce crudele, il sogno continua a sembrarmi più vero della realtà che ho intorno. Mia moglie è ancora mia moglie, ed è viva; la ritrovo nel giardino di casa, sulle panchine del Parc de Belleville o all'unico tavolino all'aperto del nostro solito bar in rue de Ménilmontant. La serenità delle nostre giornate si consumava lì, tra il diciannovesimo e il ventesimo arrondissement; il resto della *ville lumière* ci interessava poco, anzi, con il passare del tempo, cominciammo ad avvertire una certa insofferenza per la gente che affollava il centro di Parigi: gente in coda per entrare nei cinema, gente accalcata sul métro, gente intruppata a passo di marcia lungo i marciapiedi, parigini stressati, turisti imbecilli... Il nostro quartiere bastava e avanzava.

Fu al rientro da un devastante sabato pomeriggio al centro commerciale di Les Halles che, per la prima volta, proposi a Shirin di passare qualche giorno a Molini. Disgraziatamente lei accettò e un inizio di giugno più caldo del solito fece il resto.

Erano trascorsi tre mesi da quando mi ero trasferito a casa sua, tre mesi di cui non ho raccontato che un paio di episodi, perché altro non serve. In quel periodo di totale fusione, Molini, stranamente, era rimasta una cosa mia; Shirin non sembrava interessata a conoscere il luogo dove ero nato e io capivo che il mio centro gravitazionale si era ormai spostato: era lei e null'altro fuori di lei. Lasciando Parigi a bordo della piccola Renault di Shirin, entrambi credevamo che quella breve vacanza non ci avrebbe riservato altro che calma e riposo; eravamo lontani dal pensare che lì avremmo posto le basi per una nuova vita e, al tempo stesso, per la tragedia che mi ha condotto qui, tra queste pareti che qualcuno ha voluto dipingere di un giallo ipocritamente allegro, come se bastassero le tinte vivaci a far tornare la voglia di aprire gli occhi ogni mattina.

Fotografia numero 17. Bianco e verde, sono questi i colori. Se ci fosse anche il rosso farebbe bandiera, ma io non sono patriottico. Al posto del rosso c'è il marrone degli scuri alle finestre. Il bianco è quello della facciata, verde è il prato davanti alla casa, e la casa, naturalmente, è quella di Molini. Questa volta niente neve, ma un sole quasi estivo che, accanto al balcone del primo piano, stampa sul muro l'ombra dello gnomone: le due del pomeriggio, questo dice la meridiana.

Le due del pomeriggio, del 4 giugno. Fu in quel giorno, a quell'ora, sotto quel sole che Shirin vide per la prima volta la mia casa. E se ne innamorò, immediatamente.

So che il mio avvocato vorrebbe che io andassi di corsa, che arrivassi subito al dunque. E non si accorge che siamo già al dunque, che quella catena di fatti minuti spiega tutto quello che è successo; per questo non gli risparmio i particolari.

Quel giorno, aprendo la porta fummo investiti dal solito odore di umido.

«Mi dispiace» mi scusai. «Aspettami qui fuori, adesso apro tutte le finestre e poi andiamo a farci una passeggiata. Quando torniamo vedrai che l'aria sarà più respirabile.»

«No, entriamo: sono curiosa.»

Poggiammo le valigie nel corridoio che divide a metà il piano terreno e lei completò quel gesto con un altro, apparentemente insensato: accarezzò l'assito del pavimento.

«È qui da più di cent'anni vero?»

«Sì, dal 1881, ma credo che quello del nostro appartamento a Parigi non sia di tanto più giovane.»

«Però è nascosto dalla moquette, e prima, col proprietario precedente, era coperto da un orribile linoleum. E poi quello che volevo dire è una cosa diversa, volevo dire che questo legno è stato sotto i piedi di una stessa famiglia per più di un secolo.»

Era vero, ma io continuavo a non trovarvi nulla di eccezionale: il pavimento non è un oggetto, semplicemente esiste, come esistono parti del nostro corpo che neppure sappiamo di avere. Non badi al tuo pancreas, così come non ti affezioni alle assi del pavimento. Ma per lei era diverso.

«Quasi tutto qui ha l'età della casa. Tranne il bagno, naturalmente: quello vecchio è fuori, sul retro. Questo l'hanno fatto costruire negli anni Sessanta...»

Le aprii la porta e, premendo l'interruttore, illuminai le piastrelle azzurrine e i sanitari in tinta.

«...pensa che mio nonno, il padre di mio padre, ha continuato a usare il gabinetto esterno fino a quando è stato in grado di camminare. Dentro dice che si sentiva *genato*.»

«*Genato* è come *gêné*, alla francese?»

«Più o meno. In italiano si tradurrebbe con *imbarazzato*.»

«Fammi vedere le altre stanze.»

Altra porta, altro interruttore.

«Ecco, questa è la cucina.»

Shirin non riuscì a trattenere una smorfia di delusione.

«Lo so» le dissi spalancando al finestra «è una banale cucina componibile, ma mia madre l'ha sognata tutta la vita.»

Lo sguardo di lei indugiò triste sui mobili in laminato che erano stati il regalo di mio padre per i loro venticinque anni di matrimonio.

«Però» aggiunsi «la cucina di prima è tutta in soffitta, compreso il *potagé* in ghisa, che ci siamo messi in quattro per portarlo su.»

«Hai usato un'altra parola in dialetto.»

«Sarà l'aria di casa. Il *potagé* è la cucina economica, la stufa che serve anche per cuocere.»

I suoi occhi tornarono ad accendersi di quella luce strana che solo più tardi avrei saputo interpretare.

Completammo il giro della casa: da prima le quattro camere al piano superiore, poi, scendendo di nuovo, la stanza dei miei genitori e infine la mia.

«Qui, in tempo di guerra, hanno vissuto fino a cinque famiglie: quella dei miei nonni, con mio padre che era appena nato, i miei prozii, i miei bisnonni e tre famiglie di sfollati che venivano da Torino.»

La storia della mia casa, così semplice, così senza storia, sembrava incantarla. Cercai qualcuno dei miei ricordi più vecchi, di quando si facevano i formaggi, di quando li si portava giù, al fondovalle, per venderli ai villeggianti, di quando nella stalla c'erano ancora le bestie. A un tratto lei si alzò e, andando a colpo sicuro verso l'armadio, prese un lenzuolo di lino e lo distese sul letto. Poi cominciò a spogliarsi.

Mi dicono che viene un momento, per le coppie, in cui la nudità dell'altro non suscita che indifferenza. Quando arriva questo momento? Dopo dieci anni? Dopo venti? Dopo cinquanta? Arriva quando le forme di chi ami sono ormai disfatte dall'età e dalle malattie? Per me quel momento non arriverà mai. La morte di Shirin, martoriando il suo corpo, me lo ha reso immutabile. Non ho mai smesso di desiderarla, neppure nei giorni più bui, quelli delle dispute, dell'amarezza, delle scelte rinfacciate. Ho continuato a immaginarla nuda sul mio letto, anche quando lei mi ha lasciato. E continuo ancora oggi, più che mai. Desiderio perfetto e inappagabile.

Nuda sul mio letto, un letto in ferro, eredità dei nonni, o dei bisnonni, non so. Malgrado fuori splendesse quel sole precocemente caldo, i muri di pietra custodivano, nell'ombra delle stanze, il freddo dell'inverno. Shirin aveva la pelle d'oca e io mi divertii a sfiorarle la schiena, delicatamente, fino al solco delle natiche, e poi a baciargliela, scendendo piano piano con le labbra, per darle altre ragioni di rabbrividire.

Verso le cinque, muovendomi con cautela per non disturbare Shirin che si era addormentata, mi rivestii, raggiunsi la piazza ed entrai nell'unico negozio di Molini. L'emporio, credo per rispettare le disposizioni di legge, constava di due locali separati, ma, attraverso un'apertura nel muro divisorio, la vecchia Ghitin alternava la sua presenza nell'una o nell'altra parte, vendendo qui un etto di chiodi avvolti nella carta da giornale, là due scatole di tonno, qui la trementina, là una confezione di pasta.

«Era ora che ti facessi vedere un po' da queste parti. Fatti dare un bacio.»

Mi chinai porgendo la guancia a Ghitin.

«Sei qui per portarci un fiore ai tuoi al camposanto?»

«Sì, perché a Natale c'era tanta di quella neve che la tomba neanche si vedeva.» Poi, con orgoglio puerile, aggiunsi: «Ma soprattutto sono venuto a far conoscere il paese alla mia morosa».

«Era ora! Remo dice sempre che a Milano tu c'hai un sacco di ragazze, però qui non le hai mai portate.»

«Tuo nipote esagera. A Milano ho avuto una sola fidanzata, ma era una che se la toglievi dalla città moriva. Però adesso non sto più a Milano, sto a Parigi.»

«A Parigi? Ma allora la tua morosa è francese?»

«Sì, proprio parigina.»

«Chissà come sarà bella allora! Ricordo, subito dopo la guerra, quando andavo a fare la stagione a Nizza, c'erano di quelle belle ragazze, che i miei fratelli ci perdevano le bave dietro. Per fortuna che loro stavano in cucina, che se no in sala li trovavano lì imbambolati coi vassoi in mano che qualcuno doveva andarci a chiudere la bocca...»

Lo realizzai in quel momento: nel mio emigrare oltralpe non c'era nulla di nuovo, nulla che i miei compaesani non avessero già fatto lavorando in Francia o in Svizzera come camerieri, come muratori e qualcuno, agli inizi del Novecento, persino come musicista ambulanti.

Ghitin rievocò ancora per un attimo i tempi della sua giovinezza, di quando, sulla Costa Azzurra, i clienti abituali del ristorante la chiamavano Marguerite.

«...eh sì, quelle signorine che venivano con mamma e papà al ristorante sembravano proprio delle bamboline. Eh, le francesi... Ma anche tu sei un bel giovinotto, intendiamoci, se hai la morosa bella te la sei solo meritata.»

Le diedi qualche ragguaglio sulla mia vita parigina e lei ricambiò con una lista di decessi di gente dei paesi vicini, persone che dalla mia memoria erano scomparse senza che lei riuscisse a capacitarsene: ma come? non ricordi? Gioanin, il padre di quello della Balma, quello che aveva sposato la sorella di Rosetta... Genealogie bibliche trapiantate nelle nostre valli, social network dell'oralità, categorie un tempo familiari e ora estranee.

Comprai quattro biove e un po' di toma e, mentre stavo

per uscire, mi ricordai del burro: «Anche due etti di burro, per favore, del vostro».

"Del vostro" è la parola d'ordine degli iniziati, di tutti noi che, in barba alle regole e alle cautele degli igienisti, prediligiamo il burro non pastorizzato, i panetti gialli che, ancora freddi di frigo, spandono afrore di stalla. Comprare quel burro vietato dalla legge è gesto da carbonari, o da custodi di tesori antichi.

Quando rientrai, Shirin dormiva ancora. Mi appoggiai con la spalla allo stipite della porta e rimasi a guardarla, ancora nuda, su un fianco, raggomitolata, le mani giunte e strette tra le cosce. Di lì a poco avrebbe compiuto venticinque anni, ma in quel momento sembrava una ragazzina. Se esistesse un dio, lui saprebbe cosa darei per restituirle ciò che le ho tolto, per riportarla a quel pomeriggio, a quell'età sospesa; se esistesse un dio lo bestemmierei e lo maledirei perché sarebbe colpa sua. Ma dio non esiste, esistono solo idoli capricciosi e crudeli che richiedono sacrifici umani, e persino la bestemmia mi è negata.

La contemplai così a lungo che alla fine lei si svegliò, quasi il mio sguardo le facesse il solletico.

«Ho comprato qualcosa da mangiare» le dissi indicando i sacchetti che avevo posato a terra. «Qualcosa per spezzare la fame, poi, se vuoi andiamo a cena alla Concordia.»

«Hai fatto bene. Quando facciamo l'amore mi viene sempre appetito.»

«Vieni di là in cucina?»

Lei si finse imbronciata.

«Allora aspettami.»

Tornai un attimo dopo con un coltello e una bottiglia di barbera aperta e disposi il pane e il formaggio sul lenzuolo, come se fosse stata una tovaglia. Poi mi sedetti sul bordo del letto.

«Così non va. Spogliati.»

Le obbedii e la imitai quando si sistemò a gambe incrociate davanti a quella specie di pranzo al sacco.

«Come si chiama questo pane?»

Era passata all'italiano.

«Quello fatto così, tondo, con la crosta dura e la mollica molto soffice, si chiama biova.»

«A Milano non l'ho mai visto.»

Sorrisi, con una specie di soddisfazione sul viso.

«A Milano hanno la michetta, qui abbiamo la biova, il maggiolino, la pastadura, la bambolina, la rosetta...»

«Ho capito, vuoi farmi capire che noi in Francia, con la baguette e il baton siamo senza fantasia, però con i formaggi vi battiamo.»

«Assaggia questa toma e poi mi dici. Viene dall'alpeggio.»

«Cosa credi? Anche noi, ce l'abbiamo. Quando mio padre va in Savoia me la porta sempre.»

Continuammo a punzecchiarci, addentando ora un po' di formaggio, ora un pezzo di pane con sopra il burro giallo e il sale, bevendo il vino alla bottiglia. E, senza ripulire il lenzuolo dalle briciole, riprendemmo ad accarezzarci e a baciarci e a fare l'amore. Più il tempo passava e più l'idea di alzarci per andare a cenare all'osteria ci appariva inconcepibile. Quando il sole cominciò a tramontare, noi rimanemmo a letto, abbracciati, a guardare, attraverso la finestra, il bosco dietro la casa farsi sempre più scuro, fino a che anche i mobili della stanza, e i quadri e i nostri stessi profili, divennero difficili da distinguere, fino a che si persero nel buio. Poi ci addormentammo.

Il mattino successivo, un sabato, dopo la colazione (mi ero alzato di buon'ora per comprare i croissant freschi), percorremmo i viottoli di Molini in una specie di tour guidato.

«Questa» le spiegai mostrandole una baita in rovina «è la casa delle streghe. Dicono che un tempo qui tenessero i loro sabba. Naturalmente nessuno, neanche i vecchi, le ha mai viste, ma tutti giurano che le cose stanno davvero così.»

«È per questo che non l'hanno mai ristrutturata?»

«Ufficialmente è perché gli eredi vivono in Argentina e se ne disinteressano; la verità però è che, anche ristrutturata, nessuno la comprerebbe o la affitterebbe.»

Shirin sorrise: «È la prima volta che vengo in un posto dove le leggende pesano ancora sul mercato immobiliare. Tu te la immagini a Parigi una casa in place des Vosges abbandonata solo perché si dice che sia stregata?».

Ammisi che sarebbe stato impossibile e cercai di scusarmi per il modo in cui la superstizione continuava a insinuarsi nella vita del paese, ma lei mi stupì: «A Parigi non è razionalità o mancanza di superstizione, è solo cinismo: se il prezzo è conveniente l'appartamento lo si compra anche se c'è ancora dentro il cadavere del proprietario».

Non so se avesse ragione, ma il suo era un modo per farmi comprendere che lei amava il mio piccolo paese arrampicato sulle pendici della montagna e questo amore imprevisto mi riempì di commozione.

Raggiungemmo il cimitero. Nel giardino di casa avevo raccolto quattro o cinque ortensie da quel cespuglio che, malgrado le mie scarse attenzioni, continuava a punteggiarsi di azzurro; quando fummo davanti alla tomba dei miei genitori, Shirin ripulì il vaso di bronzo da vecchi steli rinsecchiti, lo riempì d'acqua alla fontana e vi infilò i gambi dei fiori freschi. Poi si strinse a me cingendomi il fianco e rimanemmo in silenzio qualche minuto a contemplare la foto dei miei abbracciati, quasi fosse uno specchio in cui vedere riflessa la nostra stessa immagine.

Uscimmo dal cancello secondario e imboccammo la stradina che segna il limitare del bosco. Non avevo mai visto Shirin tanto allegra; si divertiva a camminare in equilibrio sulla stretta e convessa striscia d'erba che cresceva rigogliosa tra le due rotaie di terra e quando raggiungemmo il punto in cui il rigagnolo della chiesa prendeva a correre parallelo alla strada, lei iniziò a gettarvi dentro i sassi per gioire, con ingenuità tutta infantile, degli spruzzi e dei tonfi.

«Qui, quando eravamo bambini, facevamo le gare con le barche di legno. Le costruivamo con gli scarti della segheria; chiodini e filo per creare le balaustre e tappi di sughero per i fumaioli: tutto qui, ma ci divertivamo come matti.»

«E quando avremo un figlio gli insegnerai a fare le barche?»

«Io gli insegno, ma poi» scherzai «speriamo che non gli salti in mente di fare le gare sulla Senna.»

«E se invece crescesse qui?»

«A Molini?»

«Perché no.»

«Non avevo mai pensato a un ritorno.»

«Se è per questo, non avevi pensato neanche a un figlio, ma prima o poi bisogna cominciare.»

Era vero, quella vacanza era un nuovo inizio, come quello del Père Lachaise, come quello del mio soppalco, come quello del giorno in cui mi sono trasferito da lei. Una storia piena di magnifici inizi e di una sola, tragica, fine.

Fotografia numero 18. L'insegna è sempre quella, da almeno un secolo: COOPERATIVA DI CONSUMO LA CONCORDIA. *Le lettere sono dipinte sulla facciata di una casupola a un solo piano, col tetto di pietra a due spioventi. I caratteri hanno forme squadrate e la mano dell'artista li ha dotati di un'ombra azzurrognola. Nessuno ha mai sentito la necessità di aggiornarne le linee, ma in un punto imprecisato della storia, un'altra mano, meno esperta, ha aggiunto sotto: "Mescita, ristoro, cucina casalinga, buon vino" e nell'enumerare le virtù dell'esercizio, il pittore ha trascurato di prendere le misure, così che le lettere, larghe e spaziate all'inizio, si vanno via via comprimendo verso la fine, al punto di ridurre la N e la O di "vino" a due esponenti di una strana elevazione a potenza.*

L'insegna è sempre quella, da almeno un secolo, solo rinfrescata nei colori, ma io, ogni volta che parto, ho paura di non trovarla al mio ritorno, ho paura di vedere una scritta al neon...

Da dietro il banco, Luis mi accolse alla sua maniera: «Guardalo qui quello che fa ballare le marmotte!».

Shirin mi studiò, in attesa di chiarimenti.

«Significa: "Guarda quello che è andato a lavorare all'estero".»

Mi fermai, ma sapevo che qualche precisazione sarebbe stata necessaria.

«Cosa c'entrano le marmotte?»

«Agli inizi del Novecento, da queste parti eravamo così poveri che durante l'inverno spesso le famiglie numerose facevano fatica a sopravvivere. Così, mentre i figli maschi rimanevano a casa a seguire le bestie e a fare lavori di manutenzione, il padre partiva a piedi per la Svizzera e portava con sé le bambine che chiedevano l'elemosina sul lungolago di Ginevra facendo ballare le marmotte ammaestrate al suono di canzoncine che inventavano apposta. Le marmotte le catturavano d'estate e ci impiegavano un paio di mesi ad addestrarle, così erano pronte per la stagione invernale. Da allora, gli emigranti sono quelli che fanno ballare le marmotte.»

Sembrò stupita e al tempo stesso soddisfatta della spiegazione.

«Luis, ti presento Shirin.»

«*Come se sc-iama?*» chiese in dialetto.

«Si chiama Shirin, è un nome persiano.»

Il vecchio fece una smorfia portando in avanti le labbra e inarcando le sopracciglia in un misto di sorpresa e ammirazione, poi tese la mano sopra il bancone per stringere quella della mia fidanzata.

«Cosa bevete?»

«Vino bianco, con un goccio di amaro dentro.»

«Per tutti e due?»

«Sì.»

Sapevo che sarebbe piaciuto anche a lei; le avrebbe ricordato i Picon bière che si servivano al café-théâtre.

Ci sedemmo in un angolo, accanto alla grande stufa di ghisa che, ovviamente, era spenta. Restammo un po' in silenzio, mentre Shirin guardava i tavoli e le sedie scompagnate, l'assito consumato lungo il tragitto che dalla porta conduceva al bancone, le pareti rivestite di legno nella parte bassa e curiosamente ornate, in alto, da finestre in trompe-l'oeil che si aprivano su improbabili paesaggi cinesi. La sala era deserta, ma sapevo che ben presto, alla spicciolata, gli uomini sarebbero arrivati.

Il primo ad affacciarsi alla porta fu Mauro. Indossava un paio di jeans e una camicia a quadri sulla quale riconobbi immediatamente un paio di macchie lasciate dall'olio del trattore.

«*Roba da mat*» fece rivolgendosi a Luis «*'l prim fen a l'è già quasi finì.*»

Poi ci scorse e si precipitò verso di noi. Nel giro di qualche minuto, ripetemmo almeno quattro volte la cerimonia degli abbracci e delle presentazioni. Mauro, Antonio, Pietro e Carlo. Era mezzogiorno e il fieno, i lavori in giardino, la segheria, le vacche dovevano concedere la tregua di un bicchiere di vino all'osteria e di un pasto a casa, aspettando che la ferocia del sole si calmasse un poco.

Vorrei ricordare tutte le parole che ci dicemmo, non perché fossero speciali, o argute, o memorabili, ma perché erano parole da nulla, di quelle che girano nell'aria senza difficoltà, e ti fanno sentire a casa. Assodato che Shirin capiva l'italiano, ognuno di loro, aiutandosi con il dialetto (che noi, a torto, crediamo perfettamente comprensibile ai cugini d'oltralpe), cercò di raccontarle qualche episodio della nostra infanzia, privilegiando quelli, e non erano pochi, in cui io facevo una brutta figura. Non so quanto lei ci credesse davvero, ma certo è che sembrava divertirsi un mondo. Quando, dopo quasi un'ora, la giostra degli aneddoti terminò, Mauro mi fece una proposta inattesa: «Domani vieni a cantare con noi per la festa della Madonna della Neve? Ci manca il basso».

Domandai a Shirin se le andasse di partecipare alla serata. Lei finse rassegnazione: «Dev'essere il mio destino quello di applaudire un fidanzato che si esibisce sul palco».

Ma era contenta, e si vedeva.

Fotografia numero 19. Mauro, Antonio, io e Gisella in prima fila. Dietro gli altri dieci elementi del coro. Sullo sfondo, illuminata dalle fiamme del falò, la facciata di una cappella, la Madonna della Neve.

L'idea di recuperare le antiche canzoni delle nostre valli ci era venuta una quindicina di anni prima. Avevamo messo insieme i soldi per comprare un registratore di buon livello e avevamo trasferito su nastro le ballate, le nenie e le laudi che i vecchi ormai biascicavano soltanto. Poi avevamo confrontato le varie versioni e così erano nati il nostro repertorio e il nostro gruppo. Ci chiamavamo *I magnin*, i fabbri, un ulteriore omaggio alla tradizione della nostra terra di calderai e di battilastra, di fabbricanti di cancelli e di chiodi, ma anche un atto di modestia, un riconoscimento del fatto che cantavamo come dei *magnin*, cioè con più forza che finezza. E nonostante l'approssimazione degli inizi, i fabbri cantori avevano continuato a portare in giro per le feste le melodie della memoria, ed ero contento che avessero continuato a farlo anche senza di me; quella sera però, essere lì in mezzo a loro mi dava un senso di pienezza che raramente avevo provato in vita mia. Avevo i miei amici, le mie musiche, il mio paese, e avevo Shirin che mi ascoltava, avevo Shirin da stringere, da far ballare sul prato, sul ritmo di tre quarti del valzer e sul sei ottavi della curenta. Avevo tutto.

È passata la guardia. Ha aperto lo sportello dello spioncino e si è affacciata: «Preparati» mi ha detto «tra un quarto d'ora fai la doccia».

Quello della doccia è l'unico momento in cui vedo i compagni delle celle accanto. Ci portano a cinque per volta, perché cinque sono le docce: cinque docce per duecento detenuti. Ci fanno uscire nudi dalla cella, per risparmiare tempo. Bisogna fare in fretta, altrimenti gli ultimi non riescono a lavarsi e l'igiene, ripetono le guardie, viene prima di tutto. Se potessi parlare, farei notare ai secondini che non è igiene usare in duecento lo stesso spazio, senza che questo venga pulito; non è igiene immergere i piedi in quella pozza putrida che si forma a causa degli scarichi intasati, in quell'acqua dove galleggiano peli, capelli e sporcizia di uomini reclusi e malati. Se potessi parlare lo direi, ma noi dell'isolamento non abbiamo diritto a parlare; anzi, dobbiamo anche fare attenzione ai gesti. La volta scorsa, il mio vicino ha sporto il braccio per chiedermi dello shampoo: il secondino lo ha investito di male parole. Con me sono più cauti. Mi temono. Tutti. A parte quello più vecchio, quello che era già in carcere durante gli anni di piombo. Forse è meglio così, è meglio che credano che io appartengo alle forze del male: il loro timore mi tutela.

Ho riletto le ultime pagine: forse il mio avvocato ha ragione, sono lento. Prometto di procedere più speditamente, di soffermarmi solo sugli episodi essenziali. Però era necessario che dedicassi tempo alla nascita del nostro amore. Dovevo spiegare quanto amavo mia moglie, quanto la amo ancora. Secondo me è questa la vera prova della mia innocenza, ma, ovviamente, anche raccontandolo all'infinito, l'amore non si può provare, e poi è vero che gli uxoricidi maturano quasi sempre nell'amore e non nell'indifferenza.

Fotografia numero 20. Cité des Sciences. Ancora io, attorniato dai bambini di una scolaresca. Stiamo facendo una gara con le macchinine alimentate a energia solare. La mia mostra sulle fonti alternative è un successo. Attraverso i vetri, si vede il geode, il simbolo dell'architettura del futuro, e io, in quel momento, penso che il mio futuro sia lì, a Parigi.

Neanche cinque minuti dopo averla pronunciata ho già tradito la mia promessa. Questo non è un episodio fondamentale. È che la foto è saltata fuori dalla scatola mentre cercavo le altre e non posso fare a meno di parlarne, almeno un po'.

Guardando i bambini mi commuovo. Mi è sempre piaciuto lavorare con loro. Eppure, mai come in quel periodo alla Villette avevo provato così forte la gioia di averli intorno, di sentire le loro risate e di godermi il loro silenzio quando riuscivo a conquistarli col racconto di questa o di quella scoperta scientifica. Ogni tanto, quando in visita alla mostra arrivavano i più piccoli, mi tornavano in mente le parole di Shirin: «E quando avremo un figlio gli insegnerai a fare le barche?».

Così, ogni volta che spiegavo come dare avvio a uno degli esperimenti didattici previsti per i bambini, mi sembrava di essere a Molini, con mio figlio, a costruire barche di legno.

Fine dell'episodio, avvocato. È una cosa che non dice nulla, se non a me. Ma forse, se proverà a mettere un segnalibro su questa pagina, in futuro la aiuterà a capire.

Fotografie numero 21 e 22. Parigi, rue Timbaud. Se l'afa si potesse fotografare, questo sarebbe il ritratto dell'afa, del calore soffocante che scioglie l'asfalto, che fa tremare l'aria. In ogni caso è l'immagine di una provocazione. Shirin ha indosso solo un paio di pantaloncini di jeans, ridotti ai minimi termini, e una canottierina azzurra che lascia scorgere distintamente la forma dei capezzoli. Si è accostata sfrontatamente a due ragazze più o meno della sua stessa età, due ragazze che, per quanto si può intuire dai lineamenti, con lei condividono anche il paese d'origine. Solo che i loro corpi, invece di mostrarsi come quello di Shirin, sono seppelliti sotto abiti color sabbia e i loro capelli sono mortificati dalla censura del velo. Le due giovani donne quasi non si accorgono della foto, intente come sono a esaminare la vetrina di una libreria islamica. Nel fotogramma successivo, la memoria dell'apparecchio ha catturato persino alcune copertine di quella vetrina. Si tratta di libretti illustrati per ragazzi, a carattere religioso, fascicoli dai colori vivaci e dai titoli inequivocabili: Allah è grandissimo, Allah è il mio solo Dio, Allah è misericordioso, I cinque pilastri dell'Islam, L'Islam spiegato ai bambini. *Libri che fanno sor-*

ridere noi occidentali, immemori della zuccherosa ruffianeria dei nostri catechismi.

Quella foto, la prima intendo, fu una specie di agguato premeditato: da giorni Shirin cercava l'occasione per prendersi gioco di tutti i fanatici di rue Timbaud. Fanatici, lei li chiamava così.

Il caldo piacevole e sorprendente che ci aveva accolto a Molini si era trasformato, a Parigi, in una tortura senza fine. Durante il lavoro, chiuso nella bolla di vetro della Cité des Sciences, vivevo per nove o dieci ore l'impressione di una fresca primavera, ma mi bastava attraversare il piazzale che separa la Cité dal métro per sentirmi in una fornace. A casa poi, le preoccupazioni ecologiste della mia fidanzata impedivano di accendere i condizionatori installati dal proprietario precedente, con il risultato di rendere inabitabile l'appartamento fino alla mezzanotte, quando l'aria ormai rinfrescata cominciava a fare corrente tra gli abbaini.

Shirin aveva praticamente preso dimora in una brassérie con i tavolini all'aperto dalle parti di Notre-Dame de la Croix, in un angolino ombreggiato da grandi platani. Il computer portatile davanti agli occhi, il cellulare in tasca, la sua postazione di lavoro era tutta lì. In cambio di quell'ufficio climatizzato naturalmente, il padrone del locale si accontentava di una consumazione di tanto in tanto e della cena che quotidianamente consumavamo lì.

Finito di mangiare, iniziavamo le nostre passeggiate verso il centro e, chissà perché, passare per rue Timbaud ci sembrava inevitabile.

Chiunque sia stato almeno una volta a Belleville, chiunque abbia letto almeno un libro di Pennac sa che il quartiere è un modello in scala ridotta di quello che chiamiamo il "Mondo arabo", con l'aggiunta di qualche distretto dell'Africa Nera e dell'Estremo Oriente. Quando gioca l'Algeria, per esempio, le strade si riempiono di bandiere verdi e bianche con la mezzaluna e la stella al centro. E quando vince, è gazzarra fino alle due di notte.

In un quartiere così, non era la diversità a sorprendere: il vero choc sarebbe stato quello di svegliarsi un giorno e non vedere che parigini pallidi con «Le Figaro» sotto il braccio. E tuttavia, svoltare da boulevard de Belleville e trovarsi di botto in rue Timbaud suscitava sempre un piccolo senso di spaesamento. Era come penetrare nelle strade più interne di una città santa, come approssimarsi a una grande moschea dell'Arabia Felix. Per poco più di duecento metri, dall'angolo del boulevard fino al piccolo spiazzo che si apre di fronte al falansterio ottocentesco e all'antica "Maison des Metalurgistes", non ci sono che uomini in caftano e sandali, grosse barbe, donne velate, negozi di vestiti "islamicamente corretti", di articoli tradizionali, tutti con grandi cartelli in vetrina per ricordare al passante che il buon servitore di Allah quando vede qualcosa di piacevole esclama «Masha'Allah», è Allah che l'ha voluto; per esprimere stupore dice «Soubhan'Allah», Gloria ad Allah; e per ringraziare dice «Jazaka Allahou khairane», che Allah ti accordi un'eccellente ricompensa.

Di tutta quell'ostentazione di religiosità, per colpa o per merito della quale lei si trovava ora lontano dal paese dei suoi padri, Shirin era solita ridere e dietro quell'ilarità amara si scorgeva un vero fastidio, una riprovazione autentica e profonda. Gli uomini le sembravano stupidi e crudeli, le donne ottuse e pusillanimi. La foto che mi fece scattare quel giorno davanti alla libreria islamica doveva immortalare il suo disprezzo, il suo senso di superiorità condensato in quell'esibizione delle icone occidentali: short e maglietta attillata.

Anche questa fotografia, anche questo grumo di ricordi al mio avvocato parrà inutile e ozioso, ma io lo prego di considerare la mia storia, quella che va dall'incontro con Shirin fino alla sua morte, come un puzzle, come un mosaico. Sto aggiungendo tessere, una dopo l'altra, e tutte sono funzionali a comporre l'immagine di fondo: se ne dimenticassi una soltanto, l'immagine resterebbe incompleta e nessuno capirebbe le ragioni di un destino così tragico, per lei e per me, un destino di cui io sono stato artefice involontario. "Credi al destino", questo ingiungono i negozianti di rue Timbaud elencando in vetrina i pilastri della fede: io ora ci credo. E lo maledico.

Fotografia numero 23. Hotel des Sables, Les Saintes-Maries de la Mer. È la classica foto ricordo, spogliata della seppur minima ambizione estetica. Si vede la piscina, che nella deformazione del grandangolo appare molto più ampia di quello che è. Tutto intorno le stanze, disposte su due piani. Con un tratto di penna, Shirin ha cerchiato il nostro balcone.

Il caldo soffocante della metropoli faceva crescere la nostra voglia di ferie e alcuni mesi di simbiosi assoluta ed esclusiva facevano crescere la voglia di stare in compagnia, di andare oltre il semplice "noi due". I nostri primi mesi insieme avevano però segnato anche la fine di quelle fragili amicizie che ci eravamo costruiti prima. La maggior parte dei miei colleghi aveva concluso il proprio contratto e, terminati i giorni della nostra triste ginnastica sessuale, qualsiasi relazione con Béatrice fuori dall'ufficio mi pareva priva di interesse. Per Shirin, che nel lungo periodo di convivenza con Sébastien aveva abbandonato quasi tutte le amicizie, la situazione era analoga. Fu lei a suggerire di trascorrere le vacanze al mio paese.

«Così stiamo in compagnia» disse.

«Un mese a Molini» risposi io scettico «e mi lasci per sempre.»

«Guarda che io mi sono divertita in quei giorni che abbiamo passato là.»

«Proprio perché erano giorni e non settimane.»

«Allora andiamo prima un po' al mare e ad agosto scappiamo dalla calca e ci rifugiamo in montagna da te.»

«Al mare dove?»

«Sei mai stato in Camargue?»

«No.»

«Neanch'io, però mi hanno parlato molto bene delle Saintes-Maries de la Mer, possiamo prenotare lì.»

«Nessuna obiezione.»

«E niente ci impedisce di organizzare con qualcuno dei tuoi amici del paese.»

Anche su quello non avevo obiezioni.

Feci un giro di telefonate, cominciando, ovviamente, da Antonio.

«Andare al mare mi piacerebbe molto» disse con una punta di rammarico nella voce «e farebbe molto bene ai bambini, ma la neve di quest'inverno ci ha rovinato una parte del tetto, abbiamo un sacco di spese per risistemarlo: muoversi in cinque è troppo caro per noi quest'anno.»

Gli promisi che ci saremmo visti a Molini e composi il numero di Mauro.

«Ho strappato a mio fratello la promessa di sostituirmi almeno per una settimana: Giorgia mi ha detto che se non la porto in vacanza almeno una settimana si trova un altro.»

Giorgia, la misteriosa fiamma cittadina (ché Badallo, per quanto piccola, provinciale e periferica, si fregiava ormai del titolo di "città"), la straniera di cui parlava così volentieri all'osteria, lo aveva dunque messo in riga e il fratello ferroviere era stato costretto a consacrare una settimana di ferie al lavoro nei campi.

Gli dissi quello che sapevo della Camargue e per lui non

fu difficile convincere la ragazza, la quale oltre alla spiaggia e al sole, non aveva nulla da chiedere a una vacanza.

Il 17 luglio, alle 23.30, dopo quindici ore di autostrada e di code, fermavamo la nostra macchinetta nel parcheggio dell'Hotel des Sables, proprio accanto al fuoristrada di Mauro.

Nel consegnarci la chiave della stanza, la proprietaria dell'albergo, con una malagrazia che conteneva tutto il disappunto per il nostro arrivo notturno, ci recapitò un bigliettino: «Siamo distrutti dal viaggio, andiamo a dormire, ci vediamo domani alle dieci per la colazione. Mauro».

Il giorno dopo, entrando nella sala del *petit déjeuner*, facemmo la conoscenza di Giorgia. Era una ragazzina minuta, sui venticinque anni (ventisei, avrebbe precisato di lì a poco). Quando entrambi si alzarono per salutarci, lei sembrò scomparire al cospetto del metro e novanta di Mauro, dei suoi novantacinque chili di solido montanaro. Aveva un viso grazioso e portava i capelli lunghi, raccolti in una crocchia che aveva fermato con una matita.

«A che ora siete arrivati ieri sera?»

«Alle undici e mezza. C'è stato un grosso incidente un po' più a sud di Lione e siamo stati fermi per due ore buone, senza contare gli altri imbottigliamenti.»

«Scusateci se non vi abbiamo aspettato, ma anche il nostro viaggio è stato piuttosto faticoso.»

«In che stanza siete?»

«La ventidue.»

«Ah, proprio accanto alla nostra.»

Tra chiacchiere e abbondanti spalmate di marmellata fatta in casa (di fronte alla quale solo la ragazza del mio amico riuscì a contenersi, limitandosi a una sola tartina), la colazione ci portò via più di mezz'ora.

«Voi sapete quali sono le spiagge migliori?» ci domandò Giorgia.

«No» le fece Shirin. «Però possiamo chiedere informazioni alla proprietaria.»

Mauro storse la bocca in una smorfia eloquente.

«Anche con voi è stata sgarbata?»

«Sì, pensavo che fosse per via del fatto che non parlo il francese, ma se mi dici così, vuol dire che anche coi compatrioti non è meglio.»

«Pazienza, proviamoci ugualmente.»

Ci alzammo e dopo qualche minuto tornammo con le indicazioni che la donna ci aveva buttato lì quasi senza alzare lo sguardo dai moduli che stava compilando.

«Pare che la spiaggia più bella sia quella a est, quella davanti agli stagni. Dice di percorrere fino in fondo la strada sterrata, saranno un tre chilometri.»

«Allora possiamo prendere la mia macchina, che agli sterrati è abituata.»

Nel minimarket vicino all'hotel comprammo il necessario per il pranzo al sacco, poi salimmo sull'auto e ci dirigemmo verso il mare. Il paese, che al nostro arrivo avevamo solo indovinato, si componeva di casette basse dagli intonaci chiari; nessuna che si elevasse oltre la misura di un piano, nessuna che rinunciasse a un piccolo giardino o, almeno, a un vaso di gerani alla ringhiera del balcone. Qua e là, dietro ai recinti, si vedevano cavalli appena strigliati; i famosi cavalli di Camargue, pronti per le passeggiate sul bagnasciuga.

Seguimmo le indicazioni *Plage est* e ci trovammo sullo sterrato. La strada sembrava correre parallela al mare, il quale però rimase visibile solo per il primo tratto e scomparve dietro le dune una volta superato l'unico stabilimento balneare della zona. Alla nostra sinistra, il grande stagno d'acqua salmastra offriva panorami insoliti e affascinanti. Un paio di volte, Mauro accostò e scendemmo tutti ad ammirare il rosa dei fenicotteri intenti a pescare. Dopo tre chilometri esatti, uno spiazzo sul quale erano già posteggiate una decina di auto segnava la fine del percorso: di lì si proseguiva solo a piedi o in bicicletta. Parcheggiammo a nostra volta e, con viveri e asciugamani, imboccammo un sentierino che si infilava tra due grandi dune. Al di là di queste, si apriva la più vasta distesa di sabbia che avessi mai visto. Il mare, che avevamo creduto prossimo alla strada, si vedeva quasi in lontananza, così come in lontananza si vedevano le figure minuscole dei pochi bagnanti.

«Sarà anche la spiaggia più bella» osservò Mauro «ma per raggiungerla bisogna attraversare il deserto.»

«Voglio un cammello» disse Shirin e muovendo due passi di corsa mi saltò in groppa per farsi portare a cavalluccio; uno dei pochi gesti infantili che io ricordi di lei.

Il deserto lo attraversammo in un quarto d'ora di cammino e quando fummo quasi sulla battigia ci accorgemmo che i bagnanti che avevamo scorto di lontano avevano tutti una particolarità: erano nudi.

«Secondo me» ipotizzò Mauro «la padrona ha voluto farci uno scherzo.»

«Ma voi» gli fece seguito la ragazza «lo sapevate che questa era una spiaggia nudista?»

«Assolutamente no» risposi.

«Non è segnalato da nessuna parte» intervenne Shirin. «Proviamo a chiedere.»

Pensai che fosse del tutto inutile cercare una conferma a ciò che gli occhi mostravano con tanta evidenza, ma non feci in tempo a esprimere il mio parere che Shirin aveva già fermato una giovane donna che passeggiava con i piedi nell'acqua. La sua risposta dimostrò che avevo torto e che una precisazione si imponeva: «Questa è una spiaggia dove ognuno fa quello che vuole: se ti va di metterti nuda ti metti nuda, se invece preferisci tenere il costume lo tieni».

Semplice, chiaro, democratico.

«Cosa dite? Restiamo o cambiamo posto?»

Negli occhi di Mauro, e molto di più in quelli di Giorgia, lessi l'imbarazzo, forse persino il fastidio. Se fosse dipeso da loro, avrebbero intrapreso a ritroso la traversata del deserto, ma il timore di apparire bacchettoni e provinciali li bloccò.

«Restiamo» disse lei con tono secco.

Lui si adeguò.

La spiaggia non era certo affollata, una trentina di persone nel raggio di cento metri, ma cercammo ugualmente uno spazio appartato, a ridosso delle dune. Quella scelta parve sciogliere un po' la tensione. Stendemmo a terra i teli di spugna e ci liberammo delle magliette e dei pantaloncini, scoprendo così che tutti e quattro indossavamo costumi da bagno della stessa marca, quella per cui Shirin lavorava. Un attimo dopo, con ritrovata allegria, corremmo a tuffarci in mare.

Perché racconto tutto questo?

Perché fu al termine di quel bagno che accadde qualcosa di cui mia moglie si sarebbe ricordata più avanti, al tempo di quello che il «Corriere» ha definito «un grave episodio di violenza» del quale mi sarei reso responsabile.

Tornati al nostro quartierino vicino alle dune, Shirin non fece altro che mettere in pratica il principio che vigeva su quella spiaggia: ognuno fa quello che vuole. Si sfilò il costume bagnato e si sedette nuda sull'asciugamano.

Sono sicuro che in quel gesto non c'era desiderio di sfida, o esibizionismo e neppure malizia. Le venne naturale, tutto qui. Eppure, Giorgia lo accolse dipingendosi in volto un'espressione stizzita. Rimase a guardarla per una manciata di secondi, poi, lasciandosi sfuggire un «Be', allora...», si alzò in piedi per calarsi lo slip e per togliersi il reggiseno. Ricordo che fu esattamente questa la successione e ricordo anche che quanto fu spontaneo e sciolto il denudarsi di Shirin, tanto fu sforzato e rabbioso quello di Giorgia. Si vedeva che provava vergogna, ma che mai l'avrebbe ammesso e meno che mai avrebbe accettato di essere superata in spigliatezza da una ragazza iraniana.

A quel punto, a me e a Mauro non rimaneva che imitare le nostre compagne e liberarci dal costume.

Le ore scivolarono via pigramente e a metà pomeriggio, annientati da un sole implacabile, facemmo ritorno in albergo.

Durante il tragitto, ci fermammo nuovamente ad ammirare i fenicotteri, ad attendere lo splendido alzarsi in volo dei loro stormi.

Sono certo che non vedrò più altro panorama all'infuori di queste mura, altrimenti cercherei di rammentare a me stesso che, quando si va in vacanza con gli amici occorre garantirsi camere ben distanziate le une dalle altre, ché il modesto spessore di una parete divisoria non basta ad arginare la violenza delle recriminazioni, la durezza dei commenti sul comportamento altrui. Una parete divisoria è troppo poco per occultare l'insofferenza verso i compagni d'avventura. Quel pomeriggio, mentre io e Shirin, sdraiati sul letto, ci godevamo la penombra della stanza e il canto delle cicale al di là delle persiane chiuse, sentimmo filtrare attraverso il muro tutta la rabbia di Giorgia.

«Certo che la fidanzata del tuo amico Giacomo è una bella troia!»

«Perché dici così?»

«Hai ben visto quello che ha fatto, no? Ve l'ha sventolata sotto il naso per farvelo rizzare.»

«Anche tu però ti sei tolta il costume.»

«Certo, cosa volevi che facessi, che le dessi la soddisfazione di considerarmi una campagnola che non sa stare al mondo? Però mi sono vergognata come una ladra, specie quando sono arrivati quelli che facevano la passeggiata a cavallo: loro erano vestiti e io nuda e sembrava che mi guardassero tutti lì, in mezzo alle gambe.»

«Ma eravamo tutti nudi, anche io e Giacomo.»

«Sì, per voi maschi è facile, siete abituati. Quando vi fate la doccia dopo aver giocato al pallone ve ne state col pisello al vento a chiacchierare e non vi preoccupate neanche di chiudere la porta. In palestra, a Badallo, lo spogliatoio maschile è sempre aperto, sembra che lo facciano apposta per farci vedere quanto sono dotati. Ma noi donne abbiamo un pudore diverso, farci guardare in un certo modo è quasi come farci violentare.»

«Non eri mica la sola ragazza nuda sulla spiaggia.»

«Ah, sì. Altre troie come la tua amica. Hai notato che avevano tutte la figa rasata come lei? Sono le attrici porno quelle che si depilano totalmente. Le attrici porno o quelle che la mostrano spesso in giro. Chi fa l'amore solo con il suo uomo non ha bisogno di tanti lavoretti.»

La voce risuonava chiara nel silenzio della nostra stanza e, sulle ultime parole, io temetti che Shirin esplodesse. Invece, voltandomi verso di lei, vidi che sorrideva, con distacco, ma senza superiorità, senza lasciarsi ferire da quei commenti che, sebbene indirizzati a lei, non la riguardavano per nulla. Poi prese la mia mano e, portandola sul suo sesso glabro, mi sussurrò: «Non è per farla vedere in giro. È tutta per te, prendila».

Quando ci incontrammo per la cena ci sorridemmo tutti amichevolmente: di quello che avevano detto, di quello che avevamo sentito, non trasparì nulla, né quella sera, né mai. Il giorno dopo, Shirin suggerì di cambiare spiaggia e da quel momento trovammo mille ragioni (l'assenza di vento, la temperatura dell'acqua, il chiosco delle bibite) per preferire la *plage ouest*, dove ognuno, rigorosamente, indossava il proprio costume da bagno.

Il 24 luglio, esattamente una settimana dopo il nostro arrivo alle Saintes-Maries de la Mer, salutavamo, addirittura con un certo rammarico, Mauro e Giorgia che tornavano in Italia. In fondo, erano stati una compagnia piacevole, di quelle che ti aiutano a non pensare, a prenderti una vacanza anche dal tuo cervello. A noi rimanevano altri sette giorni e li trascorremmo tutti sulla spiaggia est.

Da bravo montanaro, non ho mai amato il mare: il caldo, la sabbia, l'immobilità sotto il sole erano per me sinonimo di una noia che solo la lettura riusciva in parte a mitigare. Le rare volte in cui ero stato costretto a vacanze balneari, avevo divorato montagne di libri. Durante quella seconda settimana invece faticai a portare a termine l'ultimo romanzo di Eric-Emmanuel Schmitt, che pure attendevo da tempo. Shirin assorbiva tutta la mia attenzione, ero completamente appagato della sua semplice presenza. Capitava spesso che lei, girandosi di scatto, mi sorprendesse intento a fissarla, ad accarezzarla con lo sguardo. Non sono bravo a trovare definizioni per quel mistero che è l'amore, ma in quei giorni capii che la contemplazione inesausta della persona amata ne è un sintomo.

Un certo ruolo in quella mia condizione estatica penso l'avesse anche la nudità. La nudità di Shirin era per me tutt'altro che sconosciuta, eppure, il suo corpo esposto al sole mi faceva vibrare di un piacere nuovo. Senza l'ipocrisia di qualche triangolino di stoffa, la sua bellezza si fondeva completamente con quella delle dune o delle onde. E, per motivi molto meno estetici, godevo persino della mia nudità e di quella degli altri naturisti che, con l'approssimarsi dell'altissima stagione, erano cresciuti di numero. Essere nudi aumentava la complicità.

Facemmo amicizia con una coppia di Strasburgo, entrambi sui quarantacinque, entrambi insegnanti al liceo. Si erano sposati appena finita l'università e le loro figlie, gemelle, erano ormai in piena adolescenza: per questo, nel rispetto dell'"ognuno fa ciò che vuole", avevano coperto le loro nascenti forme con dei bikini piuttosto castigati. Nei genitori, io e Shirin riconoscevamo noi stessi tra una decina d'anni, osservavamo la maturazione dei nostri corpi e, dal modo con cui si guardavano, capivamo che la gioia del vedersi nudi nel sole non sarebbe diminuita d'intensità col passare del tempo. Più volte con Shirin ci trovammo a parlare della loro bellezza, di quella bellezza che, superata da un po' la quarantina, sembra più robusta, meno attaccabile, meno legata alla freschezza passeggera della gioventù.

Ma non era solo nella bellezza che la nudità trovava la sua giustificazione. Una parte non piccola dei frequentatori della spiaggia era costituita da persone anziane e anche nella rotondità di certe pance, nella rilassatezza di certi seni, la naturalezza del nudo aiutava a riconciliarsi con l'inesorabile avanzare dell'età. Il rifiuto dei veli era anche il coraggio di affrontare le trasformazioni, di irridere il mito di una giovinezza malsana cristallizzata a colpi di bisturi.

Se i nostri politici, i nostri amministratori, i nostri sindaci sceriffi si fossero fatti un giro su quella spiaggia, se ne avessero imparato l'elementare lezione di libertà e di tolleranza, se avessero fatto proprio il rispetto che ognuno aveva per le scelte e il pudore degli altri, nessuno oggi piangerebbe per questa tragedia assurda. Ci sono guerre che scoppiano per uno scacciamosche, per un telegramma mal tradotto, per una partita di calcio. E se qualcuno, prima, mettesse in guardia il mondo contro quello scacciamosche, quel telegramma o quella partita, si guadagnerebbe la reputazione di visionario o di mentecatto. E mentecatto sarebbe stato chiamato chiunque avesse osato prevedere il dramma dietro un semplice costume da bagno. Ma il seme dell'odio germoglia nei posti più insospettabili, all'ombra di quello che pare buon senso e invece è solo grettezza e stupidità.

Fotografia numero 24. Shirin, e dietro un edificio. L'edificio è costruito su due piani ed è un elogio alla simmetria. La porta è al centro, sopra una piccola rampa di cinque scalini. A destra e a sinistra due finestre per parte. Al primo piano le finestre sono nella stessa posizione e sopra l'ingresso c'è un balconcino con tanto di porta bandiera. Tra il balcone e la porta di sotto c'è una scritta: SCUOLA ELEMENTARE.

È la scuola di Molini, quella dove mi hanno arrestato. Oggi è tornata a essere una ex scuola, come lo era quando ho scattato la foto. Quindici anni prima, uno dei periodici tagli alla spesa pubblica aveva decretato la chiusura di tutte le scuole dell'alta valle: gli scolari sarebbero stati concentrati a Badallo e ogni mattina alle sette e mezza, con il sole o con la neve, un pulmino avrebbe iniziato i piccoli a una vita di pendolarismo. A nulla erano valse le proteste delle famiglie e l'azione dei comitati. Qualche genio della comunità montana propose di trasformare l'edificio in ritrovo per gli anziani del paese, i quali avrebbero così potuto giocare a carte in un ambiente più sano di quello dell'osteria. Gli anziani, senza troppi giri di parole, gli fecero sapere quale uso poteva fare della sua proposta. Toccò dunque a noi giovani dare una nuova destinazione alle aule: ne facemmo la sede della nostra corale. Sala prove, archivio delle registrazioni, raccolta di vecchi spartiti delle bande musicali della zona, piccola biblioteca sulle tradizioni della valle, collezione di album fotografici messi a disposizione dalle famiglie. In breve ne facemmo una sorta di centro per la salvaguardia della cultura locale.

La foto davanti alla scuola era per immortalare Shirin nel giorno della sua prima prova con i *Magnin*.

Terminata la vacanza in Camargue, avevamo rispettato gli impegni presi con noi stessi: una settimana di riposo a Molini. E una settimana era bastata perché Shirin si sentisse definitivamente di casa in paese. A conquistarla erano stati i pranzi con la famiglia di Antonio, le passeggiate, il vino bianco della cooperativa, le chiacchiere nel negozio di Ghitin. Così, il venerdì mi chiese se poteva venire a cantare con noi.

«Intorno ai diciotto anni ho preso anch'io qualche lezione di canto. La verità è che ero innamorata di uno che suonava il basso in una band e speravo di diventare la cantante del gruppo per conquistarlo con la mia voce.»

«E ci sei riuscita?»

«No. Hanno preso una sciacquetta con le tette grosse e una voce da rana strozzata che, naturalmente, mi ha fregato il bassista al secondo concerto.»

«E hai abbandonato le lezioni?»

«Non subito, per non dover ammettere con i miei che le ragioni del mio interesse per la musica erano tutt'altro che artistiche. Però la mia insegnante diceva che avevo una bella estensione e un timbro molto particolare.»

«Mi hai convinto.»

Le feci ascoltare una canzone del nostro repertorio, la più facile, ma anche quella cui tenevamo di più, una specie di inno delle nostre valli. Erano quattro strofe e un ritornello, su un ritmo di tre quarti, senza variazioni nell'armonia tra la strofa e il ritornello. Poi le diedi il foglio con il testo e ci mettemmo nel prato di casa a leggere a voce alta quelle parole in dialetto che, per una francese, conservavano sonorità familiari. Un'ora dopo Shirin era in grado di cantarla perfettamente. Ed era vero che la sua voce aveva un colore particolare: un colore caldo, avvolgente. Rimasi in dubbio se chiedere agli altri il permesso di arruolare la mia fidanzata nei *Magnin*, ma poi preferii la sorpresa. Shirin si sedette in un angolo, come semplice spettatrice, e quando fu il turno della canzone che aveva imparato, lei mi raggiunse e si unì al coro senza incertezze. L'unica voce a incrinarsi fu la mia, per l'emozione: Shirin la misteriosa, Shirin la straniera, Shirin l'orientale cantava l'inno della mia terra. Finito il pezzo la abbracciai, tra gli applausi dei miei amici, della mia gente.

Alla fine della prova, come d'abitudine, ci fermammo nell'aula per cenare mettendo insieme quello che ognuno aveva portato. Durante le due ore che passammo insieme, parlammo di mille cose: del caldo che non ne voleva sapere di andarsene, dell'idea di Gisella di trasformare le sue due baite in un agriturismo, dei nuovi orari della corriera, della nostra vita a Parigi. Mauro raccontò dettagliatamente la settimana trascorsa alle Saintes-Maries, senza però mai fare cenno alla *plage est*. Ma fu soprattutto su Shirin che si concentrò la conversazione; se si fosse chiamata Christine Leblanc, se fosse stata semplicemente francese, la curiosità dei miei amici si sarebbe esaurita rapidamente, ma Shirin Tofigh portava con sé, fin dal nome, qualcosa di esotico: difficile per loro accettare che l'Oriente delle moschee, dei veli e delle mille e una notte non appartenesse né alla sua vita, né ai suoi ricordi.

Fu forse per sottrarsi al fuoco di fila delle domande che Shirin provò a portare il discorso sulla nostra infanzia: «Voi avete fatto tutti le elementari in questa scuola?».

«Sì» conclusi dopo aver gettato una rapida occhiata ai presenti «e tutti insieme. Qui c'era la pluriclasse. Vuol dire che allievi di anni diversi stavano tutti in una stessa aula, con una sola maestra.»

«E ve la ricordate la maestra?» fece Lorenzo.

Non so più chi gli rispose: «Certo, la mitica signora Muccicò, che parlando metteva le doppie ovunque».

«Sì, quando facevamo casino diceva che andava a chiamare i "cara*bb*inieri".»

«E poi pronunciava le "c" come fossero "g". Ho preso tante di quelle insufficienze nel dettato perché scrivevo parole come "Aggertamento" o "Egonomia".»

«Di dov'era?»

«Di Enna o giù di lì.»

«Qualcuno di voi sa che fine ha fatto?»

«Vive a Badallo: suo figlio è il sindaco.»

«Ma il sindaco di Badallo non è leghista?»

«Sì, e allora?»

«Un sindaco della Lega Nord che ha la madre terrona è una bella contraddizione.»

«Se è per questo, anche il padre è terrone: si chiama Capodanno. Era nella Guardia di Finanza a Badallo e pare che non abbia mai pagato un negoziante in vita sua: faceva il suo shopping, dalla verdura ai vestiti, e poi, invece di tirare fuori il portafoglio, salutava con un bel "stia tranquillo".»

«Cazzo, sono anche nella Lega. Se voto Lega non voglio eleggere un terrone.»

Poco più di un anno di permanenza in Francia era bastato per rendermi quei discorsi totalmente estranei. Settentrionali, terroni, Lega, Berlusconi, Bossi, D'Alema: parole che evocavano in me solo un senso di fastidio. Molini era la mia patria, Parigi era la mia casa: con presunzione e ingenuità, pensavo di potermi chiamare fuori da quel pollaio che era diventata la politica italiana. Non sapevo che i galli, e ancor più i capponi del potere mi avrebbero raggiunto e annientato, perché tu puoi disinteressarti del potere, ma il potere non si disinteresserà mai di te.

Fotografia numero 25. Nell'ordine, da sinistra: Antonio e sua moglie, Laurent, io, Shirin, Cécile, il signor Tofigh, madame Tofigh. Shirin indossa un vestito color panna, diritto, semplice, che le arriva sotto il ginocchio. E semplice è anche la sua acconciatura, con i capelli nerissimi raccolti sulla nuca. Con un leggero tratto di matita, la linea dei suoi occhi scuri è stata allungata verso le tempie: sembra una principessa nubiana. Accanto a lei, accanto alla raffinatezza del suo bianco e nero, i miei capelli rossi quasi stonano; d'altra parte, stonano sempre. Per me ho scelto un abito blu notte, appena rigato d'un tono più chiaro, un abito che, mi sono detto, potrò portare in molte occasioni e non una volta sola. Siamo sul terrazzo dei signori Tofigh, sullo sfondo si vedono i tetti del Marais e, come sempre in queste foto, c'è il sole. È il 31 marzo, io e Shirin ci siamo appena sposati.

Il 31 marzo: il giorno più felice di tutta la mia vita. Adesso posso dirlo senza timore. Prima pensavo che la felicità sarebbe stata un "crescendo", che ogni giorno assieme a Shirin sarebbe stato più bello del precedente. E anche quando le difficoltà si sono palesate in tutta la loro evidenza, ho continuato a sperare che la felicità fosse solo in attesa di tempi migliori. Adesso so che i tempi migliori non verranno, mai più.

Il 31 marzo. Era passato poco più di un anno da quando ci eravamo messi insieme. Qualcuno ci diceva che era troppo poco per sposarsi; altri, più saggiamente, sostenevano che nessun periodo di prova, breve o lungo che sia, può garantire la tenuta di un matrimonio. E noi, improvvisamente, sentivamo che quel passaggio avrebbe reso perfetto il nostro amore.

Basta, per oggi finisce qui. Prima ho dovuto gettare la penna e andare a vomitare. Il dolore è troppo forte. Mi chiude lo stomaco, mi fiacca i muscoli, mi aggredisce la testa.

Finisce qui.

Domani forse avrò di nuovo la forza per scrivere, ma di sicuro non quella per parlare dei giorni che seguirono le nozze. Riprenderò dal punto in cui ci credevamo avviati verso il sogno, e invece già stavamo precipitando.

Fotografia numero 26. Molini. Esterno notte. Si intravvede la scuola elementare nel chiarore giallo dei lumini disposti ai due lati della scala d'ingresso, sulla ringhiera del balcone e sui davanzali delle finestre. Sopra la porta, uno striscione fatto con un lenzuolo recita: BENVENUTO AL NUOVO MAESTRO. *La foto è pinzata con dei punti metallici sul retro di una fotocopia.*

Ero io il nuovo maestro e quella era la festa per la nostra prima notte a Molini, la prima notte da residenti intendo. L'idea dei lumini, i miei compaesani l'avevano copiata da un film. Si intitola *Il vento fa il suo giro* e parla di una famiglia francese che si stabilisce in un villaggio delle valli cuneesi. Finisce male il film, ma io, all'epoca, non lo avevo visto e, proprio come il protagonista, stavo cadendo nella trappola del *downshifting*, del "mollo tutto"; mi stavo facendo catturare dalla retorica appiccicosa del ritorno ai valori veri, del "via dalla pazza folla". A modo mio, stavo diventando senza accorgermene un BoBo, ché solo i borghesi possono permettersi il *downshifting*, solo i manager possono concedersi il lusso di abbandonare tutto e diventare skipper o di aprire una gelateria su un'isola greca; e hanno persino la spocchia di spacciarla come una scelta eroica. L'unico *downshifting* eroico che conosco è quello dell'operaio che, all'improvviso, diventa disoccupato. Ma, lo ribadisco, tutto questo mi è apparso chiaro solo “dopo”, solo “dopo” ho capito quanto ci fosse di falso, di artificioso, di retorico appunto in quei “valori veri”. Né posso dire che Shirin fosse più immune di me ai richiami del piccolo mondo antico. Come ho già scritto, la sola cosa che ci angustiava del vivere a Parigi era la presenza costante della folla. È una sensazione difficile da spiegare a chi non ha mai vissuto in una metropoli di quel tipo; potrei compararla al soffocamento: in ogni momento, hai l'impressione che qualcuno stia invadendo il tuo spazio vitale. È come se il fastidio che provi sulla metropolitana nel respirare l'alito altrui, nell'annusare il suo odore e nel sentire altri corpi pigiati contro il tuo ti accompagnasse per tutta la giornata: un fastidio fisico che diventa mentale. Io e Shirin attribuivamo a esso la nostra incapacità di crearci nuove amicizie e finanche di divertirci. La nostra casa di Cité de l'Hermitage era divenuta un rifugio dal quale uscivamo a malincuore, quasi avessimo preso alla lettera il nome della via e volessimo trasformare il nostro appartamento in un eremo di coppia. L'idea di metterci in coda per un film o per una commedia ci rovinava sul nascere la serata e, di tanto in tanto, constatavamo quanto fosse ridicolo vivere in una città tanto ricca di cinematografi e di teatri per poi rimanere chiusi in casa.

Fu così che, nei mesi che seguirono il matrimonio, maturò in noi la convinzione che la nostra felicità sarebbe stata veramente completa solo lontano da Parigi e dalla sua frenesia. Eravamo diventati spettatori abituali di una trasmissione dedicata ai paesini della Francia profonda e ci ritrovavamo spesso a fantasticare intorno al miraggio di una casetta, un giardino e un paio di figli che giocano allegri nella piscina gonfiabile. L'unica zavorra ad appesantire i nostri sogni era quella del lavoro: per Shirin, che doveva essere in ufficio solo due giorni la settimana, sarebbe andato bene qualsiasi paesino a portata di TGV, ma per me occorreva un posto che consentisse il pendolarismo giornaliero, vale a dire uno spicchio più o meno squallido della sterminata banlieue parigina.

Fu in quel periodo di piani velleitari e confusi che, una sera di fine maggio, giunse la telefonata di Antonio.

Dopo un primo scambio di convenevoli, arrivò al punto: «Ci hanno finalmente dato l'autorizzazione per riaprire la vecchia scuola di Molini».

Farfugliai qualcosa, a indicare che non avevo capito troppo bene di cosa parlasse.

«È un progetto che portiamo avanti da più di due anni. Lo stiamo curando io e Giovanna. Non te ne ho mai accennato perché mi sembrava irrealizzabile, invece eccolo qua.»

«Ci saranno di nuovo le elementari in paese?»

«Sì, ma sarà una scuola privata finanziata in parte dal comune e in parte dalle famiglie degli allievi, così i nostri bambini non dovranno più scendere a Badallo.»

«Dici che per evitare mezz'ora di viaggio sullo scuolabus ne vale la pena?»

«Non è la questione dello spostamento. È che i tempi sono cambiati. Adesso parlare di culture locali, di dialetto, di tradizione non è più una bestemmia.»

«Sono anni che si parla di insegnare il dialetto ai bambini, ma non si è mai fatto nulla.»

«Per questo ci siamo stancati di aspettare. Ai meridionali non gliene frega niente di avere il dialetto a scuola, tanto loro l'italiano non lo hanno mai imparato e siccome sono loro che comandano, la legge non la faranno mai. Ma qui al Nord se non ricominciamo a insegnare ai bambini la lingua dei loro padri, tra dieci anni parleranno solo napoletano o romanesco, o magari cinese. Avere la nostra scuola significa anche poter insegnare il nostro dialetto. Adesso c'è l'autonomia.»

Anche se dal mio esilio francese era più difficile cogliere l'urgenza di quelle istanze, sentii nascere dentro di me un'inspiegabile gioia: «Sono contento, davvero».

«Adesso che l'autorizzazione è arrivata, dobbiamo risolvere un altro problema.»

«Quale?»

«Trovare la maestra...»

Fece una pausa studiata.

«...o il maestro.»

Non so se fu il mio inconscio a impedirmi di cogliere il significato di quella precisazione o se davvero mi rivelai duro di comprendonio quando gli risposi: «Malgrado il numero chiuso, le università italiane sfornano ogni anno molte più maestre di quante possano trovare effettivamente lavoro: con la vostra nuova scuola ne farete sicuramente felice una».

Era ancora la "loro" scuola, non la "nostra".

«Non hai capito. Il nostro è un progetto imperniato sulla cultura locale, non possiamo affidarlo alla prima ragazzina che ha preso la laurea chissà dove, altrimenti tanto valeva lasciare i bambini nella scuola di Badallo.»

Ancora mi rifiutavo di capire.

«Ne ho parlato a lungo con gli altri: l'unica persona che può dare un senso a questa operazione sei tu.»

Eccola la sirena del *downshifting*: mollare un buon lavoro a Parigi per andare a fare il maestro al mio paese. Non il maestro vituperato e svilito delle periferie urbane, non il fragile maestro di Vigevano, ma il solido Perboni di De Amicis. A rispondere fu la mia parte razionale: «Tre anni fa ti avrei detto di sì, ma adesso la mia vita è in Francia. Sto facendo il lavoro per il quale ho studiato e lo sto facendo in una delle migliori strutture a livello europeo».

«Hai studiato anche per diventare maestro.»

«Sì, ma poi ho fatto altro. Senza contare che adesso ho una moglie francese, dei suoceri francesi...»

Se avessi potuto aggiungere anche "degli amici francesi" forse la mia risposta sarebbe stata più ferma. Antonio sembrò cogliere quell'incertezza: «Pensaci, capisco che tu non possa decidere così, su due piedi. Parlane con Shirin».

Sì, ne avrei parlato con mia moglie e, ne ero certo, lei mi avrebbe aiutato a far tacere il richiamo delle origini.

Salutai Antonio e andai dritto in cucina, dove Shirin aveva appena finito di preparare la tavola.

«Ti va un aperitivo?» le chiesi.

«Certo.»

Presi dalla credenza due calici e dal frigo una bottiglia di Sancerre. Riempii i bicchieri e ci sedemmo l'uno di fronte all'altra.

«Antonio mi ha appena chiesto se vogliamo andare a vivere a Molini: riaprono la scuola e hanno bisogno di un maestro.»

Lo dissi con il tono di chi la spara grossa con il solo scopo di far ridere. La sua risposta però fu molto seria: «Da me, in azienda, stanno cercando qualcuno che abbia voglia di trasferirsi in Italia per seguire da vicino la filiale di Milano. Le condizioni sarebbero più o meno come qui, ma con un solo giorno di presenza in ufficio, il resto è telelavoro».

«Vuoi dire che verresti a vivere al mio paese?»

«Perché no?»

La mia immaginazione non sarebbe mai arrivata a tanto: invece di farmi ragionare, Shirin dava spago ai miei istinti biecamente romantici. Per un istante ebbi il sospetto che Antonio si fosse accordato precedentemente con lei.

Ribaltai il gioco delle parti e provai a metterla di fronte alla realtà: «Molini lo conosci, non è Milano».

«Infatti non lascerei mai Parigi per Milano. Però Molini è un'altra cosa. C'è la casa costruita dai tuoi antenati, c'è la tua scuola, ci sono i nostri amici e la nostra corale.»

Disse proprio i "nostri" amici e la "nostra" corale, come se le appartenessero da sempre. Avevo cercato in mia moglie la forza per dire di no al mio paese, senza rendermi conto che in quello stesso paese lei stava mettendo le radici che Parigi le negava.

Tentai ancora un'ultima resistenza, ma sapevo che la battaglia era perduta: «Cosa ne dici allora: ci pensiamo sopra con calma?».

«Domani vado in ufficio e chiedo se quel posto per la filiale italiana è ancora disponibile.»

La abbracciai e ricordai la gioia che avevo provato la prima volta che Shirin aveva cantato con i *Magnin*; all'epoca mi era parso un istante unico, adesso ero autorizzato a pensare che si sarebbe ripetuto ogni settimana.

Durante i giorni che seguirono, mi sorpresi a guardare con occhi diversi i bambini che passavano per la Cité des Sciences: non erano più dei visitatori, erano degli allievi. Per loro non immaginavo più mostre, ma lezioni, giochi, dettati, esercizi. Pensavo a come avrei insegnato loro a scrivere, a fare le prime operazioni di aritmetica, a come avrei cercato di dare senso alla storia e alla geografia e a come avrei contribuito a fare di loro dei cittadini. Di fronte a quel compito straordinario, il lavoro di divulgatore scientifico, per il quale mi ero tanto impegnato negli ultimi anni, cominciò a sembrarmi poca cosa. D'un tratto mi pareva che fare il maestro avesse una portata infinitamente superiore. Mi tornava in mente una delle frasi di Antonio: "È un progetto imperniato sulla cultura locale". Non solo avrei forgiato dei cittadini, ma avrei forgiato dei cittadini della mia terra, orgogliosi della loro appartenenza e, tra tutte, questa era la sfida più difficile.

Riprendo in mano l'immagine della prima notte da residente e guardo la fotocopia su cui è pinzata. Riproduce la pagina di un libro, *Febbre a 90°* di Nick Hornby; con la matita rossa avevo cerchiato il passaggio che legava quella foto al romanzo. Lo riporto qui sotto, perché una parte non piccola di tutto il dramma è contenuta in queste righe dall'apparenza innocua.

L'inglese bianco, borghese, del sud è la creatura più sradicata in assoluto; preferiremmo appartenere a qualsiasi altra comunità del mondo. I nativi dello Yorkshire, di Lancaster, gli scozzesi, gli irlandesi, i neri, i ricchi, i poveri, perfino gli americani e gli australiani hanno qualcosa su cui piangere davanti a una birra in un pub o in un bar, canzoni da cantare, cose a cui aggrapparsi e stringere forte quando ne hanno voglia, ma noi non abbiamo niente, o perlomeno niente che vogliamo.

Quello che vale per l'inglese bianco del sud vale anche per la gente della mia terra. Credo che sia difficile essere piemontesi in Italia. Ci portiamo dietro il peccato originale di un'unità scarsamente apprezzata da tutti, dai meridionali, che sono stati conquistati, dagli altri settentrionali, che si sentono appesantiti dal Sud. Non abbiamo *'O sole mio* e neanche *O mia bela Madunina*; non abbiamo povertà delle quali piangere, forse perché piangere non ci è mai piaciuto, neppure quando eravamo tanto poveri da andare in giro a far ballare la marmotta, e non abbiamo neanche ricchezze sfacciate da esibire come titolo onorifico. Del nostro dialetto nella lingua parlata non rimane traccia, neppure le parolacce, niente che possa reggere il paragone con "minchia", con "vaffanculo" o con "ma va' a mori' ammazzato". Siamo un corpo estraneo nella nazione che per primi abbiamo contribuito a creare. Pensando a me stesso come maestro, mi dicevo allora che avrei lavorato sul senso di appartenenza, avrei lavorato perché in futuro i bambini di Molini avessero qualcosa a cui aggrapparsi e stringere forte, qualcosa che andava ben al di là delle tabelline e dei dettati.

In capo a una settimana la decisione era presa, irrevocabile. Quando presentai le dimissioni al signor Manoukian, lui scosse il capo, costernato: «Le hanno offerto una paga più alta?».

«No.»
«Quindi neppure un posto migliore.»
«Questo non lo so.»

Gli spiegai nel dettaglio la mia scelta e lui, pensando alla sua Armenia, che peraltro non aveva mai visto, finì col manifestarmi una solidarietà persino eccessiva.

Per Shirin, sul versante lavorativo ci furono ancora meno difficoltà: alla direzione non parve vero che qualcuno si candidasse per la filiale italiana; le diedero immediatamente il consenso e le accordarono un aumento. Con il suo stipendio e con quello che avremmo ricavato dall'affitto dell'appartamento di Parigi potevamo affrontare tranquillamente le incognite che derivavano dal mio nuovo incarico.

È chiaro che per i signori Tofigh fu un colpo: la loro unica figlia, dalla quale non si erano mai allontanati più dei tre chilometri che separano il Canal Saint-Martin da Belleville, lasciava Parigi per seppellirsi in un paese che neppure era segnato sulle carte geografiche. Però, rispettosi fino in fondo del loro ruolo di occidentali democratici, accolsero la decisione di Shirin senza drammi e senza ricatti morali. Ricordo che il giorno della nostra partenza definitiva, mio suocero mi affidò la figlia come se io la sposassi per la seconda volta; nei suoi occhi si leggeva la minaccia di ogni padre: rendila felice, altrimenti me la riprendo. Avrebbe dovuto farlo.

Fotografia numero 27. Mauro, Antonio e io. Indossiamo tutti e tre dei pantaloncini corti e siamo a torso nudo. Malgrado ciò siamo rossi per il caldo e la fatica. Stiamo portando giù dalla soffitta la cucina economica dei miei nonni.

Durante l'estate lavorammo duro per sistemare la casa e adattarla alle nostre esigenze. Per prima cosa portammo in discarica la cucina in laminato che tanto piaceva a mia madre e ripristinammo le credenze che da quasi vent'anni riposavano in solaio. Naturalmente, Shirin si diede da fare con lo smalto bianco e la cucina finì con l'assomigliare a quella che avevamo a Parigi, con la sola differenza, per lei fondamentale, che questi erano mobili di famiglia.

La mia camera, quella dove avevamo fatto l'amore la prima volta, divenne lo studio di Shirin: era entusiasta di avere un ufficio tutto suo, una scrivania, degli scaffali per ordinare i raccoglitori, uno spazio in cui poter elaborare le sue statistiche senza essere disturbata. Inutile dire che anche quel suo piccolo regno fu riempito con arredi di recupero: le scansie della cantina, delle quali si innamorò immediatamente, dovettero passare più di un mese all'aperto prima di poter entrare in casa senza appestarla con quell'intenso odore di formaggio stagionato che si portavano dietro.

Ma non era solo la nostra abitazione a essere oggetto di trasformazioni; mentre da noi le cassepanche e gli armadi viaggiavano da una stanza all'altra, alla scuola si rispolveravano i vecchi banchi. L'intera comunità di Molini si era messa al lavoro per allestire quell'unica aula necessaria a ospitare la pluriclasse delle elementari. L'estraneo che in quell'agosto fosse transitato per il paese avrebbe visto piccoli drappelli di uomini spostarsi dall'edificio scolastico alla nostra casa armati di pennelli, rulli, vernici, cazzuole, attrezzi da falegname, chiodi, tavole d'abete. E avrebbe visto anche le squadre femminili che, centimetro alla mano, prendevano le misure per i lavori di cucito. Al comando di quel nutrito e agguerrito esercito di muratori e arredatori, due generali dotati di eguali poteri: io, che avevo il comando assoluto dei locali scolastici (ma che dovetti lottare non poco per convincere i miei subalterni che la pedana sotto la cattedra non era più in linea con gli attuali princìpi pedagogici) e mia moglie, che dirigeva le operazioni in casa. Sotto il suo controllo nacque un salotto che non era mai esistito (con i vecchi letti trasformati magicamente in divani) e la casa si riempì di stufe a legna scovate qua e là dai miei compaesani: una forma di riscaldamento a bassa emissione di CO_2 che appagava il suo desiderio di eco-sostenibilità.

Anche prendendo a prestito le memorie dei miei genitori o quelle dei miei nonni, non riesco a trovare, nella storia di Molini, un momento di così intensa collaborazione: la rinascita della scuola aveva creato una singolare comunione d'intenti e a ognuno pareva ovvio contribuire tanto alla manutenzione dell'edificio scolastico, quanto al benessere del maestro.

Una sera, di ritorno da Badallo dove avevo acquistato quattro computer per attrezzare l'aula, trovai tutte le finestre del piano terreno ornate di tendine nuove. Appena aprii la porta, Shirin mi corse incontro: piangeva.

«Cosa ti è successo?» le chiesi stringendola.

«Le hai notate le tende?»

«Sì.»

«Quindici giorni fa le ho viste su una rivista di arredamento e le ho mostrate alla mamma di Mauro; oggi, lei e Ghitin sono venute a portarmele. Le hanno fatte loro e sono identiche a quelle del giornale.»

«E allora?»

«E allora, a Parigi ci sono persone che frequento da tutta la vita che non mi hanno mai fatto la minima gentilezza; qui, che quasi non mi conoscono, è bastato dire che una cosa mi piaceva perché loro me la facessero trovare.»

Erano lacrime di commozione e i nostri primi mesi a Molini ci offrirono spesso occasioni per commuoverci. La festa di benvenuto, con i lumini e lo striscione, fu una di quelle.

Effetto collaterale della direzione lavori da parte di Shirin fu l'acquisizione di una padronanza pressoché totale dell'italiano e di una prima basica conoscenza del dialetto. Nel suo modo di pronunciare parole come "stanza" o "rifugio" si avvertiva con forza il peso di quell'accento francese che le trasformava in "stonsa" o in "rifusgio", ma quando si avventurava nei territori del dialetto, la sua pronuncia era quasi perfetta.

In quell'agosto, tutto si mosse a un ritmo accelerato. Almeno due sere la settimana cenavamo a casa di Antonio e Luisella, nella grande sala da pranzo all'aperto ricavata dove un tempo c'era il fienile, e quasi subito Caterina, la loro figlia più piccola, prese a rivolgersi a mia moglie chiamandola "zia Shirin". Alla Concordia poi era diventata una partner ambita per le partite a briscola, gioco che invece a me, al pari di tutti gli altri giochi di carte, procurava una noia mortale. In pratica, nel giro di qualche settimana, Shirin aveva trovato una famiglia allargata, degli amici, un paese e una storia. Dal canto mio, io mi sentivo come l'emigrante partito con le pezze al culo e tornato con un tesoro: la bellezza di Shirin non lasciava indifferente nessuno e, durante le due o tre feste paesane cui partecipammo con la corale, intercettai su di me sguardi di invidia e di ammirazione.

La prima settimana di settembre, i signori Tofigh vennero a farci visita. Arrivarono di mattina, dopo aver fatto tappa a Chamonix e parcheggiarono davanti a casa nostra un Land Rover che sembrava appena uscito dalla fabbrica.

«Avete cambiato macchina» feci a mio suocero andandogli incontro.

«Adesso che hai trascinato nostra figlia su per le montagne, ci serve un 4x4.»

Il tono era duro, di rimprovero. Dopo un istante però le sue labbra si piegarono in un sorriso e le sue braccia si aprirono per un abbraccio.

«Sto scherzando. Non ho mai sentito Shirin tanto contenta.»

Mi tranquillizzai: malgrado la sua giovialità, quell'uomo continuava a incutermi soggezione.

Avanzai verso l'auto, dove mia suocera stava ancora trafficando nel bagagliaio. Indossava dei jeans e una camicia a scacchi e ai piedi portava degli scarponcini di pelle scamosciata: al pari del marito, doveva avere di Molini l'idea di un avamposto himalayano, una specie di campo base per scalate estreme. E tuttavia, quell'abbigliamento sportivo, così inabituale per lei, le conferiva ancora più charme: mi dissi che tra trent'anni Shirin sarebbe stata così. E, finalmente, anche lei ci raggiunse e, dopo aver abbracciato i genitori, mi aiutò a portare in casa le valigie.

Se proprio non giunsero ad accarezzare l'assito come aveva fatto la loro figlia, i signori Tofigh rimasero comunque affascinati da quei muri che avevano assistito al succedersi di generazioni e generazioni di Musso, fino a me, fino a Shirin Musso, e, in futuro, fino a un Sohrab Musso (eravamo d'accordo che un eventuale figlio maschio avrebbe portato il nome di suo nonno materno). E se nello sguardo di Shirin c'era stata pura meraviglia, in quello dei suoi genitori si indovinava una goccia di malinconia, un ricordo doloroso del palazzo avito a Teheran. Mentre mia suocera sfiorava con i polpastrelli il legno cerato del vecchio armadio che avevamo sistemato in camera loro, ripensai a quell'ostentato sradicamento che li costringeva a cambiare periodicamente il mobilio; nell'accarezzare il guardaroba dei miei bisnonni lessi un'ulteriore conferma del loro compiacimento: Shirin aveva adesso un cognome che la legava a una casa, che era scritto sulla facciata medesima di quella casa.

Fotografia numero 28. Aziz Ghotbi in Tofigh gira la polenta in un paiolo di rame appoggiato sulla cucina economica. La figlia e il marito le sono accanto.

In montagna ogni stagione è buona per la polenta e poi i miei suoceri non l'avevano mai mangiata e ancor meno l'avevano vista preparare. Con un certo divertimento si offrirono per rimestare quella sorta di lava gialla e ribollente, ma la fase finale, com'era giusto, toccò a me. Ne presi più di metà e la scodellai in una terrina per "conciarla" a regola d'arte, unendo prima il burro, poi la fontina, poi la toma tagliata a dadini e, per finire, infilando il tutto nel forno fino a far fondere completamente i formaggi.

«Putain qu'elle est bonne ta polenta!»

Fu questo il commento del padre di Shirin alla prima forchettata di polenta concia. Non lo traduco perché fu una frase fuori registro, fuori dall'abituale ricercatezza del suo parlare. Non tanto diversi furono i suoi apprezzamenti per le altre portate: polenta fritta, polenta e vino, polenta e latte. Tutto era buono e tutto era strano, esotico. Disse proprio così, esotico: stupidamente, non avevo mai immaginato che altri occhi potessero vedere esotismo là dove io vedevo solo consuetudine. E mi ricordai anche di un manifesto che avevo visto in provincia di Milano, fuori da una sede della Lega: VIVA LA POLENTA, ABBASSO IL COUS-COUS recitava. La polenta, quella «polenta bigia di grano saraceno» di cui parla il Manzoni, quel grano saraceno che, dalla Siberia, era arrivato alle nostre longitudini attraverso i mercanti asiatici, parenti di quei miei parenti che oggi trovavano "esotica" la mia polenta. Tutto si rimescola, la polenta e il cous-cous, i Musso e i Tofigh.

Alla fine del pranzo, proprio come avveniva a Parigi, le due donne ci cacciarono dalla cucina e io e mio suocero ci trovammo in salotto a bere il genepì che il vecchio Rensin produceva in proprio.

«Anche questo è buono, ma non è una novità, quando andavo a sciare all'Alpe d'Huez lo bevevo sempre.»

Mi accorsi una volta di più di essere prigioniero dei luoghi comuni: un iraniano sugli sci mi faceva specie.

«Non sapevo che ti piacesse sciare.»

«Si vede che non abbiamo mai avuto occasione di parlarne. Fino a quattro anni fa, mi facevo almeno tre settimane bianche a stagione. Poi, facendo il cretino sulle gobbe, mi sono rotto malamente una gamba e da allora non ho più messo gli sci.»

«Dove hai imparato a sciare?»

«A Dizin.»

Nelle Alpi francesi non ricordavo nessuna stazione con quel nome, doveva essere nei Pirenei.

«Dov'è?»

«A due ore di auto da Teheran, ci andavo da ragazzo.»

Lo sbigottimento guadagnò il mio volto prima che potessi controllarlo. Lui se ne accorse e motteggiò: «Allora, signor maestro, a quanto vedo non conosciamo molto dell'Iran».

Tentai un salvataggio in extremis: «So che al Nord ci sono i monti Alborz che superano i cinquemila metri».

«E credevi che non fossimo abbastanza civilizzati per costruirci sopra degli impianti di risalita?»

Il tono continuava a essere scherzoso, ma si avvertiva una punta di risentimento: l'occidentalissimo dottore che abitava un attico del decimo arrondissement riscopriva l'orgoglio delle proprie origini. E la sua stizza era più che motivata: la mia incapacità di immaginare sciatori iraniani e stazioni invernali in Iran non dipendeva da considerazioni geografiche; il fatto è che, istintivamente, facevo fatica a conciliare modernità e islam e se proprio dovevo pensare a qualcosa di moderno, pensavo alle centrali nucleari, alle armi, a scienziati sanguinari con il camice bianco e il barbone. Una modernità quotidiana, fatta di quiz televisivi, di cellulari o di seggiovie e di sci, mi sembrava inconcepibile, stridente.

Mio suocero proseguì: «Noi preferivamo Dizin perché c'erano più piste, ma nel raggio di una trentina di chilometri ci sono altre quattro o cinque località. Nel '78, prima che scoppiasse la rivoluzione, ho ancora fatto a tempo a salire sul monte Tochal con la cabinovia che parte dalla periferia nord di Teheran. Ci pensi? Si parte da Teheran con gli sci in mano e si arriva a quasi quattromila metri. Uomini e donne con gli occhialoni e i cappelli di lana: è ancora così, malgrado gli ayatollah. Quando abbiamo visto la nuova cabinovia del Tochal siamo rimasti a bocca aperta: era bellissima, l'avevano fatta i francesi della Poma, come quasi tutti gli impianti iraniani».

Lo interruppi: «L'Iran ha sempre avuto un rapporto privilegiato con la Francia, vero?».

«Fin troppo. Se fossero stati un po' meno ospitali con Khomeini, forse io e mia moglie saremmo ancora a Teheran...»

Fece una piccola pausa e vuotò il bicchierino che teneva in mano.

«...È vero che così Shirin non avrebbe potuto conoscerti, ma forse il destino avrebbe portato te in Iran.»

Imperscrutabile è il destino. Beffardo. Maligno. Bastardo. In Iran, invece di mettermi in questa cella dai muri gialli, mi avrebbero già impiccato e sarebbe stato meglio.

Parlammo ancora un po' di sci e, dal momento che aveva abbandonato la discesa, lo convinsi a provare il fondo: gli promisi che alla prima neve lo avrei chiamato. Verso le tre del pomeriggio, le nuvole che avevano offuscato il cielo durante la mattinata furono spazzate via da un vento che aveva già profumo di freddo, di autunno. Uscimmo per mostrare il paese ai nostri ospiti.

Quando il sole e il vento si combinano insieme, i contorni delle cose sembrano diventare più netti e noi abbiamo una parola per esprimere questo, una parola che, indebitamente, noi trasferiamo dal dialetto all'italiano, uno dei tanti prestiti che avremmo fatto volentieri alla lingua nazionale e che lei non ha voluto: *sclinto*. L'incontro tra la durezza della "c" e la liquida morbidezza della "l", dà l'idea di uno scatto, di un "click" appunto, ma anche di un cedimento improvviso, come quando il nostro dito scorre su una superficie piana e, d'un tratto, incontra uno spigolo; il tocco diventa allora morbido: a sancire il passaggio dalla durezza alla morbidezza è lo spigolo netto, preciso, *sclinto*.

L'aria era *sclinta* quel pomeriggio e nei boschi che circondano Molini, le foglie dei castagni si vedevano con precisione, staccate le une dalle altre, non confuse in un'unica macchia verde. Allo stesso modo si vedevano le pietre delle case, anche di quelle più lontane. La mia terra si mostrava ai nuovi venuti con il vestito della festa.

Presentai i miei suoceri a Ghitin e a un paio di persone che incontrammo in giro, poi, terminato il breve giro del paese, suggerii di spostarci a Badallo per visitare la chiesa romanica di cui la città va tanto fiera e, soprattutto, per far vedere che non eravamo poi così lontani dalla civiltà: una civiltà di provincia, ma pur sempre civiltà.

Come immaginavo, la chiesa non suscitò particolare ammirazione, ma le vetrine dei negozi di abbigliamento, identiche a Badallo come a Parigi, placarono un po' le ansie di mia suocera: il guardaroba di Shirin non avrebbe sofferto dell'isolamento montano.

All'ora dell'aperitivo, li condussi a uno dei caffè storici, dove i tavoli all'aperto erano riparati da una bizzarra pensilina in ferro, stile liberty. Mentre sopraggiungevamo con la nostra ingombrante Land Rover, un'auto parcheggiata davanti al bar si mise in cammino e noi occupammo il suo posto. Ci sedemmo a un tavolino proprio ai limiti della tettoia e, attendendo l'arrivo del cameriere, iniziammo a chiacchierare, in francese naturalmente.

So che non sta bene, ma davvero non riesco a impedirmi di ascoltare le conversazioni altrui, così, mentre Shirin discuteva con i suoi dell'agenzia cui affidare l'appartamento di Cité de l'Hermitage, io intercettai le frasi che giungevano da dietro le mie spalle, voci maschili che, in dialetto, facevano commenti sulla nostra automobile.

«Ma sai quanto costa quella macchina lì?»

«Costerà trentamila euro.»

«Ma va là. Quella è il Discovery 4, parte da quarantamila, ma quello non è mica il modello base.»

«Come fai a saperlo?»

«Io leggo. Sono abbonato a "Quattroruote" e ti assicuro che quella macchina lì non costa meno di cinquantamila.»

«Beati loro che ce li hanno da spendere.»

«Chissà come li hanno guadagnati. Hai visto che facce che c'hanno? Facce da mafiosi.»

«Ma sono francesi. La targa è francese e loro parlano in francese.»

«Cosa vuol dire? La mafia ce l'hanno anche loro. Magari sono marsigliesi. Ma secondo me sono arabi.»

«Anche il rosso?»

«Ma no, il rosso no. Però gli altri tre hanno la faccia da arabi. Chissà che traffici hanno messo su per averci tutti quei soldi!»

«Però le donne non sono velate.»

«Appunto. Non ho mica detto che sono sceicchi, ho detto che sono arabi e che magari si sono arricchiti con qualche traffico sporco: droga, prostituzione, clandestini... Quelli lì se ne fregano di tutto, anche della loro religione.»

«Allora preferisci quelli con la palandrana e la barba lunga?»

«Io preferirei che se ne stessero a casa loro, religiosi o non religiosi.»

«Anche quelli ricchi?»

«Soprattutto.»

Fui tentato di alzarmi e di mandarli a cagare nel nostro bel dialetto, ma avrei dovuto spiegare un sacco di cose spiacevoli ai miei suoceri. D'altro canto, se non potevano esistere iraniani sciatori, perché mai avrebbero dovuto esistere iraniani ricchi e onesti?

Il giorno dopo facemmo una bella camminata e la sera cenammo presto. Al momento del caffè, il padre di Shirin domandò: «Chi di voi ci accompagna domani mattina all'aeroporto di Milano? Abbiamo il volo per Parigi all'una».

«Non tornate in macchina?»

«No, quella resta a voi. Non mi ci vedo proprio a girare per Parigi con quel carrozzone.»

Li ringraziammo. Per l'inverno quel carrozzone ci avrebbe fatto davvero comodo.

Fotografia numero 29. 21 settembre. La pluriclasse di Molini nel suo primo giorno di scuola. I bambini sono ordinati per età, da sinistra a destra. Giampiero, Caterina (la figlia di Antonio) e Lucetta: prima elementare. Anna, Carlotta e Sandro: seconda. Guido e Giuseppe: terza. Monica e Dario: quarta. Poi c'è il maestro, io. La quinta non c'è.

Su mio consiglio, i bambini che dovevano entrare in quinta elementare erano rimasti nella scuola di Badallo per ultimare il ciclo. Un cambiamento all'ultimo anno mi era parso un inutile sballottamento. Per la verità, io avrei trovato auspicabile iniziare solo con le prime, o, al massimo, con le prime e le seconde, perché il passaggio da una classe tradizionale a una pluriclasse avrebbe potuto essere destabilizzante. I genitori però avevano preferito puntare tutto sulla nuova scuola di paese.

In aula, i banchi erano stati disposti a isola: quattro isole in altrettanti angoli, una per classe.

Prima ora, del primo giorno, del primo anno della prima scuola privata a gestione comunitaria. A chi parlare per primi? Ai bambini più piccoli o a quelli più grandi? Decisi di parlare a tutti, partendo dai genitori. Da giorni mi preparavo quel discorso, imparandolo quasi a memoria, tanto che credo di poterlo ricordare ancora oggi: «Luigi Meneghello ha scritto: “Ci sono due strati nella personalità di un uomo; sopra le ferite superficiali, in italiano, in francese, in latino; sotto le ferite antiche che rimarginandosi hanno fatto queste croste delle parole in dialetto. Quando se ne tocca una si sente sprigionarsi una reazione a catena, che è difficile spiegare a chi non ha il dialetto”. È difficile spiegare a chi non ha il dialetto che l’italiano non è la nostra lingua madre. È difficile spiegare a chi non ha il dialetto che quando noi ci arrabbiamo, o siamo felici, o siamo tristi, le parole che ci vengono in mente sono le parole che ci hanno insegnato i nostri nonni, sono queste parole strane, che sanno di terra. È difficile spiegare che quando siamo all’estero, o anche solo a Torino o a Roma, e per caso sentiamo qualcuno parlare il nostro stesso dialetto, a noi viene voglia di abbracciarlo come un fratello, anche se non lo conosciamo. Ed è difficile spiegare che oggi parlare il dialetto non significa essere ignoranti, non significa non sapere l’italiano, ma significa fare una scelta. Per questo dovremo imparare molto bene la nostra lingua nazionale. E assieme all’italiano dovremo imparare anche l’inglese e, magari anche il francese. Perché siamo gente di montagna, che ha deciso di vivere nella propria terra e deve dimostrare che rimanere in montagna non vuol dire rimanere indietro».

Dissi ancora qualcosa sull’organizzazione delle attività didattiche, poi congedai i genitori e iniziai la mia avventura di maestro.

Le lezioni erano un delicato gioco di incastri: mentre spiegavo un argomento nuovo ai tre allievi di prima, quelli di seconda dovevano stare attenti e, dopo un attimo, rispiegare quella medesima cosa ai loro compagni più piccoli. Nello stesso tempo, a quelli di terza e di quarta assegnavo un compito da svolgere in aula, lasciando loro la facoltà di aiutarsi reciprocamente. Dopo un’ora si scalava di una classe: l’argomento nuovo toccava alla seconda, la riformulazione alla terza, mentre la quarta e la prima facevano i compiti o studiavano.

Una volta la settimana, il venerdì, se il tempo era bello, andavamo a fare lezione di scienze nei boschi. In quelle giornate, i ragazzi svolgevano tutti insieme dei lavori di ricerca, ognuno secondo le proprie capacità e la propria maturità. Se invece faceva freddo, o brutto, la "giornata delle ricerche" (la chiamavamo proprio così) era dedicata alla cultura materiale, oppure alla storia. I ragazzi imparavano a fare il formaggio, a scolpire il legno, ma anche le vicende che avevano trasformato la nostra terra in ciò che è adesso. Per la storia, così come per la cultura materiale e per il dialetto, mi ero preso delle libertà rispetto alle indicazioni ministeriali: in classe studiavamo l'uomo primitivo, gli assiri, i babilonesi e tutto ciò che era previsto, ma il venerdì lo scorrere del tempo invertiva la rotta e ci muovevamo a ritroso attraverso il Novecento. Il venerdì, io e i miei dodici allievi andavamo a fare lezione a casa di Pinin, che viveva in una baita isolata a un quarto d'ora di cammino dal paese. Pinin era stato partigiano, poi montatore meccanico, proprio come il Faussone di Primo Levi, e come lui aveva girato il mondo a realizzare impianti. Quando parlava della Resistenza, o delle miniere in Belgio, piene di italiani, o della Siberia, i ragazzi rimanevano a bocca aperta e a mezzogiorno dovevo portarli via quasi con la forza per non arrivare in ritardo per il pranzo: loro sarebbero rimasti lì tutto il giorno.

Fin da quando Antonio mi aveva proposto per la prima volta di diventare maestro a Molini, mi ero interrogato sulla mia preparazione: in cinque anni di università, nessuno mi aveva mai parlato di programmazione didattica in una pluriclasse; le piccole scuole di villaggio non interessavano più. Avrei potuto contare solo sulla mia inventiva e sui miei stessi ricordi di scolaro. Naturalmente andai a rileggermi le esperienze di alcune scuole "di frontiera", a partire da quella di Barbiana, ma Molini rappresentava una frontiera diversa, contraddittoria: i miei metodi erano talmente avanzati da assomigliare moltissimo a quelli antichi. Per esempio, i quattro computer per l'insegnamento dell'informatica convivevano benissimo con la stufa a legna: la mattina, ogni allievo portava con sé una piccola cesta con tre o quattro pezzi di legna da ardere e così ci scaldavamo (io però arrivavo mezz'ora prima per accendere il fuoco). I computer erano il ventunesimo secolo e la legna nella cesta era l'Ottocento, però funzionava. Così come funzionava la gestione comunitaria della mensa: le madri che lavoravano lontano da Molini fornivano gli antipasti freddi o il dessert, mentre quelle che rimanevano in paese, a turno, portavano i piatti caldi. Immagino che quel sistema non fosse in linea con le norme igienico-sanitarie, ma era sicuramente più sano dei vassoi preconfezionati che si distribuivano a Badallo.

Potrei andare avanti per pagine e pagine raccontando la meraviglia di quei primi mesi di scuola, potrei persino scrivere un manuale di didattica per scuole dimenticate, ma credo che a nessuno verrebbe in mente di imparare a insegnare da un maestro che se ne sta in galera con accuse tanto gravi.

La felicità di Shirin non accennava a diminuire, anche se il lavoro a Milano era più duro di quanto avesse creduto all'inizio; senza contare la fatica del viaggio. I primi tempi, il mercoledì lei si alzava alle quattro e andava in auto a Novara per prendere il treno delle sei che, poco più di un'ora dopo, la lasciava a Milano Porta Garibaldi; di lì, con la metro, raggiungeva l'ufficio per le sue dieci ore ininterrotte di riunioni, colloqui e impegni vari. Quando tornava a casa, alle ventidue, era distrutta.

Una sera, poteva essere la prima o la seconda settimana di ottobre, si addormentò con la testa sul tavolo nei pochi secondi in cui ero rimasto voltato verso il fornello per cucinarle una bistecca.

Ebbi la tentazione di prenderla in braccio e di portarla a letto, come si fa con i bambini, ma poi guardai il piatto della minestra: non ne aveva mangiato quasi nulla. Le tagliai la fettina e la svegliai con una carezza sul capo.

«Scusa, mi ero assopita un attimo.»

Iniziò a infilare con la forchetta i pezzetti di carne. I suoi movimenti erano lenti, scoordinati.

«Non puoi continuare con questi ritmi.»

«Ma dai, è solo il mercoledì.»

«Sì, ma una volta o l'altra ti addormenti al volante e finisci giù alla prima curva.»

«Se vuoi vivere in paradiso, un po' devi soffrire.»

«Hai detto bene: vivere in paradiso, non finirci prima del tempo.»

Lei sorrise e mi accarezzò una guancia: «Hai paura di rimanere vedovo? Guarda che i vedovi piacciono un sacco alle donne».

Lo disse per sdrammatizzare, ma oggi quella frase mi sembra una beffa.

«E se tu distribuissi il lavoro a Milano su due giorni? Potresti arrivare là per le dieci e ripartire il giorno dopo verso le quattro del pomeriggio. Conosco un paio di hotel decorosi a prezzi più che accessibili.»

«Effettivamente ci avevo pensato, ma mi dispiace lasciarti solo una notte.»

«Io preferisco rimanere solo ed essere sicuro che tu rientri senza pericoli. E poi, magari a Milano vai al cinema, vedi un po' di gente e patisci meno il distacco da Parigi.»

Anche questo mi sembra una beffa. Sono stato io a suggerirle di stare a Milano, di conoscere persone nuove.

«Allora diciamo che io dormo a Milano la notte tra il mercoledì e il giovedì, così il venerdì sono bella riposata per la prova della corale.»

Per nessun motivo avrebbe rinunciato al suo impegno con i *Magnin*: cantare le nostre canzoni era per lei il segno più evidente di un'appartenenza conquistata con caparbietà. So che può apparire sciocco, o quantomeno ingenuo, ma il giorno in cui vennero a prenderle le misure per confezionarle il nostro costume tradizionale, quello con la gonna nera e il corpetto di panno rosso, ci sentimmo entrambi emozionati e ancor di più lo fummo la sera del concerto a Badallo, nel teatro comunale, quando Shirin lo indossò per la prima volta. Se devo essere sincero, non ho mai avuto una gran passione per i costumi tradizionali; mi sono sempre parsi un modo per imbalsamare la tradizione, per renderla convenzionale, artificiosa, come se davvero fosse esistito un tempo in cui tutti andavano vestiti alla stessa maniera. Quando ci obbligavano a cantare in divisa, io mi sentivo terribilmente imbarazzato, mi sembrava una carnevalata, una pagliacciata. Malgrado ciò, non potei fare a meno di constatare che quel vestito formava con il suo volto un affascinante contrasto: il taglio dei suoi occhi, l'incarnato, il disegno delle labbra e anche il profilo deciso del suo naso apparivano decisamente mediorientali, misteriosi, lontani.

Sarei tentato di perdermi nel racconto minuzioso di quei lunghi mesi di serenità, ma so che queste memorie hanno un compito cui la serenità è totalmente estranea. Ribadisco però che fu il periodo più bello della mia vita. Non durò molto, ma fu bello.

Fotografia numero 30. Il maestro, sua moglie, la scolaresca al completo, due genitori che ci hanno accompagnato e, ultimo a destra, un signore sulla cinquantina abbondante, mio suocero. Intorno, il bianco della neve. Ognuno stringe in una mano gli sci da fondo e nell'altra i bastoncini. È un giovedì di inizio dicembre.

La prima neve era caduta nella notte. La domenica sera eravamo andati a dormire con un cielo stellato sul quale potevi contare a occhio nudo decine di costellazioni e il lunedì mattina, ancor prima di alzarmi dal letto, sapevo che quello stesso cielo ne aveva messa giù parecchia. Lo si capisce dal silenzio. Certo, a Molini di rumore non ce n'è quasi mai, ma chi è nato lì sa riconoscere vari tipi di silenzio. C'è il silenzio vuoto, quello delle notti estive, quando i passi dei pochi che si svegliano prima dell'alba producono un'eco che rimbalza sui muri di pietra. E c'è il silenzio pieno, quello della neve, quello in cui i rumori esistono, ma vengono assorbiti, quello in cui i richiami degli uccelli, i versi degli animali, i motori degli uomini sprofondano.

Scesi in cucina e preparai il caffè, poi chiamai Shirin, anche se di solito la lasciavo dormire fino a tardi. Lei mi raggiunse, con aria da sonnambula, e quando finalmente aprì davvero gli occhi, quelli le rimasero spalancati. L'inverno precedente era stato piuttosto asciutto e, per una strana serie di coincidenze, noi avevamo disertato quasi del tutto Molini. L'unica volta che venimmo, a richiedere i documenti per il matrimonio, della neve rimaneva soltanto qualche chiazza sporca di terra negli angoli in ombra. Quel giorno, invece, mia moglie poté ammirare per la prima volta il paese scomparso, sommerso da quel bianco implacabile che quasi non si distingueva da quello del cielo.

«Oggi devi lavorare tanto?» le chiesi.

«Perché?»

«Perché quando finisco la scuola rimane ancora un'ora di luce e potremmo farci un giro.»

«Per le quattro e mezza chiudo, tanto oggi, con la sveglia che mi hai dato, guadagno almeno due ore di lavoro.»

Nel breve tragitto che conduceva a scuola, all'insaputa di mia moglie telefonai a suo padre, che sapevo mattiniero: «Ciao Sohrab, sono Giacomo».

«È successo qualcosa?»

«È caduta la prima neve e ho mantenuto la promessa: venerdì porto la mia classe a fare fondo. Non ho detto a Shirin che ti chiamavo: se vieni le fai una sorpresa.»

Lo sentii trafficare con l'agenda: «Ho un paio di appuntamenti, ma credo di poterli spostare: vedo se ci riesco e se trovo i voli, poi ti mando un SMS».

«Ci conto.»

In aula accesi la stufa e, affacciato alla finestra, attesi l'arrivo dei bambini.

Alle otto e mezza, puntuali, erano tutti lì, ma non uno che accennasse a entrare. I più grandi avevano iniziato una battaglia a palle di neve, coinvolgendo a poco a poco tutti gli altri, a esclusione di Giampiero e Lucetta che preferivano catturare i fiocchi che cadevano dal cielo e guardarli mentre svanivano nel palmo della mano.

Alle nove li richiamai e, neve o non neve, le lezioni proseguirono regolarmente.

Tornando a casa dopo la scuola, trovai Shirin che mi aspettava sulla porta, in piedi, con indosso la giacca a vento e i pantaloni imbottiti: sembrava nascondesse qualcosa dietro la schiena. Appena mi avvicinai, fece un passo di lato e svelò il mistero: era salita in soffitta e aveva riesumato il bob rosso di quanto ero bambino.

«Andiamo?» mi fece.

«Dove?»

«Vicino alla miniera: lì è in pendenza.»

«Mi cambio e arrivo.»

Indossai anch'io il completo da sci e la raggiunsi.

Le prime discese la delusero parecchio: pensava che bastasse appoggiare la slitta sulla neve per prendere velocità. E invece, appena lei si sedeva sopra, quella si infossava nella neve fresca e si piantava lì.

«Sono grassa, sprofondo nella neve come gli elefanti di Annibale.»

«Non sei grassa, è che prima bisogna battere la pista. Senza contare che questo bob è fatto per un bambino di dieci anni: è normale che un adulto sprofondi. Dai, siediti.»

Camminando davanti al bob ed entrando nella neve fino al ginocchio, la tirai fin dove il declivio spianava; dietro la slitta si formò un solco profondo.

«Ecco, adesso puoi risalire: due o tre volte, poi sarai costretta a tirare i freni per non schiantarti.»

Fece come le avevo detto, ma rifiutò sempre di tirare le leve dei freni: preferiva finire a faccia in giù nella neve.

Non eravamo più moglie e marito, eravamo due ragazzi che giocano fino a non poterne più.

A fermarci fu solo l'oscurità, quella vera, ché andammo avanti fino alle sei meno un quarto. Rientrammo a casa fradici e, mentre Shirin cercava di scongelarsi i piedi davanti alla stufa, io riempii la vasca da bagno.

Ci infilammo assieme nell'acqua che ci sembrò bollente. In due nella vecchia vasca che perdeva lo smalto da tutte le parti, con le piastrelle azzurrine che ci guardavano e che, in più di quarant'anni, non avevano mai assistito a uno spettacolo simile.

«Quest'estate» dissi a un tratto «ristrutturiamo il bagno e mettiamo una vasca doppia con idromassaggio.»

«Borghese.»

«Non ho intenzione di fare sempre il bagno con i tuoi piedi in bocca.»

«Se non vuoi i miei piedi in bocca hai solo da venire qui, dietro di me.»

«Obbedisco, però il bagno lo rinnoviamo ugualmente.»

«Non riesci a pensare a niente di meglio?»

«Forse sì.»

Il giorno successivo ripetemmo entrambe le esperienze, quella del bob e quella del bagno: non ci serviva una vasca doppia, stavamo bene così, stretti. Il mercoledì, benedicendo il Land Rover, lei partì e il giovedì, quando al telefono le dissi di andare a prendere suo padre all'aeroporto, rimase di sasso.

La giornata sugli sci non riservò sorprese: un anello di cinque chilometri, a passo alternato, con una cadenza da passeggiata. Il signor Tofigh apprese la tecnica senza difficoltà e dopo un'ora io e Shirin lo sorprendemmo intento a insegnare, a gesti, l'esatto movimento a Carlotta che era rimasta indietro.

«Un nonno perfetto» feci io dando di gomito a mia moglie.

«Se me lo avessero detto non ci avrei creduto.»

La domenica tornò a Parigi e per noi iniziò un periodo di lavoro intenso. Shirin, chiusa nel suo studio, doveva analizzare, praticamente in tempo reale, i dati delle vendite natalizie e poi passarli all'ufficio logistica che organizzava i rifornimenti *just in time*; io invece ero alle prese con l'inevitabile recita di Natale.

Per non cadere nella stucchevole retorica dei pastorelli e delle stelle comete, scrissi un testo che aveva come protagonista un pallone da calcio che, tutto infiocchettato, arriva assieme a molti altri doni sotto l'albero di un bambino italiano. Passando di mano in mano, di scolaro in scolaro, il pallone racconta la sua storia, dalla mucca argentina che ha fornito il cuoio, al bambino pachistano che lo ha cucito, al ragazzo turco che lo ha caricato sulla nave, fino al figlio di immigrati che lo vede nel negozio e non lo può comprare.

Di certo, neppure io ero immune dalla retorica o dalla tentazione dell'episodio lacrimevole, però, nel complesso, cercai di evitare il pietismo e di privilegiare una solidarietà schietta e consapevole.

Alla fine, passò anche la prima parte di dicembre e la sera della recita i genitori applaudirono, soddisfatti non tanto del modesto atto unico, quanto, com'è ovvio, della performance dei figli.

Fotografia numero 31. Autoscatto nella cucina di casa nostra. È il giorno di Natale. Shirin e io in piedi, con un braccio le cingo la vita. Davanti a noi, seduto, c'è Pinin; in braccio ha Laika, la sua cagnetta.

Laika è un nome d'altri tempi, come Bobi o Fido, un nome dei tempi in cui ai cani si davano nomi da cani. Per Pinin, che aveva combattuto la guerra di liberazione nelle brigate Garibaldi e che aveva costruito linee di montaggio a Togliattigrad, il nome di Laika, la cagnetta che per prima aveva conosciuto lo spazio a bordo dello Sputnik, era l'unico che potesse concepire per quella bastardina che gli faceva compagnia ormai da cinque anni.

Io e Shirin lo avevamo invitato per il pranzo del 25 quando avevamo saputo che non avrebbe passato il Natale con la figlia.

«Quest'anno a Natale non ci vado a Pavia a mangiare dai miei consuoceri» mi aveva detto prendendomi da parte al termine di una delle nostre lezioni del venerdì. Era stata quella volta in cui aveva raccontato di quell'ascensore montato in una miniera di carbone a Marcinelle in Belgio, dove erano morti un sacco di italiani per uno scoppio di grisù, ma almeno l'ascensore aveva retto e molti si erano salvati grazie a quello.

Poi aveva aggiunto: «Dovremmo fare un anno da loro e un anno da me, ma quelli sono dei baciapile che se non vanno a cantar messa nella loro parrocchia sembra che muoiano. Ma io questa volta non ci vado. Laika patisce la macchina e io non voglio lasciarla due giorni da sola».

Avrei potuto offrirmi di pensare io alla cagnetta, ma sapevo che il problema non era tutto lì. Anche lui, a ottantasette anni suonati, non amava l'idea di mettersi in viaggio e ancor meno amava quella di trascorrere il Natale con il genero e con i suoi genitori. E non è che la figlia non lo comprendesse, solo che ormai la sua vita era a Pavia, la sua famiglia d'elezione era quella del marito. Da bambina, di feste con suo padre ne aveva passate poche: lui era una specie di fantasma, sempre in giro per il mondo, sempre sballottato tra un impianto e l'altro. In fondo capivo che oggi il Natale insieme non fosse altro che un obbligo morale. Per me invece parlare con Pinin era un piacere, non perché io fossi migliore di sua figlia Mariella, ma semplicemente perché su di noi non pesava un passato di latitanze e di silenzi. Così, la sera stessa, chiesi a Shirin se potevo invitarlo per il pranzo del 25 e lei acconsentì volentieri: tanto quel giorno saremmo stati soli, dal momento che i suoi erano in crociera e i festeggiamenti con gli amici erano previsti per la vigilia.

Malgrado mi fossi offerto di andarlo a prendere a casa, Pinin preferì venire con le proprie gambe e a mezzogiorno in punto del giorno di Natale bussò alla nostra porta con una forma di toma sotto il braccio e Laika che gli scodinzolava alle spalle.

Da figlio unico, ho sempre faticato a comprendere cosa sia un fratello o una sorella. In termini di rapporti parentali il concetto è fin troppo chiaro, ma per chi non ha vissuto l'esperienza di un fratello è assolutamente impossibile capire quale tipo di rapporto, quale tipo di amore nasca tra due persone che sono figlie degli stessi genitori. Per Shirin era lo stesso, ma in lei l'inesperienza riguardava anche la figura dei nonni: i suoi non li aveva conosciuti e, anche se da bambina aveva frequentato compagne di scuola completamente affidate ai nonni, il vuoto non era stato colmato. Così, quel giorno, i racconti del vecchio la affascinarono immediatamente.

«...una volta abbiamo catturato un ufficiale tedesco. Gli avevamo fatto la posta perché sapevamo che ci piaceva spassarsela con la figlia di uno che c'aveva la locanda sulla strada per Civiasco. Al padre non andava mica bene che la figlia se la facesse con un crucco, ma lei si era incapricciata e poi lui aveva paura che se si metteva di traverso gli arrivavano le SS in casa e se lo portavano via, che a quei tempi capitava così e quanti se ne sono presi che non sono mai più tornati a casa.»

Shirin lo ascoltava incantata mentre io, ritirati i piatti in cui avevamo mangiato l'affettato e l'insalata russa, scolavo gli agnolotti e aggiungevo il sugo d'arrosto.

«Così una mattina d'inverno, che lui andava sempre la mattina a trovare la sua bella, ci siamo appostati intorno alla locanda, che era un po' isolata, e lo abbiamo aspettato. Non avevamo neanche tanto da nasconderci perché c'era un nebbione che non si vedeva di qua a là. Abbiamo sentito prima il rumore della moto e quando si è fermato sullo spiazzo siamo saltati fuori dai due lati della casa. Lui ha fatto per prendere la pistola dalla fondina, ma io gli ho dato una sventagliata di mitra davanti ai piedi che lui ha subito cambiato idea.»

«Non voleva ferirlo?» gli chiese Shirin.

«Se era per me, io ci tiravo anche un colpo dritto in fronte, ma è che ci serviva vivo per scambiarlo con sette patrioti che erano stati catturati la settimana prima.»

«E siete riusciti a fare lo scambio?»

«No, non ha funzionato. Il nostro comandante ha detto che dovevamo darlo a un altro gruppo che facevano loro le trattative e così abbiamo fatto, ma quelli lì erano dei pivelli che per fare i furbi quasi se lo fanno scappare, così, mentre lui correva via ci hanno sparato alla schiena e hanno mandato tutto a ramengo. I compagni catturati li hanno fucilati dopo due giorni.»

Sentirlo parlare era come leggere Fenoglio e quasi cominciavi a dubitare che le sue memorie avessero qualcosa di costruito. In ogni caso, veri o falsi che fossero, quei ricordi conquistarono Shirin.

«E a quelli della locanda i tedeschi hanno fatto qualcosa?»

«No, gli è andata bene che l'ufficiale faceva le robe in segreto e che la sua moto l'abbiamo presa noi e l'abbiamo portata lontano. Il padre si è cagato addosso fino alla liberazione, ma quando noi siamo andati lì a tagliargli i capelli alla figlia si è sentito subito meglio.»

«Anche in Francia rasavano le donne che aiutavano i nazisti e per loro dopo era bruttissimo. Magari la ragazza che voi avete rasato era davvero innamorata di quel tedesco.»

«Credi che non me lo sia mai chiesto? Quando col mio Sten facevo fuori due o tre ragazzi più giovani di me credi che non pensassi alle loro fidanzate o alle loro madri? Avevo dei compagni che dicevano: "È la guerra"; e poi ci bevevano sopra un bicchiere di barbera. Altri dicevano: "Da borghese io potrei anche essere amico di uno così, ma quando ha la divisa addosso lo devo ammazzare". Io rispondevo che anche in borghese un nazista era un nazista, non avrei mai potuto essere amico di un nazista. Sì, certo, la divisa voleva dire ordini da eseguire, ma non credere che lo facessero controvoglia. E neanche noi li ammazzavamo malvolentieri. Il problema non è la guerra, il problema è l'odio. Quei ragazzi erano pieni di odio fino al midollo. Erano cresciuti a pane e odio, come i nostri, ma non tutti, diciamo quelli che erano andati a scuola dopo le leggi razziali. Ma no, dico una bestialità: anche gli italiani erano pieni di odio. Su in montagna io avevo un compagno ebreo, uno di Torino. I suoi avevano una sartoria e mi ha raccontato che quando sono arrivate le SS a portarli via, i vicini di casa battevano le mani, urlavano: "Bravi, arrestate i ladri ebrei". Lui l'ha scampata per un pelo, è riuscito a scappare dal treno appena fuori Torino e così si è unito a noi. Però quando ci metti in mezzo queste storie della razza o della religione va sempre a finire male. Semina il vento, diceva mio nonno, e raccoglierai tempesta. Negli anni Trenta, tutti hanno seminato vento perché gli faceva comodo, perché se avevi qualcuno da darci la colpa era più facile mandare giù le schifezze di chi governava, poi però l'odio prima o poi deve esplodere. E lì forse Mussolini era diverso da Hitler. Hitler aveva pensato subito al massacro, Mussolini credeva di poterlo controllare l'odio, ma una volta superato un certo punto non lo controlli più e hai bisogno di una guerra per riportare le cose a posto.»

Continuammo a inframmezzare bocconi e discorsi, fino a che, giunti al panettone, lasciammo perdere la Storia per dedicarci al rituale dei doni. Per la verità, io e Shirin i nostri regali ce li eravamo già scambiati la sera prima, a casa di Antonio, che a momenti gli orecchini che avevo preso per mia moglie si perdevano nell'accozzaglia di pacchetti e pacchettini sotto l'albero; per il pranzo ci eravamo dunque regalati due libri, per non lasciare solo il pullover che Shirin aveva acquistato a Milano per Pinin e il pollo di gomma destinato al Natale di Laika.

Alle tre, Pinin riprese il cammino di casa sua e circa un'ora dopo ricevemmo la telefonata di sua figlia che ci ringraziava per avergli tenuto compagnia: «Tu lo sai com'è mio padre; è un brav'uomo, ma quando si impunta diventa insopportabile. I miei suoceri poi, lui non ha mai potuto reggerli e le poche volte che si vedono fanno subito scintille. Avrei potuto venire io da sola, ma anch'io ho una famiglia».

«Non ti preoccupare Mariella, per noi è stato un piacere. E poi, dopo tutte le lezioni che ha tenuto ai ragazzi della scuola era il minimo che potessi fare.»

«Sì, mi ha parlato dei vostri venerdì. Sapessi quanto si prepara per quelle lezioni! Mi chiede sempre di portargli delle agende vecchie per scriverci sopra la traccia di quello che deve dire.»

«Poi tanto va avanti a braccio e si ricorda tutto. È davvero in gamba.»

«Ma ha comunque ottantasette anni. A saperlo lassù tutto solo io sono sempre in agitazione.»

«Lo controllo e ti riferisco: se c'è bisogno di qualcosa io sono qui.»

«Grazie ancora. La prima volta che salgo a Molini vengo a trovarvi: ho piacere di conoscere tua moglie.»

Le vacanze di Natale passarono in un attimo. Ci concedemmo una piccola escursione con le racchette da neve il giorno di Santo Stefano e una venti chilometri di fondo il martedì successivo. Per il resto Shirin rimase chiusa nel suo studio a elaborare altri dati di vendita e io la aiutai nei lavori più semplici, quelli in cui bastava ricopiare numeri nei fogli di calcolo.

Arrivò così l'Epifania; come ogni anno, i *Magnin* tennero, ahimè in costume, un concerto a Badallo, in chiesa, non nel teatro. Il limite di un repertorio tradizionale è la sua ripetitività; così Angelo, che negli anni aveva assunto il ruolo di maestro arrangiatore, in vista di quell'esibizione aveva studiato alcune variazioni al nostro inno valligiano, variazioni che sarebbero state affidate a una voce solista femminile. Dopo alcune prove, Angelo si convinse che il timbro migliore era quello di mia moglie e il 6 gennaio, nella chiesa di Badallo, il nostro concerto si concluse con un assolo di Shirin Tofigh in Musso.

Ecco, se volessimo rappresentare tutta la storia attraverso un grafico dovremmo disegnare una linea che sale costantemente (con qualche ondulazione ai tempi di Sébastien) e che raggiunge il suo punto più alto nell'assolo di Shirin. Il concerto del 6 gennaio costituisce il punto di rottura, lo spigolo vivo. Di lì in poi, la linea comincia a discendere, prima piano, con un'inclinazione modesta e del tutto tollerabile, poi in maniera più netta, fino a precipitare nel giorno della morte di Shirin.

Il 7 gennaio, Giovanna, accompagnando a scuola sua figlia Carlotta, mi prese da un lato e mi disse: «I genitori avrebbero piacere di parlarti; ti va bene se ci troviamo domani sera alle sette alla Concordia?».

«Una cena di classe?»

«No, solo una chiacchierata o, se preferisci, un consiglio di classe.»

«Va bene.»

In quanto promotrice assieme ad Antonio del progetto scuola, Giovanna era diventata, con il tacito consenso di tutti, una sorta di rappresentante dei genitori. Mi sfuggiva il senso di quella convocazione ma immaginai che, allo scadere del primo trimestre, volessero fare il punto. Distratti da cose che ci sembravano più urgenti, non avevamo mai stabilito quale dovesse essere la periodicità degli incontri tra il maestro e i genitori, né quale dovesse essere la sede deputata: il fatto che avessero scelto l'osteria mi parve un buon segno.

La sera dopo, alle sette, arrivai alla Concordia portando sotto il braccio un grosso faldone: conteneva i compiti, le relazioni, i disegni, insomma, l'insieme dei materiali che i ragazzi avevano prodotto nella prima parte dell'anno scolastico. Ero orgoglioso di tutte quelle carte: per me rappresentavano un grande risultato.

Parte dei genitori erano già là, gli altri giunsero nel giro di dieci minuti. Non mancava nessuno.

«Bene» incominciai aprendo il faldone «vi riassumo le attività partendo da quelle previste dalle indicazioni ministeriali per passare poi a quelle extra-curricolari che, per la nostra scuola, sono forse le più importanti.»

«Sì» fece Giovanna «un resoconto sarà utile, ma prima preferiremmo segnalarti quello che secondo noi è un problema.»

Fu in quel momento che la linea cominciò a inclinarsi verso il basso, ma, ovviamente, non me ne resi conto subito.

«Ecco» riprese lei «noi abbiamo assistito alla recita di Natale ed è lì che abbiamo cominciato a interrogarci e a parlarne tra noi.»

Tentai di mettere le mani avanti: «Lo sapete anche voi: le recite scolastiche hanno sempre dei limiti, soprattutto dal punto di vista teatrale, però sono degli ottimi momenti di aggregazione. Se glielo chiedete, i ragazzi vi confermeranno che abbiamo lavorato tutti insieme. Io ho buttato giù una traccia, ma poi loro l'hanno modificata facendo anche delle riflessioni profonde tanto sulla forma quanto sui contenuti».

«Guarda, non è il risultato che ci ha lasciati perplessi, anzi. Diciamo però che ci è parsa un po' poco natalizia.»

«Cosa intendi dire?»

«Che non parlava del Natale.»

Senza volerlo, il mio tono si fece veemente.

«Parlava di solidarietà, di rispetto degli altri, di rispetto per l'ambiente: più natalizia di così non saprei pensarla. Ho voluto evitare le cose più fruste come gli angioletti o le canzoncine, però, secondo me, parlava del Natale, eccome se ne parlava.»

Fu la mamma di Dario a intervenire: «Ti do ragione quando dici che la recita parlava di solidarietà e di rispetto, ma quelli sono valori laici: ne puoi parlare in classe, ne possono parlare i politici, gli ambientalisti, gli ebrei, i musulmani, gli atei. Il Natale è un'altra cosa, è il Santo Natale, è la nascita di Cristo. Non puoi parlare del Natale senza parlare di Cristo, di Gesù Bambino, di san Giuseppe, di Maria. Ecco perché non ci è sembrata natalizia, perché il Natale è il Natale cristiano; se no è un'altra roba che non è più Natale».

«Va bene,» acconsentii «la recita dell'anno prossimo la preparo in estate, così abbiamo tutto l'autunno per mettere a punto il testo e per verificare insieme che sia in linea col Natale cristiano.»

Per me, la questione era di scarsissimo interesse e provai a concludere con una battuta: «L'unica cosa che vi dico è che mi rifiuterò di vestirmi da asinello o da bue».

Non mi aspettavo certo l'ilarità generale, ma almeno un sorriso avrebbe potuto sbocciare. Invece le labbra dei miei compaesani restarono rigorosamente serrate. Non era finita lì.

Con il tono paziente che io talvolta utilizzavo con i bambini meno dotati (ma lo facevo di rado poiché ero il primo a trovare fastidiosa la condiscendenza), Giovanna si avvicinò al vero motivo per cui quella riunione era stata convocata: «Vedi Giacomo, noi, portando avanti questo progetto, abbiamo forse sbagliato nel dare per scontato il fatto che da te i nostri ragazzi potessero anche ricevere un'educazione religiosa, o meglio, cristiana. Non fraintendere, crediamo ancora fermamente che tu sia la persona giusta per la nostra scuola e siamo entusiasti dei risultati che hai ottenuto, ma...».

Come facevano a parlare dei risultati se non avevano neppure guardato i materiali che conservavo nel mio prezioso faldone? Sul piano formativo si accontentavano di un giudizio, era il caso di dirlo, "a scatola chiusa", ma si agitavano per la recita natalizia. Cominciavo a non capirli più.

Giovanna proseguì, incespicando leggermente nel riprendere quel concetto che doveva sembrarle molto difficile da enunciare: «...ma forse tu... ma forse... ecco, diciamo che la tua particolare esperienza, il tuo vissuto personale ti collocano un po' lontano dalla possibilità di insegnare la religione ai nostri figli».

Le era venuta fuori una frase contorta, quasi che nella complessità sintattica cercasse il modo per non ferirmi.

Mi sorpresi di tutta quella cautela e candidamente ammisi la mia inadeguatezza all'insegnamento della religione: «Avete ragione, la religione è una materia delicata. Se fossimo una scuola pubblica ci avrebbero assegnato un insegnante autorizzato dalla diocesi. In quanto scuola privata invece abbiamo più libertà di scelta. Per esempio, se fossimo una scuola valdese o una scuola ebraica potremmo chiedere a un pastore o a un rabbino. Vi propongo una soluzione...».

Feci una pausa per riprendere fiato e notai che ora le labbra, se non proprio dischiuse per sorridere, erano almeno un po' increspate, come se la mia risposta pacata avesse dissipato la tensione, come se avessero avuto paura di offendermi e io li avessi rassicurati. Per quanto me lo domandassi, non riuscivo a comprendere quale potenziale offesa fosse contenuta nelle parole di Giovanna. Certo, poteva essere imbarazzante segnalare a un maestro la sua incapacità nell'insegnare una certa disciplina, ma io ero perfettamente consapevole di non avere alcuna competenza nella didattica di quella materia: semplicemente, i miei studi universitari non avevano neppure sfiorato l'argomento e io non avrei potuto insegnare religione, così come non avrei potuto insegnare taglio e cucito. Nella mia ingenuità, non capivo che la "particolare esperienza" e il "vissuto personale" di cui lei aveva parlato non riguardavano minimamente ciò che avevo appreso: concernevano il mio matrimonio con un'iraniana (il fatto che Shirin fosse nata e cresciuta a Parigi non contava, per loro rimaneva un'iraniana). Se avessi colto dietro la perifrasi quella sfumatura sono certo che avrei battuto i pugni sul tavolo o che mi sarei alzato mandandoli tutti a cagare e me ne sarei tornato in Francia. Anche questo avrebbe salvato la vita di Shirin: stroncate sul nascere le malattie non lasciano tracce. Invece non capii, o meglio, capii solo dopo, incollando insieme i frammenti.

«La soluzione più semplice per ovviare alla mancanza di

un insegnante di religione sarebbe quella di aggregarci, per un'ora la settimana, a una classe delle elementari di Badallo. Ma la semplicità è solo apparente: noi siamo una pluriclasse e loro invece sono divisi per anni, i due metodi non sono compatibili; senza contare che spostarci fin giù per un'ora soltanto è una grossa perdita di tempo. Però, sempre a Badallo, è in corso una sperimentazione: i bambini che hanno scelto l'attività alternativa rispetto alla religione cattolica, possono seguire un corso di storia delle religioni. L'insegnante arriva da Vercelli una volta al mese e tiene delle lezioni di quattro ore, con film, ricerche e attività varie. In quel caso, visto che i bambini hanno età diverse, il metodo è simile a quello della pluriclasse. Io credo che non ci sarebbero particolari difficoltà a unirci a loro. Cosa ne pensate?»

Mi ero atteso che a prendere la parola fosse nuovamente Giovanna; fu invece Ignazio, che aveva un figlio in quarta, a farsi avanti: «Di' un po' Giacomo, ma tu sai chi sono i bambini che fanno storia delle religioni?».

Non mi lasciò il tempo di intervenire e ricominciò, facendosi tutto rosso in volto: «Per metà sono cinesi, figli di quelli che lavorano nelle cave di pietra. Poi ci sono sei o sette arabi e un po' di *moru*. Se era per mandare i miei figli a scuola assieme ai *gabibi* non spendevo i soldi per pagarti lo stipendio».

Moru, l'ho scritto come si pronuncia, anche se la grafia corretta sarebbe un'altra. *Al tempo che passaro i Mori d'Africa il mare, e in Francia nocquer tanto*. Moro nel nostro dialetto aveva serbato il significato originario; non indicava, come voleva l'inarrestabile romanizzazione della lingua italiana, una persona bruna, bensì un arabo e, per estensione, chiunque avesse la pelle scura. Al contrario, *gabibi*, il cui etimo mi era sconosciuto, aveva mutato col tempo il suo referente. Le sonorità del termine ne denunciavano la probabile origine coloniale: nato forse per designare qualche tribù di faccette nere, era stato usato, fino agli anni Settanta, per indicare i *tera-da-pipe*, i *napoli*, i *maramao*, i *taro*, ovvero i meridionali. Inconsapevolmente, Ignazio lo aveva ricondotto alla sua primigenia sfera semantica: era con i *gabibi* d'Africa che non voleva commistioni e, va da sé, anche con i *ciucia-'n-ciò* dagli occhi a mandorla.

A quel punto avrebbe dovuto essermi chiaro che la salvaguardia della nostra lingua locale, della nostra cultura alpina non erano che un orpello per mascherare le vere ragioni di quel separatismo scolastico che mi aveva trasformato in maestro di montagna. Avrei dovuto afferrare al volo che, per i miei compaesani, conservare la propria cultura significava innanzitutto non mescolarsi. Invece, ancora una volta, il mio animo naïf si lasciò sviare dalle apparenze. Non appena ebbe smesso di parlare, Ignazio fu folgorato con lo sguardo da gran parte dei presenti e io interpretai quella muta censura come un dissenso profondo; invece, come in politica e come nei film polizieschi, era solo lo stupido gioco del poliziotto buono e di quello cattivo: all'imbecille di turno si affidano i proclami più indegni, le affermazioni più ignobili e, dopo un attimo, il poliziotto buono, la parte "sana" del partito e le persone di buona volontà ridimensionano la portata di quel gesto, ricoprono di terra il seme dell'odio, ben sapendo che così coperto non farà altro che germogliare e produrre frutti avvelenati.

A gettare l'ipocrita manciata di terra intervenne nuovamente la mamma di Dario: «L'idea di educare i nostri figli alla condivisione e al rispetto degli altri, specie degli ultimi, ci sembra ottima, ma, come ti spiegavo a proposito della recita, vorremmo che questi valori si collocassero nell'alveo della nostra tradizione cattolica».

«Esatto» le venne in soccorso Angelo «non possiamo ignorare la nostra tradizione cattolica. Quando, con i *Magnin*, andiamo a cantare alle feste patronali, noi partecipiamo della tradizione dei santi cattolici: non è solo musica tradizionale, è musica nella tradizione.»

Mi parve molto fiero di quel suo distinguo che riempiva la bocca e lasciava il vuoto nel cervello. Pensai di ricordargli che per qualche tempo avevamo avuto in repertorio una canzone che parlava della crociata condotta da Santa Madre Chiesa contro i nostri fratelli albigesi e di tutti i poveri cristi passati a fil di spada al grido di «uccideteli tutti, Dio riconoscerà i suoi», ma lasciai perdere. "Tradizione cattolica" era una formula che accontentava tutti: "cattolica" soddisfaceva i credenti, gli assidui della messa domenicale, "tradizione" raccoglieva la massa degli indifferenti, quelli che facevano battezzare i figli perché "è la tradizione", quelli che bestemmiavano Dio, i santi e la Madonna, ma che poi, commentando i giornali al bar, si scagliavano contro l'idea di togliere il crocefisso dalle aule scolastiche perché quel pezzo di legno era il garante della "tradizione". In quanto maestro di una scuola nata per la salvaguardia della "tradizione" non potevo far altro che accodarmi all'allegra brigata del Dio, Patria e Famiglia.

Tradizione. Quanto sono rischiose certe parole! Sono affascinanti, sono sirene che cantano, sono tappeti meravigliosi sotto i quali nascondiamo sozzure d'ogni tipo.

Di fronte alla "tradizione" la mia resa fu evidente e Giovanna passò a espormi un piano che lei e gli altri avevano già studiato nei minimi particolari.

«Una volta la settimana verrà don Paolo, il parroco di San Barnaba, e farà due ore di religione, così tu avrai più tempo per preparare le altre attività.»

Era tutto combinato, tutto predisposto. In quell'angolo sperduto di mondo, l'intera comunità aveva congiurato e io non mi ero accorto di nulla. Lanciai ad Antonio uno sguardo pieno di rimprovero e lui si strinse nelle spalle in un gesto di rassegnazione, come a dire: "Non ho potuto farci niente".

D'altro canto anch'io non potevo farci niente, non solo ero in minoranza ma, per così dire, mi trovavo al cospetto dei miei datori di lavoro. Sì, in quel momento non erano più i miei amici, quelli con cui ero cresciuto, erano quelli che mi pagavano lo stipendio, come, goffamente, mi ricordò di nuovo Ignazio vedendo la mia faccia contrariata: «Guarda che non è che ci faccia piacere chiamare un altro insegnante. Vuol dire tirare fuori altri cento euro la settimana; e va bene che il prete li vuole in nero, altrimenti bisognava pagargli i contributi come a te».

Avrei voluto fargli presente che la mia retribuzione oraria era molto più bassa di quella del prete, ma decisi di soprassedere e mi limitai a chiedere quando prevedevano di far iniziare le lezioni di religione.

«Dalla prossima settimana. Il martedì dalle dieci alle dodici. È l'unico giorno che don Paolo può dedicarci.»

Non mi avevano consultato neppure sull'orario.

Incassai la notizia, sempre più scuro in volto, e vedendomi in silenzio qualcuno disse: «Cosa ne dite? Andiamo? Sono le otto meno un quarto».

Nessuno si interessò al mio prezioso faldone. Ripresi sotto il braccio l'inutile mercanzia e salutai senza troppe cerimonie, lasciando l'osteria per primo.

Non ebbi bisogno di fare più di tre passi nel corridoio di casa perché Shirin si rendesse conto del mio stato d'animo. Senza che io parlassi, lei mi baciò sulla bocca e poi mi disse: «Raccontami tutto, ma prima lavati le mani e vieni a tavola, ho cucinato il riso con la toma. Sbrigati, altrimenti diventa lungo».

Non so se anche in altre parti d'Italia, a proposito del riso, si dica "lungo" per "scotto", ma da noi è così e Shirin, da brava immigrata, stava imparando tutti i regionalismi.

Tra un boccone e l'altro le riferii della riunione e della piccola congiura ai miei danni. Ne discutemmo un po'. Come sempre, lei cercò di leggere i fatti in una luce meno negativa di quanto non facessi io: «Magari non volevano tenerti all'oscuro di tutto, forse volevano solo rispettare le tue vacanze di Natale senza romperti le scatole con discorsi di lavoro. A volte, quando ci si conosce troppo bene si rischia di perdere la delicatezza e di diventare invadenti, come quando sei amico del tuo medico e lo chiami a qualsiasi ora del giorno e della notte. Forse si sono parlati tra loro e hanno aspettato i primi giorni di scuola per metterti al corrente».

Io chiamavo quella sua attitudine la "testardaggine del bene". Era stato grazie a quella che aveva sopportato così a lungo il suo Sébastien; io sapevo che quando l'ostinazione fosse venuta meno tutto sarebbe crollato, ma, all'epoca, era ancora presto per avvertire i segni di ciò che sarebbe accaduto dopo.

Per tutta la cena continuai a lamentarmi della scarsa trasparenza dei miei compaesani, ma, giunti alla torta di mele (io ne sono ghiotto e lei me la preparava quasi tutte le settimane), Shirin tagliò corto: «Hai detto che il prete fa lezione il martedì dalle dieci alle dodici vero?».

«Esatto.»

«Benissimo. Sai quanto mi piace fare l'amore al mattino. Vorrà dire che tutti i martedì, dalle dieci alle dodici, mentre il prete riempie di balle la testa dei ragazzini, io e te facciamo l'amore.»

La "testardaggine del bene" le faceva trovare ogni volta un modo diverso per sdrammatizzare. La baciai e la serata terminò molto meglio di quanto fosse iniziata.

L'idea di fare sesso durante l'ora di religione aveva in sé quel tanto di blasfemia da renderla divertente, oltre che piacevole, ma, ovviamente, pensavo che non fosse nulla più di una *boutade*. Quando però, il martedì successivo, alle dieci e cinque lessi il messaggino che Shirin mi aveva appena inviato, mi resi conto che lei non scherzava affatto. Serrai la mano a don Paolo (che, contrariamente alle aspettative, ricambiò con una stretta vigorosa), gli affidai i ragazzi e corsi a casa.

Le stradine di Molini erano ancora trincee scavate nella neve e l'aria pungeva le guance e il naso. Appena aperta la porta però mi ritrovai in una bolla di tepore. Provai a salutare, ma non ottenni risposta: evidentemente Shirin aveva deciso di giocare fino in fondo. Avanzai fino alla camera da letto e la trovai lì, nuda, bellissima.

Da quel giorno, ogni martedì il rituale si ripeté con le variazioni che la fantasia ci suggeriva. So che fare l'amore a orari prestabiliti può sembrare arido quanto timbrare il cartellino in fabbrica, ma per fare l'amore avevamo altri momenti, quello era una specie di gioco, una sorta di erotismo allo stato puro. E poi, l'idea di farlo quasi nascostamente ci faceva assaporare l'eccitazione della clandestinità senza gli inconvenienti dell'adulterio.

Posso quindi affermare che anche le settimane che seguirono a quel piccolo dissidio con gli amici (quanto in realtà fosse grande lo avrei capito dopo) furono di piena e assoluta felicità.

L'unico episodio che ricordo con tristezza fu quello della partenza di Pinin, il mio prezioso vice-maestro.

Era sabato. Io e Shirin ci eravamo svegliati tardi e avevamo indugiato a lungo nel letto. Verso le undici eravamo usciti insieme per andare a fare un po' di provviste da Ghitin e, sulla piazza, avevamo notato una macchina sconosciuta. A Molini d'inverno non ci viene mai nessuno, così ogni volta che un'auto osa varcare i confini del paese, si mette in moto una specie di intelligence che indaga sul perché e sul percome il mezzo si trovi lì e soprattutto su quali siano le intenzioni dei misteriosi viandanti. Quella volta, osservando la sigla PV sulla targa, pensai immediatamente che non ci fosse da preoccuparsi: Mariella, la figlia di Pinin, doveva essere venuta a trovarlo.

Due settimane prima, il vecchio si era ammalato. Una semplice influenza, niente di grave, ma a ottantasette anni e per di più in quella casa isolata e tutt'altro che calda, la situazione poteva complicarsi in qualsiasi momento. Naturalmente, mi ero offerto di ospitarlo a casa nostra e lui, altrettanto naturalmente, aveva rifiutato. Così, assieme ad altri tre o quattro, avevamo fatto i turni per dargli assistenza. Avevo avvertito Mariella per telefono e le avevo detto di non agitarsi: era tutto sotto controllo.

«Ti ringrazio infinitamente. Se non ci foste voi non so come farei. Pensa che sono in Egitto. Sono qui da tre giorni: ripartire è quasi impossibile.»

«Davvero non c'è alcun bisogno che tu venga su» le avevo ribadito. Ma lei aveva continuato a tormentarsi: «Lo so che non è normale essere in vacanza a febbraio, ma mio marito lavora d'estate: queste sono le nostre uniche ferie».

Era divorata dal complesso di colpa, anche se nessuno, e meno che mai io, poteva rimproverarla per essersi presa una pausa.

L'influenza era passata, senza lasciare strascichi, o, almeno, così avevo pensato fino a quel sabato, fino a quando, verso l'una, bussarono alla nostra porta e, aprendo, mi trovai di fronte Mariella, suo marito, suo padre e Laika.

Fotografia numero 32. La piazza di Molini mostra la sua veste peggiore, quella di inizio marzo, quando la primavera ancora non si è annunciata e dell'inverno rimangono solo tracce sporche. Davanti all'Audi nera targata Pavia (ma la targa non si vede) ci siamo io, Pinin, Shirin e Laika, mezzo metro più in là, quasi fosse un'estranea capitata per caso nell'inquadratura, c'è Mariella. Laika non è in braccio al suo padrone, ma a Shirin: è il passaggio di consegne. Il cielo è d'un grigio compatto, senza sfumature, perfetto per l'occasione. Anche questa foto è pinzata con dei punti metallici sul retro di una fotocopia.

La foto era stata scattata circa mezz'ora dopo l'apparizione del gruppetto a casa nostra. Erano bastati trenta minuti per definire la questione; trenta minuti che avevamo passato nel nostro salotto, davanti al camino acceso, con gli occhi umidi.

«Non è più possibile lasciarlo da solo in quella baita che non si raggiunge neanche in macchina. Alla sua età, uno scivolone sul ghiaccio può significare un femore rotto o una commozione cerebrale.»

Il marito di Mariella parlava di Pinin come se il vecchio non fosse lì, con noi; ne parlava come di un'entità astratta.

E Pinin taceva.

Mariella invece si rivolgeva a lui, ma anche lei sembrava voler convincere me e Shirin che stavano facendo la cosa giusta, l'unica possibile.

«Vedi papà, a saperti qui da solo io sono sempre in pensiero. Giacomo e sua moglie sono tanto gentili, ma anche loro hanno la loro vita, non possono sempre starti dietro.»

Shirin mi confidò più tardi che in quel momento avrebbe voluto dirle "Anche Pinin fa parte della nostra vita", ma che poi si era fermata, quasi mordendosi la lingua, un po' perché aveva paura di incespicare con l'italiano, un po', ed era questo il motivo principale, perché sapeva che la frase sarebbe suonata ipocrita, anche se non lo era affatto.

Pinin continuava a tacere, assente, sbigottito. Sua figlia ci riassumeva i termini di quella che doveva essere stata una lunga trattativa condotta a distanza.

«Gli ho proposto di venire a stare da noi. La casa non è grande, ma una stanza per lui la trovavamo. Viviamo in una villetta a schiera. Al piano terra ci sono i miei suoceri e noi stiamo al primo piano.»

A quel punto, il vecchio intervenne: «Però non potevo portare Laika».

«Mia suocera» disse voltandosi verso di noi «ha terrore dei cani...»

La interruppi: «Ma nessuno ha paura di Laika, peserà cinque chili ed è alta due soldi di cacio».

Shirin, seduta accanto a Pinin, strinse tra le mani il muso dell'animale che si era accucciato a terra.

«Hai ragione, ma quella di mia suocera non è una paura razionale; è un terrore patologico: il medico ha parlato di cinofobia.»

E qui fu di nuovo Pinin ha dire la sua: «Guarda che è più facile che sia tua suocera a mordere il cane e non il contrario».

«Stai bravo papà. Era solo per dire che noi non volevamo metterti in una casa di riposo...»

«Di' pure all'ospizio.»

«Ma guarda che non è più come una volta. Adesso queste case di riposo hanno delle belle camere, il giardino. E in più non sei da solo.»

«Io da solo ci sto benissimo. E poi c'è Giacomo che mi porta i bambini della scuola e io faccio il maestro.»

La voce di Mariella uscì strozzata dall'esasperazione e forse anche dalla vergogna di dover condurre quella discussione davanti a degli estranei: «Papà, tra due mesi hai ottantotto anni, non sei più autonomo, anche se a te sembra. E poi guarda che sei sempre a tempo a venire con noi».

«Se non posso portare Laika, tanto vale andare all'ospizio.»

«Ma anche lì non te lo lasciano tenere il cane.»

«Ma almeno sto nella mia terra. Il mondo l'ho già visto per tutta la vita; adesso voglio morire a casa mia. E se a casa non mi lasciate stare, almeno vado in ospizio a Badallo, così posso parlare il mio dialetto e non quel *lumbard* che si parla da voi che io non ci capisco niente.»

«E allora vai all'ospizio, vai a farti benedire!»

«Ci vado, e dimenticatevi di me.»

Rimanemmo tutti zitti per qualche minuto, senza trovare una parola per alleviare il dolore, fino a che Pinin ci chiese: «Posso lasciarvi Laika? Non voglio mandarla al canile. Loro dicono che anche i canili non sono più quelli di una volta, come gli ospizi. Dicono che i cani non li ammazzano più, che li danno in adozione. Ma io so che se lascio Laika al canile nel giro di una settimana muore di crepacuore».

Fu Shirin la prima a rispondere, e questa volta non si lasciò frenare dall'imbarazzo: «Questa è casa sua e se vuoi è anche casa tua. Puoi venire a stare da noi».

Pinin le accarezzò una guancia, da vero nonno: «Sei molto buona, ma so che vi disturberei. Già è noioso avere per casa un vecchio di famiglia, figuriamoci un estraneo».

«Ma non è vero...»

«Sì che è vero. Non ti preoccupare. A me basta che mi teniate Laika. Io ho già fatto la valigia; è nel baule della loro macchina.»

Il vecchio partigiano si era arreso.

«Allora andiamo» fece il marito di Mariella.

Li accompagnammo in piazza e fu in quel momento che scattammo la foto.

Ci scambiammo un ultimo bacio, poi Pinin si chinò e appoggiò la testa su quella del cane. Infine, salì in macchina e il genero mise in moto.

Come l'auto si mosse, io presi in braccio Laika e la strinsi forte perché avevo paura che si mettesse a inseguire il vecchio. Invece lei restò immobile, senza capire: in tutta la sua breve vita non era mai stata tanto lontana dal suo padrone.

Fu l'auto a bloccarsi, appena pochi metri più in là. Una delle portiere posteriori si aprì, Pinin scese e corse verso di noi. Sì, corse, senza sforzo apparente, senza paura di scivolare sulle ultime tracce di neve e di rompersi il femore. Corse verso il suo cane e lo abbracciò un'ultima volta, poi, dopo averlo rispedito da noi, tornò alla macchina e partì definitivamente.

Lo so che è una scena da film, di quelli dozzinali, ma le cose sono andate esattamente così. È l'esistenza a essere banale, non io che la racconto: la ripugnanza che proviamo di fronte alla banalità è solo presunzione.

Tornammo a casa abbracciati, indescrivibilmente tristi. Laika ci trotterellava davanti senza esitazioni, quasi che il vecchio le avesse spiegato che, da quel giorno in poi, non avrebbe più dovuto imboccare il sentiero che portava alla baita.

Appena rientrati, andai nello studio di Shirin, trasferii sul computer la foto appena scattata e la stampai, poi, con la stessa stampante fotocopiai una pagina del *Mondo dei vinti* di Nuto Revelli e ce la pinzai sopra.

Adesso ce l'ho davanti e ne trascrivo qualche passaggio dall'intervista a Giovanna Giavelli, nata a Ferriere, classe 1886, contadina. Una delle tante che, come la gente di Molini, andava a far ballare le marmotte.

Sono qui all'Ospedale di Demonte da molti anni. Mi piacerebbe tornare in Ferriere, nella mia casa. Ma proverei una gran pena, ne stranguìun, *andare a vedere Ferriere e poi tornare via... Mi piaceva lavorare la campagna, l'aria era buona, l'acqua era buona, l'acqua era il nostro vino, tutte queste cose messe assieme si chiamano libertà, era come avere le ali... Qui mi sento un po' come in prigione. La notte, quando sogno, sogno lassù, la mia casa, la prima, la casa dove sono nata. È una casa tutta nera, ma mi piace. Se socchiudo gli occhi vedo Ferriere, lo vedo un deserto, ci sarà l'aquila lassù...*

Fotografia numero 33. La data non c'è, ma non posso non ricordarla: è il 31 marzo, il nostro primo anniversario di matrimonio. Per festeggiarlo, io e Shirin abbiamo deciso di salire fino a punta Miglietti (m. 2732 s.l.m.), tanto per i ragazzi è giorno di vacanza: la Pasqua è vicina. Ci abbracciamo, proprio davanti all'ometto di pietre che segna la vetta ancora coperta di neve. Su quella neve, il sole scintilla e rimanda all'obiettivo migliaia di minuscoli puntini luminosi. Dietro di noi, in lontananza, si vedono nuvole nere, minacciose, in arrivo.

È per quelle nuvole nere che ho scelto questa foto, per il loro contrasto con la nostra occasione di festa, per il fatto che erano alle nostre spalle e stavano per coglierci di sorpresa.

Dopo quello che è successo è inevitabile interpretare tutto come una metafora, o come un presagio non colto. Persino i fenomeni meteorologici assumono il valore di inascoltate cassandre. Se il 31 marzo dell'anno prima era stato il giorno più felice della mia vita, quel 31 marzo fu forse l'ultimo giorno veramente felice, l'ultimo giorno di totale chiarezza tra me e Shirin. L'indomani sarebbe iniziata la stagione delle reticenze, delle finzioni, delle menzogne.

Le nuvole nere, quelle metaforiche intendo, si affacciarono all'orizzonte il primo aprile, annunciate dalla telefonata di Angelo.

«Dovrei parlarti di una cosa, ti va se ci vediamo alla Concordia questa sera alle sette?»

Perché mai tutti quelli che volevano parlarmi mi davano appuntamento alle sette all'osteria? Era diventato una specie di rituale?

Ricordando la congiura dei genitori per l'ora di religione, acconsentii a malincuore.

«Va bene. Allora stasera alle sette.»

Angelo aggiunse una domanda che suonò sibillina: «Shirin non c'è, vero?».

«No, è partita stamattina per Milano, come tutti i mercoledì.»

«Infatti, mi sembrava...»

«Perché?»

«No, niente. Ti dico tutto stasera. Adesso scusami ma devo chiudere perché ci sono i vigili e io non ho il vivavoce.»

Passai la giornata interrogandomi sul significato di quel riferimento a Shirin e, per la prima volta nella mia vita, sentii i morsi della gelosia o, per meglio dire, del sospetto. Ero già stato geloso a causa di Shirin. Lo ero stato nel periodo in cui Sébastien divideva con lei il letto e la casa, ma si trattava di un sentimento diverso, un misto di invidia e di desiderio inappagato. Ora invece, mi trovavo roso dal dubbio. Angelo faceva il rappresentante: poteva aver visto Shirin in un luogo dove non avrebbe dovuto essere? o in compagnia di qualcuno che non avrebbe dovuto essere con lei? Che stupido che ero stato, l'avevo convinta io a fermarsi a Milano una notte la settimana! In albergo da sola, le avances di qualche collega, una cena, un po' di vino...

Poi mi dissi che la vera stupidaggine non era stata quella, bensì il semplice pensare che lei mi tradisse, l'improvvisa scomparsa di ogni fiducia. Ero un imbecille. D'altro canto però anche Sébastien era pieno di fiducia il giorno che, di ritorno da Nantes, le aveva telefonato e lei gli aveva risposto nuda con la schiena appoggiata a una delle pareti del mio monolocale.

Quelle che mi separavano dall'appuntamento con Angelo furono ore agitate. Le trascorsi in una specie di trance, travolto dal movimento ondeggiante di emozioni opposte. Nelle due telefonate che mia moglie mi fece, dovetti sembrarle piuttosto scostante; mi chiese ragione del mio tono distaccato e io, com'è d'uso in questi casi, risposi piccato che la mia voce era assolutamente normale, riuscendo così a inquietarla ancora di più.

Per tutto il pomeriggio si addensarono nella mia mente immagini pornografiche in cui le mani di qualche giovane manager milanese sfioravano la pelle di mia moglie, fino a che, alle sei e mezza, non riuscendo più a stare in casa, decisi di andare a bere alla Concordia e di attendere l'arrivo di Angelo. Quando, pochi minuti dopo, giunsi all'osteria, lo trovai già lì.

Mi salutò con calore, ma, come me, aveva l'aria di uno che sta sulle spine. Malgrado ciò, sembrava non avere il coraggio di affrontare la questione direttamente; per questo, quando cominciò a parlarmi della corale, ebbi l'impressione che volesse prenderla alla larga.

«Hai presente il concerto della settimana prossima?» mi chiese.

«Sì, quello per la festa dell'asparago a Sancena.»

«Sai che è stata l'amministrazione comunale a volerlo.»

Ma perché non veniva al punto? Cosa c'entrava la presenza o meno di Shirin con la festa dell'asparago. Nondimeno, lo assecondai con un cenno.

«Ecco...»

Si fece ancora più esitante.

«Ecco... Sai il pezzo in cui Shirin canta da solista...»

«Sì.»

«Be', mi hanno chiesto di non farlo.»
«Chi te lo ha chiesto?»
«Il sindaco di Sancena.»

Non capivo perché il sindaco avesse deciso di mettere il naso nel programma del concerto, ma, in fondo, non me ne fregava un granché. Per questo, con leggerezza, risposi: «Non credo che sia un problema. A Shirin interessa far parte del gruppo, del ruolo di prima donna non le importa nulla».

«Ecco, però la questione è proprio questa...»

Lui esitò ancora e io tirai un profondo respiro di sollievo: niente adulteri scoperti in flagrante, niente misteri sulla condotta di mia moglie, come in ogni corale che si rispetti, anche all'interno dei *Magnin* erano nate delle invidie e Angelo cercava di dirmelo. Lo lasciai andare avanti: «Il problema è che a Sancena non vogliono Shirin».

Negli istanti che impiegai a riprendermi dallo stupore, formulai ogni sorta di ipotesi: è troppo bella? o forse non canta così bene come a me sembra? il sindaco di Sancena si è innamorato di una nostra corista e non vuole che questa sia messa in secondo piano da mia moglie?

Formulai tutte le ipotesi, meno quella giusta.

«Il sindaco» proseguì Angelo «mi ha detto che...»

Alla fine, le parole uscirono dalla sua bocca inarrestabili come un conato di vomito: «Mi ha detto che non vuole islamiche alla festa del suo paese. Ha detto che un'islamica vestita nel nostro costume locale è un insulto alla nostra tradizione, che lui non vuole che le nostre canzoni siano storpiate da un'araba».

Ora che si era deciso a parlare, ero io che non volevo più ascoltarlo; così lo interruppi con la prima cretinata che mi venne in mente: «Ma Shirin non è islamica, e non è nemmeno araba: è francese di nascita e di nazionalità».

Non che fosse una cretinata in senso assoluto, però, di

sicuro non era l'argomentazione che avrei dovuto usare: fare leva su quello significava convenire con il sindaco di Sancena e affermare, implicitamente, che islamici e arabi andavano discriminati. Per fortuna, l'insospettabile ottusità di Angelo mi venne in soccorso. Fu lui questa volta a sospirare sollevato: «Se mi dici che Shirin non è musulmana siamo a posto. Visto che siete sposati da poco avete sicuramente a portata di mano il suo certificato di battesimo: tu me lo dai, io lo faccio vedere al sindaco e possiamo tenere il nostro concerto in santa pace, anche con l'assolo di Shirin».

«Stai scherzando vero?»

Ancora una volta (e credo che fosse la ventesima della giornata) mi diedi dello stupido, ma, contrariamente a prima, lo feci con allegria.

«L'ho capito solo adesso. Ieri era il mio anniversario di matrimonio, il 31 marzo. Quindi oggi è il primo aprile: mi hai fatto un pesce d'aprile. Madonna santa, hai mai pensato di fare l'attore? Ti viene benissimo.»

Lui non parve per nulla divertito.

«Guarda che non sto scherzando. Mi hanno chiesto davvero di non portare Shirin. Il sindaco ha visto la nostra esibizione a Badallo e l'ha notata. Tua moglie non è una che passa inosservata. Però se mi dici che non è islamica si risolve tutto, almeno credo. Ti dicevo del certificato di battesimo, perché così quello taglia la testa al toro.»

«Ma certo! Il certificato di battesimo e la dichiarazione che non ci sono islamici in famiglia nelle ultime quattro generazioni! Altrimenti cosa fate? La deportate in un campo di sterminio?»

Senza accorgermene mi ritrovai a gridare.

«È come ai tempi del nazismo: se ti chiamavi Levi, ma eri battezzato e prima di te erano battezzati i tuoi avi, magari riuscivi a cavartela. Speravo davvero che fosse uno scherzo. Quello che mi stai dicendo sarebbe ridicolo, se non fosse tragico. Anzi, è tragico, ma continua a essere ridicolo, perché siete delle marionette, siete delle caricature dei nazisti.»

«Perché dici "siete"? Sono mica io che non voglio Shirin.»

«Sì, ma tu ti sei prestato. E poi l'idea del certificato di battesimo è venuta a te.»

«Era solo per semplificare le cose. Credi che mi faccia piacere dirti che tua moglie non può cantare con noi? Era solo un modo per sbattere sul muso a quelli là che non tutti gli arabi sono islamici.»

«Shirin non è musulmana né cristiana: è atea, come me. Non ci è servito nessun certificato di battesimo, dal momento che ci siamo sposati civilmente. E poi lei non è araba, è francese, te lo vuoi mettere in testa?»

«Però se si chiamasse Marie o Brigitte sarebbe più facile.»

«Il vero modo per rendere tutto più facile è non eleggere degli imbecilli e soprattutto non averci niente a che fare con gli imbecilli. Aveva proprio ragione Marx: "La storia si ripete sempre due volte: la prima volta come tragedia, la seconda come farsa". Questa è la stagione della farsa e dei buffoni.»

«Sì, prova tu a non averci niente a che fare con quelli che tu chiami buffoni. Ormai qui comandano loro. Hai visto cosa è successo a Trento? No che non lo hai visto, tu eri in Francia a fare l'intellettuale. A Trento, l'impresa che faceva le pulizie negli uffici della Lega Nord si è vista togliere l'incarico perché impiegava personale islamico e i leghisti non volevano che delle islamiche mettessero le mani sulla loro roba. Dicono che, vista la loro posizione sulle moschee, hanno paura che le donne arabe rubino i segreti dai loro computer.»

«E nel caso di Shirin di cos'hanno paura? Che contamini gli asparagi della loro festa?»

«Non hanno paura di niente. È chiaro che è puro razzismo, ma cosa dovevo fare?»

«Non dovevi cedere. Dovevi almeno chiedere di parlare con qualcun altro; che so, col vicesindaco, con l'assessore alla cultura...»

«Era assieme al sindaco quando me lo hanno chiesto.»

«Ed è bastato che te lo chiedessero?»

«Se mi faccio nemico il sindaco di Sancena, mi metto contro tutte le amministrazioni leghiste della regione: tu lo sai quante sono? Vuole dire che noi non cantiamo più da nessuna parte. O no, meglio: cantiamo solo alla Festa dell'Unità. Sai quante sono le volte che ci hanno chiamato alla Festa dell'Unità o a quella di Rifondazione? Sai quante sono in tutto? sommando le une e le altre?»

«No, dimmelo tu il numero.»

«Zero. Zero tondo, zero spaccato. Niente. Quelli se ne fottono della tradizione. Dicono che è una cosa della Lega. Così la Lega la fa sua e ci marcia, anche se di tradizione non sa niente. Sono ignoranti, però hanno capito che le canzoni in dialetto portano elettori: i tuoi amici sapientoni non hanno capito neanche quello.»

«Potevi almeno mettere ai voti la questione.»

«Ho preferito parlarne prima con te. Non volevo mettere Shirin in difficoltà. Però, se preferisci, venerdì, alla prova, chiediamo agli altri se pensano che sia meglio rinunciare al concerto.»

All'idea provai un'immensa vergogna. Vergogna per l'Italia, vergogna per quello che il Piemonte era diventato, per come era stata ridotta la terra di Lajolo e di Gobetti. Vergogna che, di fronte a un diktat razzista, non fosse partito uno sputo in faccia. No, era una vergogna insopportabile: avrei trovato un'altra soluzione.

«Lascia stare. Glielo dico io a Shirin. Tu non parlarne, neanche se venerdì veniamo alla prova.»

«Va bene, però non farmi lo scherzo di portare a tutti i costi Shirin al concerto, perché se no succede un casino.»

«Hai paura che i leghisti salgano sul palco e ti schiaffeggino? Ti senti già Toscanini?»

Mi alzai di botto, presi la mia giacca, mi allontanai, mentre, da dietro al bancone, Luis, che aveva seguito tutto lo scontro, mi guardava interdetto. Ero ormai sull'uscio quando udii Angelo che, a voce non sufficientemente bassa, sentenziava: «Mogli e buoi dei paesi tuoi».

Riaprii la porta quel tanto che bastava per infilare dentro la testa: «Sei una merda».

Tornai a casa e ne uscii subito dopo con Laika. Le avevo installato uno sportello che le permetteva di andare e venire da sola, ma lei preferiva trotterellare al mio fianco. Così, insieme, ci incamminammo sulla stradina che giunge al camposanto e, guardando le cime delle montagne che si stagliavano contro l'ultimo chiarore del cielo, mi dissi che quello continuava a essere un bel posto per viverci. Fu proprio per la paura di essere costretto ad abbandonare il mio paese che scelsi di tenere Shirin all'oscuro di tutto. Ero convinto che quello di Sancena fosse destinato a rimanere un episodio isolato e, probabilmente mentendo a me stesso, mi dissi che se fossi riuscito a lasciarne fuori mia moglie, non sarebbe accaduto nulla. Durante tutta la passeggiata con Laika, almanaccai per trovare una soluzione che, pur senza svelare l'accaduto, ci tenesse lontani dalla festa dell'asparago. La camminata durò più di un'ora e, di tanto in tanto, la cagnetta mi guardava dubbiosa domandandosi come mai non tornassimo indietro e perché il suo padrone continuasse a borbottare tra sé. Effettivamente, assecondando il corso dei miei pensieri, le mie labbra si muovevano per pronunciare le parole che avrei detto a mia moglie, le scuse che avrei trovato. E ogni volta, dopo quattro o cinque ripetizioni della stessa frase, scuotevo il capo e, sempre parlando da solo come un povero pazzo, mi dicevo: non può funzionare. Fino a che non individuai un piano che sembrava reggere a tutte le obiezioni. Lo limai, lo perfezionai, mimai persino alcuni dei gesti che avrebbero dovuto permettermi di raggiungere il mio obiettivo. Quando tutto fu sistemato, ricondussi finalmente a casa la povera Laika. E la sera mi parve di nuovo dolce, con il profumo di erba bagnata che veniva su dai prati e che si mescolava con quello della legna bruciata nelle stufe.

Appena entrato in casa, mentre ancora mi toglievo gli scarponcini, il telefono squillò: era Shirin.

«Ciao amore, scusa se ti chiamo così tardi, ma il film è durato moltissimo.»

«Figurati. Io sono appena tornato da una passeggiata con Laika.»

«Come sta la piccolina?»

«È un po' distrutta, ma sta bene.»

Continuammo a scambiarci le battute del nostro consolidato copione. La mia voce aveva perso tutta la ruvidezza del mattino e sono certo che lei se ne andò a dormire tranquilla, senza alcun sospetto.

Io invece di dormire non avevo nessuna voglia, e neppure di mangiare. Presi un pezzo di fontina dal frigo e andai a mangiarmelo davanti al computer: mi era presa una stupida curiosità.

In internet cercai la pagina dedicata al consiglio comunale di Sancena e dopo un attimo potei leggere sul mio schermo il nome del sindaco, degli assessori e dei consiglieri. A vincere le elezioni era stata, ovviamente, una coalizione guidata dalla Lega Nord e a quel partito apparteneva il sindaco, Di Pasquale Saverio, nato a Siracusa nel 1952, e un buon numero di assessori, compreso quello alla cultura, Bussolino Roberto, nato a Sancena il 13/8/1974, titolo di studio: licenza media. Scorsi ancora la lista dei consiglieri leghisti e, senza troppo stupore, notai che tutti, tranne due, erano nati più a sud di Napoli. Se l'appartenenza regionale fosse stata un credo, avrei potuto parlare di apostasia. E non c'è peggior fanatico dell'apostata che abbandona la propria religione tuffandosi a corpo morto in un'altra. Mi venne in mente quel giornalista egiziano che, convertitosi al cattolicesimo, era diventato in Italia una delle bandiere dell'intolleranza verso l'islam. Di quell'uomo mi sarei ricordato anche dopo, quando i frutti del suo estremismo cristiano si sarebbero fatti sentire anche nella mia vita. Quella sera invece, il pensiero tornò subito al sindaco di Sancena e alla sua giunta di meridionali leghisti: forse, stufi di farsi chiamare terroni, avevano voluto dimostrare di essere più piemontesi dei piemontesi, più realisti del re, dimenticando i tempi non lontani in cui la Lega reclamava a gran voce la secessione in nome di una presunta superiorità morale del Nord.

Il sabato successivo era quello del concerto. Come d'abitudine ci alzammo tardi e la giornata seguì i suoi ritmi normali, dal momento che la partenza per Sancena era prevista per il tardo pomeriggio. Subito dopo pranzo Shirin prese dall'armadio il suo costume tradizionale e io feci altrettanto, ma, proprio mentre lei controllava che al corpetto non mancasse nessun bottone, io portai una mano al fianco destro e la mia bocca si piegò in una smorfia di dolore. Curvo e sofferente, feci un paio di passi fino al letto, poi mi gettai sul materasso torcendomi.

Shirin si spaventò: «Cosa ti prende?».

«La colica. Devo avere una colica renale.»

«Ne sei sicuro?»

«Credo proprio di sì. Ne ho sofferto in passato, ma erano tre anni che non ne avevo.»

«Chiamo la guardia medica.»

«No lascia. So come fare.»

Con uno sforzo all'apparenza sovrumano mi alzai e, indicando un punto preciso della schiena, le dissi: «Vieni qui e dammi un colpetto con la mano tesa».

Quando mi colpì cacciai un urlo e tornai a sdraiarmi.

«È una colica, non ci sono dubbi.»

«Dai, chiamiamo la guardia medica.»

«No. Ho troppo male. Ti prego, vai in bagno. Nell'armadietto delle medicine dovrebbe esserci una scatola di Toradol in fiale e una di Buscopan, sempre in fiale. E prendi anche il disinfettante, una siringa e del cotone.»

Quando tornò in stanza, mi trovò con i pantaloni slacciati e la natica destra scoperta.

«Le sai fare le iniezioni?» le chiesi.

Lei mi guardò con un misto di sorpresa e di avvilimento.

«No. Mi fa impressione solo a pensarci.»

«Allora me la faccio da solo.»

Eseguii la procedura secondo le regole: aspirai i due medicinali in un'unica siringa, feci uscire l'aria, mi disinfettai il quadrante superiore del gluteo destro, piantai con decisione l'ago, aspirai ancora per controllare di non aver beccato un capillare e poi spinsi il pistoncino. Mi ero fatto una bella dose di antispastico e di antidolorifico, adesso potevo abbandonarmi sul letto e dormire.

«Amore» dissi a mia moglie «telefona solo ad Antonio, digli che io non posso andare al concerto e vedi se lui ti dà un passaggio.»

«Figurati se vado a cantare con te in queste condizioni. Adesso gli telefono e poi vengo qui a tenerti compagnia. Intanto chiudo le persiane, così riposi meglio.»

L'oscurità, i farmaci, la tensione che svaniva, la mano di Shirin che accarezzava la mia: mi addormentai, d'un sonno profondo e beato.

Quando mi svegliai, Shirin era ancora lì, ma bastò uno sguardo per capire che tutto era cambiato.

«Sei uno stronzo» mi investì.

Ero sconcertato. Non poteva aver detto quelle parole.

Non poteva averle dette a me. Non lo aveva mai fatto. Se non ho riferito di diverbi o di scenate tra noi, non è per omissione, ma semplicemente perché mai ce ne furono prima di quel momento. Persino le più banali liti tra coniugi ci erano state risparmiate. Anche questa fu una delle ragioni per cui ci trovammo totalmente impreparati di fronte alla situazione che si stava creando.

«Non ho capito.»

«Ti ho detto che sei uno stronzo.»

Non stavo facendo lo gnorri, il mio disorientamento era totale e autentico.

«Sei uno stronzo perché non hai nessuna colica renale. Non hai male ai reni e non hai le palle.»

«Ma cosa stai dicendo?»

«Sto dicendo che non hai le palle per difendermi con i tuoi amici e neanche per dirmi la verità. Non hai avuto nessuna colica, era solo una scusa per non confessarmi che a Sancena non mi volevano.»

Avrei potuto arrendermi, ma, stupidamente, una volta imboccata la strada dell'ipocrisia credetti opportuno percorrerla fino in fondo.

«Ma chi ti ha detto questa cretinata?»

«Me l'ha detta Ghitin che ne ha parlato con Luis.»

Ma come potevo essere così idiota? Come potevo pensare che, dopo una discussione come quella che avevo avuto con Angelo, in paese rimanesse ancora qualcosa di segreto. Luis, da dietro il bancone della Concordia, aveva ascoltato tutto e non esisteva al mondo una sola ragione per credere che avrebbe taciuto.

«Ma com'è venuto fuori il discorso con Ghitin?»

«Ero andata a comprarti un po' di paste secche, perché pensavo che più tardi ti avrebbe fatto piacere un tè con i pasticcini. Lo vedi come sono cretina io? Penso anche ai pasticcini, mentre tu...»

Il suo volto si irrigidì a tal segno che quasi faticava a parlare, poi, dopo un respiro profondo, continuò: «Mentre pagavo, Ghitin mi ha chiesto: "Povera cara, ti dispiace tanto di non essere potuta andare al concerto con gli altri *Magnin*?". Le ho risposto che certo, mi dispiaceva, però era più importante stare con te che eri malato e lei si è lasciata sfuggire: "Ah, è per quello che non sei andata, non per l'altra roba". Allora le ho chiesto che cosa intendesse e a quel punto lei mi ha raccontato tutto».

Il mio stratagemma così sottile non aveva retto neanche un giorno.

«Ti chiedo scusa amore; hai ragione tu, non ho avuto il coraggio di parlartene. Non è stato per vigliaccheria, ma per vergogna: mi vergognavo del sindaco di Sancena, di Angelo, mi vergognavo a dirti che qui, a casa mia, nel ventunesimo secolo succedono ancora di queste cose.»

Lei rimase zitta. Seduta sulla vecchia sedia impagliata, con un libro in grembo e il pacchetto delle paste appoggiato un po' più in là, sul comò, mi guardava con una durezza che non le conoscevo, che non potevo neppure immaginare. Ecco, il suo ultimo sguardo è stato così, ne sono certo; quando ho visto la foto del suo cadavere sul giornale, mi sono tornati alla mente quegli occhi fissi, feroci. Così brava a esprimere tenerezza e amore con le parole, Shirin era, al contrario, totalmente incapace di tirar fuori la rabbia. La collera le si cristallizzava nell'iride e cresceva dentro: inutile parlarne, inutile tentare di sdrammatizzare. Ma, come ho detto, tutto quello io ancora non lo sapevo, così provai a scherzare: «Pensa che per far sembrare vera la simulazione della colica ho anche dovuto bucarmi il culo: mi fa un male cane!».

Lei si alzò di scatto. Sentii i suoi passi nel corridoio, poi la porta del suo studio che si apriva e si richiudeva. Decisi di non disturbarla.

Quella notte, Shirin non tornò in stanza e il giorno dopo, alle otto, la trovai in cucina mentre si preparava la colazione: sul tavolo c'era una sola tazza, segno che non era in vista alcun riavvicinamento. Col tempo avrei imparato che i malumori di mia moglie potevano durare anche settimane intere, settimane in cui non mi rimaneva altro che tacere e rendermi invisibile; però quel giorno, complice anche Laika che sembrava implorare con lo sguardo il ritorno della pace, finimmo per riprendere il dialogo.

Le spiegai i miei imbarazzi, i miei timori di perdere tutto quello che avevamo costruito lì a Molini, ribadii che secondo me si trattava di un episodio isolato, che il sindaco di Sancena era un imbecille, ma che la sua imbecillità non era contagiosa.

Alla fine lei mi perdonò e come unica condizione pose quella di giungere a un chiarimento con i *Magnin*: situazioni come quella non avrebbero dovuto ripetersi.

Celebrammo la nostra prima litigata e la nostra prima riconciliazione con una lunga passeggiata nei boschi, senza una meta precisa, con il solo gusto di rimanere soli e di ridere delle corse di Laika dietro le farfalle, le api e qualsiasi altro insetto volante.

Il venerdì successivo, io e Shirin ci incamminammo con leggerezza verso la scuola per la consueta prova della corale. Lungo il brevissimo percorso, pensai a come, in meno di un anno, il raggio dei miei movimenti si fosse drasticamente ridotto. Eppure non provavo alcuna nostalgia per le grandi traversate in metropolitana, nessun rimpianto per la città che cambiava a ogni momento. Quei muri di sassi, sempre gli stessi, quei panorami sempre identici, mi davano sicurezza, stabilità: erano davvero come radici che ti tengono ancorato al terreno. Pensai che nessun vento avrebbe potuto sradicarmi. Ancora una volta, sbagliavo.

Avevo chiesto ad Angelo di spiegare l'accaduto agli altri *Magnin*, così, quando furono arrivati tutti, lui raccontò dell'aut aut imposto dal sindaco di Sancena. Sul volto dei miei amici vidi dipingersi uno stupore che virava verso lo sdegno; nella sala si levò un mormorio generale nel quale si poteva intendere, di tanto in tanto, qualcosa come «Se ce lo aveste detto...», «Potevate informarci...», «...piantavamo casino...» e altre frasi del genere. Sapevo che la solidarietà non sarebbe mancata e sapevo anche che la solidarietà delle parole è moneta di poco valore che si spende facilmente; per questo decisi di alzarmi e di essere più preciso.

«Questa volta» cominciai «ce la siamo cavata con una malattia diplomatica, ma il problema potrebbe riproporsi e io non intendo simulare una colica renale a ogni occasione, ma soprattutto io e Shirin non intendiamo accettare altre discriminazioni.»

Senza lasciarmi finire, le voci si levarono nuovamente in una specie di collettivo e condiviso *nunca mas*, mai più.

Ripresi la parola: «È bene però pensare sin d'ora che le conseguenze per la corale potrebbero essere pesanti. Dopo le ultime elezioni le giunte leghiste si sono moltiplicate e, sicuramente, se facciamo valere i nostri princìpi con una, ce le troviamo tutte addosso. Questo significa che potremmo essere costretti a ridurre notevolmente le nostre partecipazioni alle feste patronali, alle fiere e così via. Detto in altri termini, dobbiamo prepararci a un netto taglio dei fondi. Siamo decisi ad andare avanti?».

Il mormorio qui si fece più sommesso, quasi meditativo, fino a che Francesco, quello della segheria, si lasciò sfuggire a voce alta: «Certo che con tutto quello che dobbiamo spendere per i costumi e gli spostamenti, se ancora ci saltano metà dei concerti non so come facciamo».

Ancora brusio, con cenni di assenso qua e là.

Qualcuno, non ricordo più chi, avanzò una proposta: «Possiamo fare come le squadre di calcio che hanno formazioni diverse a seconda della partita: quando ci chiama la Lega andiamo con la formazione ridotta».

Lo disse con naturalezza, come se non comprendesse la differenza tra una libera scelta e un'esclusione imposta da fuori, per di più su basi razziali.

Non so se si vide anche all'esterno, ma dentro fui scosso da una specie di tremore e avvertii l'impulso di scattare in piedi; solo che Antonio fu più veloce di me. Si alzò, facendo cadere la sedia in una specie di boato, poi a riempire la stanza fu la sua voce: «Ma siamo impazziti? Ma che cazzo di paragone è quello della squadra di calcio? Anche se reggesse, è un paragone scelto male: la formazione la decide l'allenatore, non è il sindaco della città in cui va in trasferta a dirgli che quel giocatore non può scendere in campo perché è di colore. Ecco, se proprio sei affezionato alla metafora del calcio, immagina che il sindaco di Torino dica che Balotelli non può giocare contro la Juve. Ma è l'idea della squadra che non funziona: noi siamo un gruppo di amici che canta insieme perché condivide certi ideali, vincere o perdere, guadagnare o non guadagnare non fa parte delle ragioni per cui siamo qui. Shirin è nostra amica, proprio come lo è Giacomo: quando uno mi dice che un mio amico non può venire in giro con me, io mi incazzo».

«Per me,» intervenne un'altra «se uno organizza una festa a casa sua può invitare chi vuole.»

È strano, ho un ricordo netto delle frasi, ma si sfoca il volto di chi le ha pronunciate. So per certo, però, che fu ancora Antonio a rispondere e che in breve si trovò a far fronte a una specie di tiro incrociato.

«Guarda che il sindaco di un comune rappresenta tutti i cittadini: quella non è "casa sua".»

«Sì, certo. Tu sei di quelli che quel che è tuo è mio e quel che è mio è mio. Eri comunista e sei rimasto comunista.»

«Ma cosa c'entra. Non stiamo parlando di politica, stiamo parlando di persone, di Shirin che viene esclusa dalla corale perché i suoi genitori sono nati in Iran. Ma vi rendete conto?»

E fu la volta del mediatore (ce n'è uno in ogni assemblea), del diplomatico: «Ascoltate, statemi a sentire un attimo. Io credo che qui abbiano ragione tutti. È vero che un sindaco non può disporre del proprio paese come di una proprietà personale, però è anche vero che i *Magnin* nascono per la difesa della nostra tradizione e quando fanno i concerti non portano solo in giro le canzoni, portano in giro la tradizione stessa. Io credo che il sindaco di Sancena non abbia guardato bene Shirin, altrimenti si sarebbe accorto che tra lei e noi non c'è tanta differenza, ma se invece di Shirin fosse, che ne so, Aretha Franklin... canta bene no? Però voi ce la vedreste Aretha Franklin a rappresentare le nostre tradizioni? E allora io provo a mettermi nei panni anche di chi organizza le feste...».

Avrebbe potuto continuare per delle ore e forse lo avrebbe fatto se io non avessi preso Shirin per mano e l'avessi trascinata fuori. Non potei farne a meno: più la discussione si animava, più il suo sguardo si faceva assente; era lì, seduta, immobile, le braccia che le ricadevano lungo i fianchi, la schiena, di solito così dritta, sempre più ingobbita. Credo che in vita sua non avesse mai dovuto sopportare un'umiliazione del genere.

Quando fummo all'aperto, l'aria ancora fresca delle sere d'aprile le strappò di dosso il torpore, ma non lo sconforto. La strinsi forte, poi riprendemmo la via di casa. Singhiozzava. Sommessamente, nel solo modo che il suo orgoglio le concedesse. Però singhiozzava. Io le cingevo le spalle con il braccio destro e mi dicevo che non era possibile. Non era possibile che la parigina, laureata, raffinata, con un padre che aveva vissuto alla corte dello scià di Persia, fosse oggetto di ostracismo da parte di un manipolo di trogloditi che si riempivano la bocca con la parola "tradizione".

Quella notte, nel letto, al buio, Shirin pianse a lungo, accarezzando la testa di Laika che, al solito, si era sdraiata in mezzo a noi. Aspettai il momento in cui, come ogni notte, le sue mani avrebbero sollevato la cagnetta e l'avrebbero posta sull'altro lato perché potessimo avvicinarci e dormire abbracciati. Ma quella notte, il momento non arrivò e neppure la notte successiva o quella dopo ancora. Quel momento non sarebbe più arrivato. Fu quello il suo primo cenno di rimprovero nei miei confronti; un rimprovero muto, forse persino inconsapevole, ma pur sempre l'inizio di un gelo che sarebbe rapidamente cresciuto. Avrei dovuto dirle che era ingiusta verso di me, che le colpe dei miei compaesani e dei miei connazionali non dovevano ricadere sulla mia persona, ma dentro di me non riuscivo a cancellare il rimorso per averla portata lì, a sud delle Alpi, in mezzo ai trogloditi.

Sempre quella notte, durante la lunga e silenziosa insonnia, pensai ad Antonio, a come si era esposto. Negli ultimi tempi avevamo parlato poco, anche meno di quanto non accadesse durante il mio soggiorno parigino, quando a unirci era il telefono. Ora, separati da un centinaio di metri appena, ci lasciavamo travolgere dagli impegni, dalla possibilità di rimandare a domani l'incontro, la bevuta all'osteria, la confidenza, la richiesta di un consiglio. Eppure, come capita quando la parola amicizia ha un senso pieno, non era stato necessario chiedere per ottenere il suo appoggio.

Il giorno successivo, dopo un breve e tormentato sonno, ci svegliammo in un paese diverso. Molini non era più il grembo materno che avevo conosciuto nella mia infanzia e neanche il villaggio accogliente che aveva fatto festa per il nuovo maestro e la sua sposa. Aprendo le imposte quel mattino, avvertii la sensazione che si prova quando si giunge di notte in una città sconosciuta e ci si affaccia alla finestra della propria camera d'albergo: ciò che scorgevo non era brutto, ma freddo, estraneo, potenzialmente ostile. Restai a fissare il panorama circostante e Shirin mi raggiunse e mi abbracciò, appoggiando il capo sulla mia spalla. Se al di là dei vetri avessimo visto cadere una di quelle piogge d'aprile che infradiciano i prati e inzuppano i vestiti anche sotto gli ombrelli, credo che avremmo riempito le valigie e saremmo fuggiti di lì col fermo proposito di non ritornarvi mai più. Invece fummo ingannati dal cielo terso e dal sole che cominciava a illuminare i crinali più alti. Anche se il paese ci aveva tradito, ci rimanevano le montagne, i boschi, le camminate, il silenzio, le corse di Laika, ci rimanevano tutte le cose che a Parigi non avremmo mai potuto avere. Non avremmo più cantato, pazienza. Non saremmo più stati paladini di una tradizione di cartapesta, pazienza. La bellezza che ci circondava era tanto potente da farci dimenticare gli oltraggi subiti, da farci aggrappare all'immagine di quelli, pochi invero, che ancora ci volevano bene, da farci addirittura ipotizzare che, rifiutando la fuga, li avremmo convinti del valore della convivenza.

Fu Shirin a ricordarmi che, come maestro, io avevo il compito di traghettare la nuova generazione su una sponda diversa da quella sulla quale si erano arrestati i loro genitori e io. Dell'anno scolastico rimaneva un ultimo scorcio, ma decisi che in quelle poche settimane avrei ritrovato il coraggio che il famoso incontro sull'ora di religione mi aveva portato via. E, avendo ben chiaro il mio obiettivo, insieme al coraggio trovai la prudenza, la moderazione. Pensai che quella globalizzazione che sembrava non infastidire affatto i miei compaesani, per una volta avrebbe giocato a favore del mio progetto didattico. Utilizzando un po' il satellite, un po' YouTube, recuperai decine di spezzoni di cartoni animati e di programmi per ragazzi in lingua araba, cinese, russa e in tutte le varianti sudamericane del castigliano e li proiettai in classe durante quei venerdì che erano rimasti orfani dei racconti di Pinin. I personaggi e le immagini erano gli stessi che i miei allievi incontravano sulle televisioni italiane, per questo non avevano difficoltà a seguire le storie, ma, al tempo stesso, il differente doppiaggio li sorprendeva e li affascinava. Il principio era semplice: far loro comprendere che il resto del mondo non era abitato da selvaggi con l'anello al naso. Pedagogicamente, ero convinto che se loro avessero abbandonato l'idea di superiorità che è insita nel rifiuto di ogni contatto con l'esterno, li avrei guadagnati al principio fondamentale dell'intercultura e tutto questo senza bisogno di quei riferimenti alla tolleranza religiosa che provocavano fastidiosi esantemi nei loro genitori.

Era un piano di minima, il grado zero dell'apertura al mondo, ma in classe funzionò a meraviglia, soprattutto con i più piccoli. Ho cercato a lungo la formula che consentisse di serbare nel tempo la loro innocenza, la loro assoluta noncuranza per le differenze di pelle: se mai l'avessi trovata, oggi, forse, avrei il premio Nobel per la pace.

Ma l'innocenza è merce deperibile, basta un nonnulla per farla andare a male. Come quella volta che portai tutta la scolaresca a visitare le cave di pietra, giù in bassa valle. La pietra delle nostre zone è famosa, ridotta in lastre sottili diventa copertura per i tetti, diventa pavimentazione e rivestimento. Oggi, a estrarla e a tagliarla sono tutti cinesi: costano poco, lavorano tanto, non pensano alla silicosi, non si iscrivono ai sindacati... Mostrai ai miei ragazzi tutto il processo di lavorazione e spiegai perché l'apporto degli immigrati fosse così importante; loro seguirono con attenzione, ma, una volta saliti sul pulmino, i più grandi cominciarono a raccontare le storie ascoltate in casa, quelle sui cinesi che non muoiono mai perché vengono rimpiazzati da nuovi connazionali clandestini, quelle sul cibo per cani spacciato come spezzatino nei ristoranti cinesi, fino all'immancabile trivialità sui cinesi morti e seppelliti col culo di fuori per poterci parcheggiare le biciclette. Mi ricordai di quando, ancora studente, nella scuola di Vercelli in cui svolgevo il tirocinio, i genitori insorsero contro l'insegnante che aveva introdotto le lezioni di educazione sessuale: «Ruba l'innocenza ai nostri figli» le avevano detto, come se l'innocenza e l'ignoranza fossero la stessa cosa. La maestra era stata costretta a scusarsi e, all'epoca, io non avevo potuto sostenerla in alcun modo. A quegli stessi genitori, ora avrei saputo rispondere che il pregiudizio uccide l'innocenza molto più facilmente di quanto non lo faccia il sapere cosa fanno mamma e papà quando dalla loro stanza giungono strani mormorii.

La sera della gita alle cave tornai a casa sconfortato e fu Shirin a consolarmi. Lo so che mi ripeto, ma ogni tanto, aprendo gli occhi in questa cella, mi persuado che il motivo per cui sono in carcere è un altro, una ragione che con la morte di mia moglie non ha niente a che vedere, perché lei non è morta. Ma so che non è così.

Adesso non sono più in isolamento stretto. Mi hanno spostato in un altro braccio e mi hanno messo in cella con un altro detenuto, un pachistano di una quarantina d'anni. Non so da quanto tempo sia in Italia, però la nostra lingua la parla molto bene; fin troppo. Quando inizia non smette più. Dice che è finito in galera perché ha ucciso la moglie.

«Anche tu sei dentro perché hai ammazzato tua moglie?»

Avrei preferito non rispondergli, ma la sua faccia non è certo rassicurante, così mi sono limitato all'essenziale: «No. Non ho ucciso nessuno».

Lui ha riso: «Hai ragione. Tutti innocenti in prigione».

Poi ha riso di nuovo, sguaiatamente.

Lo so che non dovrei scriverlo in questo memoriale, ma ho l'impressione che sia una spia, uno che ha il compito di farmi parlare. Ma io non ho niente da dire, niente che non sia già in queste pagine.

Fotografia numero 34. Mai avrei pensato di mostrare a qualcuno questa immagine, ma, ora che sicuramente l'hanno vista in molti, i vecchi pudori mi paiono inutili. Ritrae Shirin, ancora lei, sulla spiaggia delle Saintes-Maries de la Mer, sdraiata su un telo di spugna rosso fuoco. La ritrae nuda ed è così bella che non riesco a guardarla.

No, non voglio tornare indietro all'estate che precedette il nostro matrimonio; questa foto mi serve per parlare di un'altra estate, quella dell'anno scorso. Anche in questo caso mi ricordo la data esatta: 24 giugno, giorno di sciagura.

Durante il mio master in didattica della scienza, avevo sperato più volte di incontrare un meteorologo, ma ciò non era accaduto. Peccato, altrimenti gli avrei chiesto ragione di quell'ondata di caldo che, immancabilmente, travolgeva il mio paese nei giorni intorno a San Giovanni. Fu proprio in un mattino che si annunciava già bollente che a me venne la grandiosa idea di iniziare i lavori per la sostituzione del vecchio camino (vecchio, ma senza nulla d'antico) con uno che garantisse una resa migliore e un calore più uniforme. Fin da piccolo, mio padre mi aveva abituato a cavarmela con i lavori di manutenzione della casa e in più di un'occasione avevo potuto constatare di essere un muratore mancato

Armato dunque di mazzetta, cominciai l'opera di demolizione dell'esistente. Bastarono meno di cinque minuti perché Shirin si presentasse sulla porta del salotto con i pugni piantati sui fianchi e la sua aria di finto rimprovero: «Hai intenzione di continuare così tutto il giorno?».

«Tutto il giorno se siamo fortunati, altrimenti proseguo domani.»

«Caro il mio maestro, tu sei in vacanza, ma io devo ancora lavorare.»

Il tono continuava a essere canzonatorio, ma il problema era reale.

«Potresti prendere il portatile e andare a lavorare da qualche parte all'ombra e al fresco.»

«Lo escludo. Nello stato in cui è, la batteria mi dura meno di un'ora. Però ho un programma migliore: visto che ieri ho elaborato tutti i dati sulle vendite degli sci, oggi mi prendo una giornata di ferie e, sapendo che tu non mi vuoi tra i piedi quando fai il muratore, io scendo a Badallo a fare il bagno al fiume.»

Avrei voluto abbracciarla, ma, sporco com'ero, mi limitai a mandarle un bacio.

Dopo un quarto d'ora ricomparve con una grande borsa di paglia dalla quale spuntava il telo di spugna rosso fuoco. Shirin odiava le piscine: il cloro le bruciava gli occhi, gli spogliatoi, spesso sudici, la disgustavano e la confusione nelle giornate estive la irritava. Per questo motivo, nei rari giorni di riposo che ci eravamo concessi durante l'estate precedente, anziché l'affollata piscina, avevamo scelto, sempre a Badallo, una più tranquilla spiaggia di sassi lungo il fiume. A Shirin il posto era piaciuto immensamente e durante tutto l'inverno aveva ripetuto come una specie di mantra: «Non vedo l'ora che venga la bella stagione per andare a fare il bagno al fiume». Il fiume era un'altra buona ragione per rimanere a Molini e quel giorno, vedendola partire con le sue creme solari e i suoi bikini, mi dissi che la crisi stava passando.

Quello che accadde dopo io lo conosco solo attraverso il racconto di mia moglie, ma non ho motivo per credere che in esso vi fosse qualcosa di falso o di esagerato.

Quando Shirin arrivò in spiaggia, quella donna era già là, con i suoi bambini, un maschietto e una femminuccia di due o tre anni, che zampettavano nell'acqua bassa. Non notarla era impossibile: sul bianco dei sassi, la chiazza nera del suo costume da bagno spiccava come una macchia d'inchiostro su una pagina di quaderno. Mia moglie distese l'asciugamano a una decina di metri da lei e, mi confidò poi, ebbe la tentazione di denudarsi completamente per provocarla, così come aveva fatto quella volta in rue Timbaud con le due ragazze velate. Ovviamente non lo fece. Il sole era alto, ma dal fiume veniva un soffio leggero d'aria fresca che sfiorava piacevolmente la pelle. Di tanto in tanto, Shirin alzava gli occhi dal libro e li posava sulla donna e sul suo costume. Non moriva di caldo con tutta quella stoffa addosso? La giovane mamma indossava un burkini di tessuto elasticizzato, lo stesso che si usava per i vecchi costumi olimpionici; dalle caviglie ai capelli, il suo corpo era inguainato in quella tuta aderente da cui spuntavano solo i piedi e l'ovale del volto. Un volto grazioso, che emanava dolcezza, la stessa dolcezza che metteva nel richiamare i figli quando sembravano allontanarsi troppo.

Anche questa volta, la spiaggia aveva mantenuto le sue promesse e, malgrado una certa affluenza, non v'era nulla che ricordasse il chiasso delle piscine o del litorale adriatico. In quella calma, mentre si asciugava dopo un brevissimo bagno, Shirin si assopì.

Fu risvegliata da un vociare in cui le parve di cogliere delle frasi in francese che si mescolavano a pianto di bambini. Aprendo gli occhi, vide davanti a sé un vigile e una vigilessa, in piedi. Seminascosta dalla loro sagoma, la donna in burkini cercava di calmare i figli, che piangevano disperati, e, nello stesso tempo, di spiegare qualcosa alle due guardie municipali. Malgrado sembrasse capire abbastanza bene l'italiano, le parole le uscivano in francese, tanto che la discussione si stava incagliando su uno scambio ossessivo di «*Je ne peux pas*» e di «Che cazzo dice questa qua».

Sicura di poter fare da interprete, mia moglie si precipitò verso i tre.

«La signora dice che non può» fece Shirin rivolgendosi alla vigilessa «ma non so di cosa stia parlando.»

«Le abbiamo chiesto di togliersi quella palandrana: c'è un'ordinanza del sindaco che vieta l'uso del burkini nelle piscine e sulle spiagge fluviali del territorio comunale. Vietato il burkini e vietato qualsiasi abbigliamento che nasconda il corpo e il capo.»

Shirin tradusse in francese a beneficio della donna e, sempre in francese, ma con un chiaro accento tunisino, ne ottenne una risposta che riferì: «Ha detto che anche i vestiti che ha la coprono tutta e che non può andare via perché aspetta suo marito che deve venirla a prendere in macchina».

«E quando arriva questo marito?»

«Pomeriggio tardi. Lavora cantiere, non ha telefono.»

Com'era facile attendersi, intorno si era formato un capannello di curiosi.

«Le dica di togliersi quella roba, se no sono cinquecento euro di multa. L'ordinanza parla chiaro: è per ragioni di igiene.»

Prima ancora di tradurre, Shirin provo a mediare: «Non potete fare un'eccezione? Sono certa che la signora non lo sapeva».

«Lo hanno scritto anche i giornali.»

«Ma vedete bene che non sa neanche parlare l'italiano, come volete che li legga i giornali.»

«Lei non si intrometta. Le riferisca solo dei cinquecento euro di multa.»

Era intervenuto l'uomo e la sua voce esprimeva arroganza e disprezzo insieme.

Shirin cercò di mantenere la calma. Andò verso la propria borsa, ne estrasse il bikini di ricambio e lo porse alla donna. Lei rifiutò. Il dialogo tra loro proseguì in francese, ma lo riferirò in italiano.

«Guarda che se non ti togli il tuo costume nero, questi qui ti danno la multa.»

«Non posso mettermi il tuo costume.»

«Glielo spiego io a tuo marito quello che è successo, se vuoi chiedo ai vigili che vengano a casa con te, così siamo sicuri che non ti picchia.»

L'altra la guardò sorpresa.

«Mio marito non mi picchia. Non è lui che mi obbliga a portare questo costume, lo faccio per rispetto al mio Signore. E poi, mi vergogno troppo a farmi vedere così, quasi nuda.»

«Ti do i miei vestiti anziché il bikini.»

«Non posso. Ho visto i tuoi vestiti quando sei arrivata. Non coprono abbastanza.»

Shirin fu sul punto di mandarla al diavolo, lei e le sue stupide proibizioni, ma il pianto dei bambini la fermò.

«Non potete solo avvertirla?» tornò a insistere. «La prossima volta, se la vedete di nuovo così, le fate la multa.»

Il tono del vigile si fece ancora più imperioso: «Le ho già detto di non intromettersi».

E prese a scrivere su un blocco per contravvenzioni.

Dalla piccola folla si levò un coro di "bravo" che si trasformò in ovazione nel momento in cui l'uomo staccò la multa dal blocchetto e la porse alla giovane tunisina: «Tieni. Sono cinquecento euro e se non li paghi entro trenta giorni diventano mille».

La donna si volse interrogativa verso Shirin e quando udì la traduzione scoppiò in un pianto disperato nel quale le parole erano appena riconoscibili.

«Dice che non li ha cinquecento euro, che suo marito ne guadagna settecento al mese e che trecento vanno per l'affitto.»

Le guardie non ebbero bisogno di parlare, perché la risposta venne dalla gente intorno: «Che torni al suo paese».

«Via gli stranieri.»

«Ci spaventa i bambini tutta nera così.»

A quel punto, Shirin perse il controllo.

«Spaventa i vostri bambini? Ma non vedete come sono spaventati i suoi? È mezz'ora che piangono e voi continuate a infierire?»

Probabilmente, metà delle persone che erano lì a gridare non conosceva neppure il significato della parola infierire, ma, sentendo qualcosa di inequivocabilmente straniero nella pronuncia di mia moglie, ripresero la cantilena di prima.

«Torna al tuo paese.»

«Vai a fare comizi a casa tua.»

«Controllatele il permesso di soggiorno.»

Il vigile (ché la sua collega sembrava essersi fatta piccola piccola) colse al volo il suggerimento: «Forza, tira fuori il permesso di soggiorno».

Era passato al tu, come se la semplice possibilità di avere a che fare con un'extracomunitaria rendesse superflua e persino disdicevole qualsiasi forma di cortesia.

«Non ho il permesso di soggiorno, sono italiana.»

«Sì, e io sono venusiano» fece qualcuno.

Piccata, Shirin prese dalla borsa la carta d'identità e la porse alla guardia che lesse ad alta voce il nome: «Shirin Tofigh».

«Figa è figa» sentenziò di nuovo lo spiritoso «ma italiana non mi pare proprio.»

A quel punto, lei avrebbe dovuto battere in ritirata, ma il suo orgoglio ebbe il sopravvento: «Sono italiana perché ho sposato un italiano».

«Sì, i soliti matrimoni di comodo per avere la cittadinanza.»

A parlare questa volta era stata una donna. Un'altra la seguì: «Rovinano le famiglie, si fanno sposare e poi, appena hanno la cittadinanza li mollano. Sono delle... non diciamo cosa».

E Shirin esplose.

«Delle puttane? È quello che voleva dire? Alle donne troppo vestite date la multa, delle donne che sposano gli italiani dite che sono delle puttane. Si può sapere cosa volete?»

Il seguito fu davvero teatrale.

Shirin si slacciò il reggiseno e lo gettò per terra; e mezza dozzina di telefonini scattò una foto.

«Vado bene così? Non ho il burkini io. Così dovrei essere a posto no?»

Dopo un primo sbandamento, il vigile, che ancora teneva tra le mani la carta d'identità, annotò gli estremi del documento e formulò la sua minaccia: «Una bella denuncia per atti osceni in luogo pubblico non te la toglie nessuno».

«Certo» ribatté mia moglie «c'è stato un caso proprio la settimana scorsa a Ostia: una madre ha chiamato la polizia perché i suoi bambini erano turbati da una ragazza a seno nudo che si rifiutava di coprirsi. Sono davvero delicati i bambini italiani: il burkini li spaventa, il topless li sconvolge. Se devo fare dei bambini me ne torno in Francia, o me ne vado in Africa, l'importante è che non nascano italiani.»

Non oso immaginare il putiferio che si scatenò. Per fortuna, Shirin decise che così poteva bastare; si riprese la carta d'identità e si rivestì in fretta. Le persone, appagate, tornarono ai loro asciugamani, sempre più convinte che una bella dittatura avrebbe fatto del bene al paese. La giovane tunisina prese per mano i due figli e si spostò rapidamente verso il punto più remoto della spiaggia. Shirin cercò invano un suo sguardo o qualche muto cenno di ringraziamento, poi raccolse le sue cose e se ne andò. Quando fu sul sentiero che risaliva verso la strada, una donna sulla sessantina le si avvicinò e le tese la mano: «Brava, vorrei avere il suo coraggio».

Mezz'ora dopo, quando me la ritrovai davanti, stentai a riconoscere mia moglie. Era sconvolta. Gli occhi erano rossi di pianto, i lineamenti del volto tesi per la rabbia. Con un accenno di pedata, scacciò Laika che le si era fatta incontro scodinzolando.

«Cos'è successo?» domandai preoccupato.

«Siete un paese di merda.»

«Spiegami cos'è successo.»

Crollò letteralmente su una sedia della cucina e, dopo aver pianto ancora, si decise a raccontarmi l'accaduto.

Parlò senza interruzioni per un buon quarto d'ora e alla fine, quasi che il narrare l'avesse costretta a razionalizzare i fatti, mi chiese: «Ho fatto bene?».

«Credo di sì.»

«Quindi non ne sei sicuro.»

Non è che non fossi sicuro, non ero pronto ad ammettere che questo fosse diventato un paese dove le più elementari libertà erano negate per legge, così tentai una sorta di difesa d'ufficio dell'imputato Italia, nell'unico modo in cui questa difesa poteva essere condotta: screditando la vittima.

«Non sono certo che il burkini sia una cosa da difendere.»

«Ma io non ho difeso il burkini, ho difeso la donna. Sai bene che io giro nuda senza problemi, figurati se mi metto a dire che le donne dovrebbero andare in giro velate e infagottate, però...»

«Io mi ricordo che in una delle nostre prime passeggiate, dalle parti di Barbès, siamo passati davanti a una macelleria islamica e tu, pensando a come uccidevano gli animali, hai detto che tutte le religioni dovrebbero scomparire, ma che i musulmani sono i peggiori di tutti. Mi hai citato persino la Fallaci.»

«Certo, e lo confermo. Allora però vietiamo anche alle suore di andare in giro col velo sulla testa. Anche le suore hanno solo il volto scoperto: l'ordinanza del sindaco di Badallo vale anche per loro? Se è così ritiro tutto, ma se non è così, l'ordinanza è pura discriminazione.»

«Ma per le suore è diverso, loro fanno parte della nostra tradizione...»

Nel momento stesso in cui le parole uscivano dalla mia bocca, mi rendevo conto di essere caduto nella trappola e Shirin, che si stava infervorando, ne approfittò immediatamente.

«Allora vuoi dirmi che una suora tutta nera non spaventa i bambini perché fa parte della tradizione, mentre una donna musulmana con un costume da bagno intero dalla testa ai piedi li spaventa? Cosa ne sanno i bambini della tradizione?»

«Il paragone con le suore non regge. Ti hanno detto che è per ragioni di igiene, no?»

«Cos'ha di antigienico il burkini? È fatto dello stesso tessuto dei normali costumi. E con cosa credi che siano fatte le magliette antiscottatura che produciamo noi? Quelle con le maniche lunghe. Stesso materiale. E i costumi da bagno degli atleti? Quelli non sono lunghi fino ai piedi? Il costume lungo migliora le prestazioni in vasca. Se arriva a Badallo il campione del mondo sui duecento stile libero non lo fanno entrare in piscina perché è troppo vestito?»

Le sue domande rimanevano senza risposta e questo la spingeva a incalzarmi ancora.

«E poi lì non eravamo in piscina, eravamo al fiume. Vista la temperatura dell'acqua io potrei anche decidere di fare il bagno con la muta da sub. C'è qualcuno che me lo impedisce? A me sì, perché mi chiamo Shirin Tofigh: figa ma non italiana. A te che ti chiami Giacomo Musso nessuno dice niente. E allora dimmi se dietro questa balla della proibizione del burkini non c'è pura e semplice discriminazione: è un'istigazione all'odio razziale. A chi faceva del male quella donna vestita?»

Come avvocato difensore avevo quasi esaurito i miei argomenti. Tentai un'ultima mossa: «Va bene, sono regole assurde, però bastava che lei mettesse il tuo due pezzi per risolvere tutto. Vedi che la colpa è della religione e dell'ottusità. Dobbiamo aiutare le donne musulmane a liberarsi di questi tabù».

«Fino a ieri ti avrei dato ragione, ma oggi quella ragazza mi ha fatto capire una cosa semplicissima: il pudore. Non c'è solo l'interdetto religioso, c'è anche un'autentica vergogna. Lei si vergognava. Mi ha fatto tornare in mente Giorgia, la fidanzata del tuo amico Mauro.»

«Ex fidanzata: non stanno più insieme da sei mesi.»

«Va bene, ex fidanzata. In Camargue lei si è spogliata sulla spiaggia, ma lo sappiamo bene quanto ha patito lo stare nuda sotto lo sguardo degli altri. Non era mica per questioni religiose che Giorgia non voleva spogliarsi, era solo perché si vergognava.»

Con ostinazione cercai ancora qualche stupido appiglio: «I vigili non le hanno mica chiesto di mettersi nuda».

«Sì, fai pure finta di non capire. Una donna che è sempre stata abituata ad andare in giro completamente coperta si vergognerà anche a indossare una maglietta e dei pantaloncini corti. Il pudore è un fatto relativo. Prova a pensare come si comporterebbero tutte quelle brave signore che applaudivano i vigili se qualcuno arrivasse lì e le obbligasse a denudarsi. Sarebbero contente? E se prendessi le suore e le costringessi a mettersi in bikini? Sarebbero a loro agio? Tu dici che dobbiamo aiutare le islamiche a liberarsi, ma la liberazione è un percorso, non avviene in un attimo. Crediamo sempre che le donne musulmane non vedano l'ora di gettare via i loro veli e che aspettino solo qualche cristiano che gliene dia l'occasione, ma non è così. Le islamiche non fremono dal desiderio di liberarsi dei loro vestiti, non più di quanto le donne milanesi abbiano voglia di liberarsi della gonna e di girare in mutande sulla metropolitana.»

Trovai l'immagine molto divertente, ma ero certo che su questo punto Shirin si sbagliasse.

«Vorrai mica negare che ci sono delle ragazze pachistane, o tunisine, o marocchine che vorrebbero vestire all'occidentale e che invece vengono costrette dalla famiglia a portare il velo.»

«Non lo nego affatto. Qualcuna di loro è stata perfino uccisa o sfigurata dai familiari perché ritenuta troppo "libera", ma le altre non hanno nessuna voglia di essere liberate: se il velo è una scelta perché vietarlo? Solo perché a noi non piace?»

Rimasi in silenzio a pensare, a ricordarmi di quando, negli Cinquanta, i vescovi liguri mandavano i vigili sulle spiagge a multare le temerarie che esibivano il due pezzi. Troppo svestite, troppo vestite, le donne erano sempre in balìa delle decisioni di qualche uomo, sindaco, vescovo, ayatollah, padre o fratello che misurava in centimetri di tessuto il loro diritto di stare al mondo.

Cercai di stringere Shirin e lei si sottrasse all'abbraccio. L'avevo portata a vivere in un paese di merda: questo era ormai innegabile.

Fotografia numero 35. È sfocata, sgranata e la stampa su carta da giornale non contribuisce alla sua nitidezza. Sicuramente esce dalla memoria di qualche telefonino che era in spiaggia al momento in cui Shirin ha fatto il suo gesto plateale. La si vede a petto nudo mentre discute con i vigili. Il quotidiano "Cronache Piemontesi" l'ha messa in prima pagina, sotto il titolo Islamiche all'attacco. *L'occhiello recita: «Due donne islamiche inveiscono contro i vigili urbani di Badallo che cercano di far rispettare la legge sulle spiagge fluviali del comune».*

Non che «Cronache Piemontesi» fosse tra le mie letture abituali, ma quando qualcuno del paese finisce sul giornale, c'è sempre qualcun altro che si premura di farlo sapere a tutti. Così, mi bastò andare a comprare il pane di buonora perché Ghitin mi informasse.

«Mi dispiace per quello che ci è capitato a tua moglie. Se la prendono con lei perché è straniera, come succedeva a me in Francia.»

«Chi è che te ne ha parlato?»

«Non lo hai visto sul giornale?»

«No.»

«Se vai alla Concordia, lì ce l'hanno, è proprio in prima pagina.»

Pagai e mi precipitai all'osteria, che ormai era divenuta per me luogo di martirio. Il giornale era là, disteso su un tavolo, la foto ben in vista.

Senza neanche ordinare, chiesi a Luis se potevo portarlo via, lui assentì silenzioso.

Uscito di lì, imboccai la strada del cimitero e andai a sedermi sopra un masso ben ombreggiato dai castagni. L'articolo era, di fatto, una lunga intervista al sindaco di Badallo, Luca Capodanno, il figlio della mia maestra, il leghista di madre siciliana e di padre campano, ché Capodanno, Buonanno, Bonanno e simili sono tutti cognomi originari delle provincie di Napoli e di Caserta.

«Signor sindaco» chiedeva la giornalista che firmava il pezzo «può darci una sua versione dell'accaduto?»

«Si è trattato di un vero e proprio agguato, di una trappola per alzare un polverone intorno a provvedimenti che io e la mia giunta abbiamo preso all'insegna del buon senso e dell'integrazione con gli immigrati.

"Come si sono svolti i fatti?"

"I miei uomini (i vigili urbani – N.d.R.) hanno ricevuto una telefonata che denunciava la presenza di una donna in burkini sulla spiaggia fluviale a nord della città. È chiaro che la telefonata è partita da qualche complice del gruppo terrorista che ha organizzato questa gazzarra."

"Siamo addirittura a un allarme terroristico?"

"Il terrorismo ha molte facce, ci sono quelli che mettono le bombe e quelli che usano in modo terroristico i mezzi di informazione. Quando i vigili urbani sono intervenuti sono stati aggrediti verbalmente da queste due islamiche il cui unico scopo era quello di provocare."

"Noi pubblicheremo, accanto alla sua intervista, una fotografia di una donna a seno nudo che inveisce contro gli agenti: è questa una delle due islamiche di cui parla lei?"

"Certo, l'altra era quella che invece indossava il burkini. I testimoni riferiscono che le due donne si sono sistemate a poca distanza l'una dall'altra ed è chiaro che era tutto preparato per dare scandalo: visto che i miei uomini non hanno reagito alle provocazioni di quella vestita di nero, l'altra è intervenuta spogliandosi come una di quelle attricette che cercano di farsi fotografare per strada a Cannes."

"Le protagoniste di questa squallida vicenda sono state identificate?"

"Certo. Una è stata denunciata per atti osceni in luogo pubblico e l'altra è stata oggetto di un provvedimento amministrativo che prevede un'ammenda di cinquecento euro."

"I testimoni dicono che una delle due donne, quella che si è spogliata, è italiana."

"È italiana solo perché abbiamo una legge troppo permissiva in termini di matrimoni di convenienza. Queste donne, spesso di dubbia moralità, sposano uomini italiani per ottenere la cittadinanza, poi, nella migliore delle ipotesi, li abbandonano e nella peggiore li dissanguano a forza di chiedere soldi e alimenti. In quanto parlamentare, mi farò promotore di una proposta di legge che renda più difficili queste operazioni di comodo."

"E, tornando alla questione del burkini, confermiamo ai nostri lettori che piscine e fiumi a Badallo sono vietati alle donne musulmane."

"Badallo è una città di accoglienza e di tolleranza. Nelle nostre piscine e nelle nostre spiagge sono benvenute persone di tutte le religioni, purché si adeguino ai nostri costumi e alla nostra tradizione. Non vedo perché noi dobbiamo accettare usi diversi dai nostri."»

Ancora adesso, leggendo l'intervista sulla vecchia pagina spiegazzata, sento un calore violento invadermi le guance; quel giorno fu molto peggio, molto. Tutti i segni della collera si manifestarono all'improvviso: tremore, affanno, giramenti di testa e, più grave di tutti, una gran voglia di fare giustizia.

La sera prima, sconvolta, Shirin si era messa a letto trangugiando sonniferi come caramelle: sapevo che non avrei avuto problemi a entrare in casa, prendere le chiavi della macchina e uscire senza svegliarla. Decisi di farlo. Un quarto d'ora dopo, a bordo della vecchia Clio di mia moglie (non amavo guidare il gigantesco Land Rover), scendevo i tornanti che da Molini conducono a Badallo.

Parlando con i giornali, le impiegate del comune dichiararono che ero entrato come una furia e che, malgrado avessero tentato di sbarrarmi la strada, io, facendomi largo a spintoni, ero riuscito a penetrare nell'ufficio del sindaco. Per quanto mi sembra di ricordare (ma ero veramente "accecato dall'odio"), direi che chiesi di poter parlare con il sindaco e che entrai prima di ottenere risposta: la furia e gli spintoni fanno parte della mitologia dell'evento. Comunque siano andate le cose, ciò che importa è che mi ritrovai nello studio di Luca Capodanno, faccia a faccia con quello che aveva dato l'ennesimo schiaffo a mia moglie, lo schiaffo che, temevo (e giustamente), sarebbe stato decisivo. Della mia irruzione, il sindaco si sorprese, ma se si spaventò, almeno non diede a vederlo. D'altro canto, come poteva mostrarsi impaurito uno che sulla scrivania aveva una propria foto in guisa di antico guerriero (fotomontaggio? costume di carnevale?) con tanto di spada in pugno?

Con un sorriso stentato mi invitò a sedermi.

«Allora, mi dica, a cosa devo tutta questa foga?»

«Lei deve fare una rettifica a proposito dell'intervista che ha rilasciato ieri a "Cronache Piemontesi".»

«"Deve" è una parola grossa e l'erba voglio non cresce neanche nel giardino del re. Immagino che lei sia una delle tante anime candide che mi rimproverano le mie prese di posizione. In che cosa le mie dichiarazioni hanno urtato la sua sensibilità?»

Il tono era volutamente mellifluo e, quindi, derisorio.

«Sono il marito di Shirin Tofigh, la donna che, stando alle sue parole, avrebbe fatto un matrimonio di comodo per ottenere la cittadinanza.»

«Belle tette, complimenti!»

Mi provocava, ma, stranamente, avevo ripreso quel po' di autocontrollo che mi bastava per non prenderlo a pugni. Feci finta di non aver sentito.

«Mia moglie non aveva affatto bisogno di un matrimonio di convenienza per avere la cittadinanza. Lei è francese, ha un lavoro di prestigio e viene da una famiglia dell'alta borghesia. Il nostro è stato un matrimonio d'amore.»

«Mi compiaccio per lei, ma non ho nessuna intenzione di rettificare ciò che ho detto. Le Shirin, le Fathia, le Karima si assomigliano un po' tutte: è solo per un caso che la storia del matrimonio di comodo non riguarda la sua signora, le altre sono avvertite. Dal momento che non ho fatto nomi, nessuno mi può rimproverare nulla.»

I sintomi della collera stavano tornando a farsi sentire. Provai ad allontanarmi dalla questione personale.

«Che male fa una donna in burkini? Il volto è scoperto, come vuole la legge italiana. Per il resto cosa le importa se ha la pancia al vento o se ce l'ha coperta?»

«Voi finti democratici non capite proprio qual è il pericolo. Oggi è una donna, domani sono due, poi tre e nel giro di qualche anno siamo invasi da donne coperte dalla testa ai piedi.»

«E anche se fosse? L'importante è che non costringano a coprirsi chi vuole mettersi in due pezzi, se poi vogliono prendere il sole vestite facciano pure.»

«Le nostre spiagge sono una parte della nostra identità nazionale; non possiamo permettere che assomiglino alle spiagge del Marocco o dell'Egitto. Sulle nostre spiagge si prende il sole in un certo modo.»

«Ma su quella stessa spiaggia, mia nonna prendeva il sole con i mutandoni lunghi. Ho le foto. Allora visto che mia nonna fa parte della nostra tradizione io potrei pretendere che tutte le donne andassero a fare il bagno con i mutandoni lunghi.»

«Non dica cazzate. La tradizione si adegua ai tempi, ma non c'è nessuna ragione perché si adegui ad altre tradizioni, ad altri costumi. Se hanno caldo si vestano come noi oppure facciano il bagno nella loro vasca da bagno. Glielo ripeto, questa è una cosa a cui tengo molto e che porto avanti sia come sindaco che come parlamentare: sono loro che devono adattarsi a noi; noi qui siamo i padroni di casa e loro gli ospiti: si vestono, parlano e si comportano come noi, altrimenti *andale andale*, a casa coi cammelli. E poi, mio caro signor...»

«Musso.»

«Ecco, mio caro signor Musso, ricordi: moglie e buoi dei paesi...»

Non lo lasciai finire.

Ho riletto spesso i *Delitti esemplari* di Max Aub, non per intero, ma a brani, ché di frammenti è fatto e tutti quei frammenti insieme dicono una sola cosa: basta poco, pochissimo, per dare a un uomo l'occasione di ucciderne un altro. Quel proverbio, recitato fino alla noia, quel proverbio che umiliava l'amore riducendolo a commercio di bestiame, quel proverbio che non potevo più sopportare mi fece scattare qualcosa dentro. No, non la pulsione omicida, ma una totale perdita dei freni inibitori.

«Sei un terrone di merda» gli urlai. «Sei un terrone di merda, come tua madre e come tuo padre. Io non ho mai pensato che da queste parti ci fossero padroni e ospiti, ma se vuoi metterla in questi termini, allora io sono il padrone e tu sei l'ospite. Io sono il padrone perché la mia famiglia abita queste montagne da sempre. Io sono il padrone perché il nostro dialetto è la mia lingua madre, proprio come il dialetto siciliano era la lingua madre di tua madre; peccato che lei non sapesse l'italiano, terrona di merda anche lei, che ci dava brutti voti in dettato solo perché non sapeva pronunciare la "c" e la "g". Cosa avremmo dovuto fare? Avremmo dovuto rimandarla al suo paese assieme a quel camorrista di tuo padre, che da finanziere imponeva il pizzo ai commercianti. Ti sei dimenticato di quando i tuoi compagnucci della Lega chiedevano che al Nord non ci fossero insegnanti meridionali? Non è passato tanto tempo, te lo sei già dimenticato? Dici che non dobbiamo adeguarci ai costumi degli immigrati. Ma voi non siete stati immigrati? Quando quelli della tua razza hanno cominciato a invadere gli uffici postali del Nord con il loro italiano da sottotitolare, i nostri vecchi hanno dovuto andare a ritirare la pensione con l'interprete. Noi ci siamo adeguati a voi, ci siamo meridionalizzati, abbiamo rinunciato al nostro dialetto perché voi non lo capivate, ma voi non avete rinunciato al vostro. Ci avete conquistato, contiamo meno di indiani nella riserva, per usare un'immagine che vi piace tanto. Avete portato la mafia e la camorra nelle nostre amministrazioni comunali, voi immigrati in combutta con i vostri compaesani che erano qui al soggiorno obbligato. E adesso tu mi dici che gli immigrati di oggi devono tornare dai cammelli? Ma quanto avete rotto i coglioni con il fatto che al Nord vi deridevano dicendo che andavate in giro con il ciuccio e coltivavate i pomodori nelle vasche da bagno? Il giorno che la Lega riuscirà a far fuori tutti gli arabi, tutti gli africani, tutti i rumeni, tutti gli albanesi, tutti gli stranieri, comincerà a far fuori anche i meridionali, perché non ci sarà più nessuno da far fuori, non ci sarà più nessun nemico e gli imbecilli hanno sempre bisogno di un nemico per sentirsi grandi. All'inizio il nemico eravate voi Capodanno, voi Esposito, voi Muccicò, voi Gargiulo, adesso sono le Fathia, le Shirin, le Karima, ma quando loro saranno finite, torneranno a prendersela con voi. E io aspetterò quel giorno.»

Poi, come posseduto da un demone, iniziai a insultarlo nella mia lingua, in quella lingua che comunica direttamente con l'anima: «*Terun*, *napoli*, *teradapipe*, *gabibi*...» e via di seguito tutta la litania.

Con lo stesso sguardo spiritato di quando ero entrato, uscii, passando in rassegna una schiera di impiegati comunali che, richiamati dalle urla, si erano disposti lungo il corridoio. Fu probabilmente uno di loro a parlare con i giornalisti, perché credo che Capodanno avrebbe preferito tenere tutto sotto silenzio (tanto che si guardò bene dallo sporgere denuncia) per non essere costretto a chiarire perché un leghista fosse stato coperto delle stesse ingiurie che i suoi compagni di partito riservavano agli immigrati. Fatto sta che il giorno dopo «Cronache Piemontesi» dedicò a me la sua prima pagina: *Il marito di una delle "terroriste" della spiaggia aggredisce il sindaco di Badallo.*

Lasciato il municipio, risalii in macchina e tornai a Molini, ma non cercai subito Shirin, non era con lei che volevo parlare: per la prima volta da quando erano morti, sentii il desiderio di fermarmi un po' davanti alla tomba dei miei genitori. Nel mio convinto materialismo, non pensai neppure per un istante che loro avrebbero ascoltato le mie confessioni, i miei turbamenti; semplicemente, avevo bisogno di mettermi al cospetto di qualcuno o, per meglio dire, al cospetto di ciò che loro erano stati per me, di ciò che mi avevano insegnato. Non ho mai capito se rubare a un ladro, se uccidere un assassino, se stuprare uno stupratore comporti automaticamente una diminuzione della colpa, ma l'aver agito da razzista con il più bieco dei razzisti mi lasciava comunque una grande amarezza. Nulla era falso in ciò che gli avevo sbattuto in faccia; non era falsa l'ignoranza di sua madre, né la disonestà di suo padre ed era innegabile che l'ondata migratoria degli anni Sessanta fosse stata drammatica anche per la gente del Nord, doppiamente drammatica, dal momento che la retorica delle migrazioni conosce la compassione solo per chi si sposta e non per chi, pur rimanendo a casa propria, vede sconvolta la propria esistenza. Non era dunque della menzogna che dovevo pentirmi davanti ai miei genitori, ma del fatto di aver guardato a quel dramma con gli occhi di una parte sola. Logorato da mesi di contrasti, ero caduto facilmente nella trappola dell'odio e, quel che era peggio, era che anche in quel momento io non riuscivo a smettere di odiare Luca Capodanno; non mi limitavo a detestarlo o a disprezzarlo, lo odiavo proprio, con ogni mia cellula: sentivo che avrei speso tutte le mie energie pur di annientarlo. Adesso che i miei desideri sono divenuti realtà, mi rendo conto che quell'odio, il suo e il mio, ci ha annientato entrambi.

Entrando in casa, trovai mia moglie in cucina. Era ancora in pigiama, o meglio, indossava una delle mie T-shirt che le faceva da pigiama. La pregai di sedersi e le raccontai l'accaduto. Lei mi ascoltò, in silenzio, e in silenzio rimase anche dopo, quando ebbi terminato. Sembrava imbambolata; un estraneo avrebbe potuto scambiare quell'immobilità per un effetto dei sonniferi, ma osservando il suo sguardo fisso, eppure intenso e cattivo, si capiva che il suo silenzio non era altro che un'immensa fabbrica d'odio, di un odio che, contrariamente al mio, non era focalizzato su un solo nemico, ma si spandeva uniformemente su tutti quelli che la circondavano. Gli ex amici della corale, la gente del paese, io stesso (e, direi, soprattutto io), tutti furono bersaglio di quegli occhi in cui, come ho già scritto, si cristallizzava una collera sempre più tenace.

E, ovviamente, furono quelli i giorni in cui iniziò il mio calvario di marito. Sapevo che la mia colpa più grande era quella di averla trascinata lì; cercai quindi, come espiazione, se vi fosse il modo di tornare a Parigi. Sì, mi dicevo, Parigi risolverà tutto, a Parigi torneremo a essere felici. La notte, completamente solo ancorché sdraiato accanto a lei nel letto, fantasticavo di vendere la grande casa dei miei avi, e se nessuno avesse voluto acquistarla l'avrei fatta demolire: avrei chiamato dalla pianura una di quelle mostruose macchine che assomigliano a enormi granchi, quelle con la pinza idraulica che sbriciola i muri (ne avevo vista una in azione in rue du Nord e mi aveva messo addosso una tristezza infinita) e avrei ridotto casa Musso a un cumulo di macerie, sicché non ci venisse neppure la tentazione di tornare. Ma con il sopraggiungere del giorno, i problemi si facevano più concreti. Con grande imbarazzo, avevo provato a contattare il signor Manukian, il quale mi aveva fatto capire senza troppi giri di parole che una eventuale riassunzione alla Cité des Sciences era inimmaginabile: il mio posto era stato preso da Béatrice e gli ultimi tagli alle attività museali rendevano impossibile la stipula di qualsiasi contratto di collaborazione. Del pari, l'azienda per cui Shirin lavorava aveva assegnato a un'altra persona l'incarico di elaborare statistiche per il marketing: che si tenesse stretto l'impiego in Italia, perché la crisi non risparmiava neanche l'abbigliamento sportivo.

Eravamo in gabbia, prigionieri della vita che ci eravamo costruiti, guardati a vista dalle persone che avevamo amato. Nei giorni che avevano seguito le due performance (quella di Shirin sulla spiaggia e la mia al municipio), «Cronache Piemontesi» aveva avuto, a Molini, un incremento delle vendite del quattrocento percento e, se la copia con le tette di mia moglie in primo piano era stata presto distrutta dalle mogli dei miei compaesani, l'altra era rimasta nei portariviste di tutte le famiglie della mia ridente e affettuosa borgata. *Possibile che alla mia età, e con tutto il mondo che ho visto, ancora non ho capito cos'è il mio paese?* È ancora Pavese, o almeno credo, anche se non so se la citazione è esatta. Vorrei verificarlo, ma non mi lasciano andare nella biblioteca del carcere. Però, giusta o sbagliata, il nocciolo è lì, nell'incapacità di capire.

Gli anni degli studi, in giro per l'Italia, e poi la lunga parentesi parigina mi avevano fatto dimenticare cos'è davvero un paese. Quel decorativo tripudio di montagne e di boschi e di strette di mano e di valori autentici e di tradizione, sì di tradizione, avevano coperto per un po' la natura scabra di quel luogo. E ora che le scabrosità del terreno erano ripianate e ammorbidite dai trattori, di scabro rimanevano gli uomini, e le donne, e perfino i bambini, quelli che io avevo visto a scuola.

Nessuno, beninteso, ci rimproverò mai nulla, ma la diffidenza è una bestia strisciante: basta udirne il rumore per inquietarsi. E per non sentirlo quel rumore, ce ne stavamo sempre più per conto nostro, barricati in casa o, al più, seduti nel fresco del giardino. Ma i pochi sguardi che eravamo costretti ad affrontare per comprare il pane ci sfinivano. Sempre più taciturni con gli altri, avevamo imparato a fare a meno delle parole anche tra noi e, in casa, i nostri silenzi diventavano un ringhio o un sibilo di rabbia, di fastidio. Sì, ci davamo fastidio, perché già allora eravamo in una specie di carcere. *Un paese ci vuole, non fosse che per il gusto di andarsene via.* Sempre Pavese. Avremmo trovato un gran gusto ad andarcene via, per sempre, ma non potevamo. E così eravamo tutti e due rinchiusi, a pestarci i piedi, a sottrarci lo spazio a vicenda. Come questo pachistano, che mi ruba l'aria e mi ammorba con i suoi discorsi, con le sue smargiassate. Ieri mi ha detto: «Noi musulmani siamo più fortunati di voi cristiani».

Eravamo tutti e due sdraiati sulle nostre brandine, lui su quella bassa, io su quella di sopra. Si aspettava che gli chiedessi il perché, ma io ho taciuto; così, anche senza essere invitato, ha proseguito con le precisazioni: «Io ho dovuto ammazzarla perché vivo in Italia, ma se vivevo in Iran o in qualche altro paese dove c'è la giusta legge, ero più fortunato, perché quando mia moglie mi tradiva, non avevo bisogno di ammazzarla, ci pensava il tribunale a farla morire».

Capivo dove voleva arrivare, allora gli ho detto semplicemente che non ero cristiano. Speravo di zittirlo, invece ha continuato: «Si vede che non sei cristiano. Da come è morta tua moglie mi sembri più un fratello musulmano».

«Con la morte di mia moglie, io non c'entro nulla.»

«Già, dimenticavo che qui dentro sono tutti innocenti.»

Le conversazioni finiscono sempre così, con questa battuta e con una sua risata. Avrei voglia di strangolarlo nel sonno (dato che non ho altre armi se non le mie mani), ma il suo collo è largo come quello di un bue: anche se non reagisse, cadrei a terra esausto prima di riuscire a comprimergli la trachea. È solo la certezza del fallimento che mi fa desistere; ogni timore per l'aggravio di pena a questo punto è ridicolo. Rimango convinto però che il pachistano sia un informatore, o forse un provocatore: me lo hanno messo in cella per farmi esplodere.

Quando i suoi tentativi di dialogo finalmente abortiscono, io rimango sdraiato sul mio letto e fisso il soffitto, a guardare le solite cartine geografiche cercando di capire se l'umidità ha fatto comparire qualche nuovo continente. Oppure scrivo, queste pagine. All'inizio faticavo a scrivere da coricato, mi si intorpidivano le braccia; adesso invece mi riesce benissimo: mi sdraio su un fianco, con la faccia rivolta verso la parete, appoggio la scatola delle foto e il blocnotes sulla coperta grigia e inizio a scrivere. Potrei mettermi al tavolino, ma non ne ho voglia. Ho rinunciato anche ai miei esercizi di ginnastica, tanto il secondino anziano, quello che mi raccomandava di tenermi in forma, non c'è più; non so se sia andato in pensione o se lo hanno solo spostato. Niente ginnastica dunque. Dal letto scendo il meno possibile: finché resto quassù ho l'impressione che il pachistano non esista, tranne quando va in bagno e appesta tutta la cella.

A pensarci bene, non è vero che con Shirin era come stare in prigione. Ricordo certe sere che, dopo cena, ci sedevamo ancora in giardino e tutto intorno era un baccano di grilli e di ranocchie; allora m'illudevo che il non parlare fosse solo un modo per ascoltare meglio la notte. Però, tra due persone, anche i silenzi posseggono sfumature di senso. Avevamo conosciuto i silenzi degli innamorati ed entrambi sapevamo che quello che calava tra noi non era un silenzio da innamorati. Seduti sul vecchio dondolo mezzo arrugginito, con in mano un libro aperto sempre alla stessa pagina, ci chiedevamo (o almeno, io me lo chiedevo) dove fosse andato l'amore. Quell'amore immenso che un anno e mezzo prima ci aveva fatto pronunciare un "sì" definitivo sembrava essersi dissolto alle prime difficoltà. So che non è un caso unico, e neppure raro. So che una bella percentuale di matrimoni falliscono entro i primi due anni, ma per quanto comune, l'improvvisa sparizione dell'amore lascia sempre un senso di sbigottimento: uno si guarda intorno e si dice che non può essere andato lontano, che era lì fino a un momento fa, che si è soltanto nascosto, per fare uno scherzo. Ed è proprio così, basta cercare un poco e lo si ritrova. Solo che spesso si fa prima a coprire l'amore vecchio con uno nuovo, come quando ti rubano un quadro di poco valore e sul muro rimane una macchia di scolorimento, e allora tu compri un altro quadro un po' più grande e ce lo metti sopra. Se Shirin non fosse morta, forse io oggi non saprei che l'amore non era scomparso, che era lì, nel prato, come dicono i francesi. Ma né io né lei avevamo voglia di cercare, schiacciati com'eravamo dal peso delle scelte sbagliate e dall'impossibilità di correggerle. Di quello sconforto, l'immagine più chiara è appunto quella di me e mia moglie sul dondolo, con Laika in mezzo, non si sa se a separarci o a tenerci uniti.

E adesso devo tornare indietro ai giorni immediatamente successivi a quei fatti.

Le notizie fornite da «Cronache Piemontesi» furono rilanciate da vari siti internet e, rapidamente, le immagini di mia moglie mezza nuda cominciarono a vagare per la rete (evidentemente, altri testimoni dell'episodio stavano contribuendo alla documentazione fotografica). Ma, in fondo, il fatto che milioni di persone potessero vedere le sue tette, non la disturbava così tanto; quello che davvero la indignava era l'impossibilità di fornire una sua versione della vicenda: chi riprendeva la notizia poteva schierarsi con l'amministrazione comunale di Badallo o contro di essa, ma nessuno si chiedeva se il resoconto di quel giornale fosse o meno veritiero. Le venne così l'idea di aprire un blog in cui raccontare com'erano andate le cose.

Fin dai primi giorni, grazie anche al tam-tam di Facebook e di Twitter, le visite al sito furono centinaia e i post, i messaggi degli utenti, presero ad arrivare con un ritmo vorticoso. Com'era facile attendersi, i primi a intervenire furono da un lato i morbosi, quelli che coglievano l'occasione per fare apprezzamenti pesanti sulle nudità di mia moglie, e dall'altro i custodi dell'ordine e della tradizione. I loro commenti spaziavano dall'austera riprovazione per il comportamento sconsiderato di Shirin e della sua "complice" (malgrado le puntualizzazioni, la completa estraneità delle due donne non era stata presa in considerazione da nessuno), al plauso per l'operato dei vigili e del sindaco, fino all'insulto e alla minaccia. In una settimana, contai almeno cinquanta «Vi ammazzeremo tutte» e trenta «Troie islamiche». Il computo lo feci per conto mio, accedendo al blog come un normale visitatore, perché mai Shirin mi rese partecipe del suo operato in internet. Nondimeno, la gestione del sito occupava gran parte delle sue giornate. A mano a mano che il numero dei post cresceva e che le polemiche aumentavano di volume e di intensità, le sue abituali occupazioni passavano sempre più in secondo piano. Persino il lavoro, complice anche l'avvicinarsi della pausa estiva, cominciava a essere trascurato a beneficio di una febbrile attività di replica, di commento, di rettifica, di rinvio ad altri siti. Chiusa nel suo studio, seduta in giardino, sdraiata sul letto, non importava dove lei fosse, il suo dialogo era sempre e comunque con il computer; lei e quel portatile (ne aveva comprato uno nuovo) erano inseparabili e a me, in una sorta di amara autoironia, non restava che canticchiarmi sottovoce *E io tra di voi* di Aznavour.

Passati i primi dieci giorni, mi aspettavo che il traffico sul blog cominciasse a diminuire e invece si mantenne costante; a cambiare fu però la natura e il tono dei messaggi. Il diluvio di insulti e di intimidazioni lasciò il posto a una riflessione, non meno accesa, almeno a tratti, ma di natura più profonda, più svincolata dalle contingenze. Gradualmente, cominciarono a giungere messaggi di donne islamiche che spiegavano il loro punto di vista sul velo e sulle scelte religiose. Donne colte, spesso laureate, donne che si definivano libere da condizionamenti e che difendevano la loro scelta di vestirsi in modo consono ai dettami della loro religione. Ai loro interventi, le donne italiane, altrettanto colte e indipendenti, contrapponevano le ragioni della parità, dell'uguaglianza, della laicità, rifiutando per principio l'ipotesi che una donna potesse, per volontà propria, rinunciare alla libertà di esporre il proprio corpo, a quella libertà di costumi che l'Occidente, e in particolare i movimenti femministi, avevano conquistato con lotte interminabili.

A guardarlo da fuori, quel dialogo a distanza appariva chiaramente insensato: i due schieramenti, pur occupando lo stesso territorio (quello italiano, giacché il dibattito si era esteso a tutte le regioni), non condividevano lo stesso universo di significati, di valori; definirlo un dialogo tra sordi, oltre che banale sarebbe stato riduttivo, era un dialogo tra alieni di pianeti differenti. Una volta dissi a mia moglie che sarebbe stato più intelligente far parlare le musulmane osservanti con le suore perché si sarebbero capite meglio: lei mi diede dell'imbecille.

Il suo nuovo ruolo di animatrice del dibattito la assorbiva completamente; poco alla volta, da semplice moderatrice cominciò a trasformarsi in opinionista e le sue posizioni, da prima equidistanti, si avvicinarono gradualmente a quelle del fronte islamico; non solo le ragioni di quelle donne velate sembravano convincerla sempre più, ma pareva anche ritrovare, nella loro virtuale amicizia, quel senso di appartenenza che il conflitto con i *Magnin* le aveva strappato. In fondo, avrei anche potuto gioirne, ma sapevo che se il vecchio legame con la corale era nato dall'amore per me, questo, con le sorelle musulmane, nasceva dall'odio, da un odio profondo, via via sempre più incontrollabile. Non vorrei però essere frainteso: a cementare i loro rapporti non era un comune disprezzo per i valori dell'Occidente, questo, semmai, sarebbe venuto dopo; non so neppure dire se le altre donne provassero una qualche forma di risentimento verso il paese che le ospitava, ma sono certo che Shirin aveva preso a odiare visceralmente l'Italia e questo la spingeva a cercare la solidarietà, la complicità di altre straniere. In tutto ciò, quell'origine iraniana che i giornali avevano, a sproposito, messo in evidenza, agì da catalizzatore, da collante.

Nelle rare occasioni in cui riuscivo a incrociare il suo sguardo, cercavo di riconoscere la Shirin anti-islamica di un tempo: ma lei non c'era più.

Sul blog, accanto ai post moderati delle donne, apparvero i primi messaggi inquietanti; brevi passaggi, spesso in inglese, che inneggiavano alla distruzione dell'Europa, che esaltavano gli "eroi" dell'11 settembre, che mandavano all'inferno la libertà e che preconizzavano il dominio dell'islam su tutto il mondo. Alcuni di questi messaggi terminavano poi con indirizzi mail su provider arabi o pachistani e con l'invito a prendere contatto.

A proposito di pachistani, il mio compagno di cella ieri mi ha fatto una confessione: «La donna per cui mi hanno messo in galera non era la prima che uccidevo, ho ammazzato anche la mia prima moglie. Solo che lei era clandestina e nessuno sapeva che era qui in Italia, allora l'ho seppellita in un bosco e nessuno si è mai accorto che era sparita. Dovevi fare così anche tu e poi dire che tua moglie era tornata in Francia».

Finsi di credergli e di stare al suo gioco: «Perché l'hai ammazzata?».

«Perché era diventata un'occidentale: voleva uscire di casa da sola, voleva mettersi i jeans stretti...»

Pensai che uno dei più grandi successi editoriali degli ultimi decenni era stato appunto *Volevo i pantaloni*, solo che a volerli non era una donna pachistana, bensì una ragazza siciliana. Intanto l'altro continuava a sproloquiare di autorità maschile e di sottomissione della donna all'uomo cercando in me un'approvazione che mi rendesse ulteriormente sospetto. È una pessima spia: se avesse operato in campo avverso, quelli di Al Qaida lo avrebbero già fatto fuori.

Ricordo, di quel periodo, una sola giornata serena, quella in cui andammo a trovare il vecchio Pinin al ricovero. Sua figlia non aveva mentito quando gli aveva detto che la casa di riposo era accogliente e aveva il giardino, ma, nelle tre o quattro volte che eravamo stati là, ciò che ci aveva colpito era stato, inevitabilmente, il senso di morte incombente che emanava da ogni cosa, persino dalle piante fiorite o dai muri dipinti a tinte vivaci: per quanto gli architetti, i giardinieri e gli inservienti si sforzino di disseminare allegria in ogni angolo, la morte mantiene in quei luoghi il primato. Solo Laika sembrava immune alla tristezza e anzi, appena superato il cancello della casa di riposo, si metteva a correre all'impazzata verso quell'angolo di giardino dove era sicura di ritrovare il suo antico padrone. E Pinin, che la vedeva sfondare la siepe del vialetto d'ingresso e tagliare trasversalmente per il prato, si alzava in piedi e poi si accovacciava per accoglierla tra le sue braccia. Quel giorno di luglio, la sua corsa ci sembrò più gioiosa e scatenata del solito, mentre la cappa di malinconia ci parve più leggera, meno opprimente: nell'assurda logica comparativa delle emozioni, ora che il vivere a Molini era diventato così difficile, ci sembrava che anche il sopravvivere all'ospizio fosse una condizione accettabile e perfino, a suo modo, felice.

Fu tornando a casa quel pomeriggio che, sfiorando la mano di Shirin appoggiata sulla leva del cambio, le domandai: «Cosa facciamo per le ferie?».

«Non ci ho pensato.»

«Non ti interessa più il viaggio in Romania?»

Lei rimase un po' in silenzio, poi si volse brevemente verso di me: «A essere sinceri, no».

«E un giro in Tunisia, o in Marocco, o in Algeria? O magari anche in Iran.»

«Mi prendi in giro?»

Nella mia voce non c'era la minima ironia e, pacatamente, glielo confermai: «Assolutamente no, pensavo che i paesi musulmani adesso ti interessassero. Potresti renderti conto di persona cosa significa vivere nell'islam».

«Cosa vuoi dire? Che sul blog parlo di cose che non conosco? Che sono una che blatera a vuoto?»

Qualunque tono adoperassi, l'equivoco e il battibecco erano ormai in perenne agguato.

Decisi di tacere e lei fece altrettanto, per un po', poi, all'improvviso: «La prossima settimana parto per Parigi, ho già prenotato il volo».

L'uso del singolare chiariva ogni cosa e la mia domanda ebbe il solo effetto di irritarla: «Mi vuoi lasciare?».

«Voglio solo passare una settimana a casa mia, nella mia città, con i miei genitori. Mi è consentito o devo chiedere il permesso al mio occidentalissimo e libertario marito?»

«E dopo la prima settimana?»

«C'è la seconda e la terza, alla quarta torno a lavorare, in Italia» e pronunciando il nome del nostro paese fece una smorfia.

«Hai una storia con qualcuno?» le chiesi a bruciapelo.

Mi guardò con commiserazione: «Sei un imbecille».

Mi pentii d'averglielo chiesto, ma la miccia della gelosia era accesa.

Fotografia numero 36. Io e Antonio siamo piccoli piccoli, quasi irriconoscibili, ai piedi di una scala di legno. L'occasionale fotografo, al quale avevamo chiesto la cortesia di uno scatto, ha preferito dare spazio al gigantesco profilo di Capanna Margherita, alla neve che la circonda da ogni lato e ai cavi d'acciaio che la tengono ancorata alla montagna, per la precisione alla punta Gnifetti, quota 4.559 metri.

Furono quelle le mie ferie. Tre vette: punta Gnifetti, il Lyskamm e il Castore. Cinque giorni in rifugio, con Antonio. L'idea di una breve vacanza alpinistica era partita da lui, appena aveva saputo che Shirin se ne sarebbe andata per conto suo. Essere amici, veramente amici, è anche questo: prevenire l'altro, offrire prima ancora che l'altro chieda. E mi aveva offerto cinque giorni lontano dalle preoccupazioni, lontano dall'inutile attesa di una telefonata da mia moglie, dall'inutile speranza di un suo ritorno anticipato.

In tutta la vicenda, fino alla fine, Antonio è stato lì, disponibile, pronto a raccogliere i miei sfoghi, i miei malumori; se ne ho scritto poco in queste pagine è perché i suoi silenzi sono difficili da raccontare. Antonio è una di quelle persone di cui la gente dice: «Sa ascoltare». Sapevo che in lui non avrei trovato consigli, soluzioni, raccomandazioni, non avrei trovato altro aiuto se non la sua semplice presenza, che semplice non era affatto. Anche la scelta delle montagne, di quelle montagne così impegnative per uno fuori allenamento come me, era stata una scelta di silenzio: ci saremmo legati in cordata, ci saremmo resi indispensabili l'uno per l'altro, ma senza bisogno di parlare, perché, in fondo, non c'era niente che le parole potessero cambiare.

I miei giorni, se si eccettua la breve parentesi alpinistica, li passai appeso al miraggio di una chiamata. Appena partita, Shirin aveva spento il cellulare: se volevo parlarle dovevo telefonare a casa dei suoi, ma rispondeva quasi sempre mia suocera e il suo tono di rimprovero mi rendeva la conversazione più penosa di quanto già fosse. Una volta, esasperato, le dissi: «Non è colpa mia».

Lei mi rispose: «Ne sei sicuro? Hai fatto tutto ciò che dovevi per difendere tua moglie?».

L'uomo che difende, l'uomo che protegge la sua donna, il capofamiglia risoluto e autoritario; nessuno, prima di allora, mi aveva mai attribuito quel ruolo e se mia suocera lo faceva adesso era solo per dirmi che non ne ero all'altezza.

Ma anche quando il nostro dialogo si riduceva a un «Vorrei parlare con Shirin per favore» – «te la passo», la sua voce era così astiosa che, al confronto, quella di mia moglie mi sembrava una carezza. Eppure non lo era affatto. I nostri dialoghi rimanevano in superficie, oppure, quando tornavano a penetrare l'intimità, scatenavano immediatamente una reazione a catena fatta di proposte e di dinieghi.

«Non vuoi che torniamo in Francia? Brava come sei nel tuo lavoro, un altro impiego lo trovi subito.»

«Di questi tempi non si trova nulla, lo sai.»

«Magari tuo padre ti può aiutare: conosce mezza Parigi.»

«Ma certo, facciamo una bella cosa all'italiana, mi faccio raccomandare da mio padre!»

Si era messo in moto il dispositivo che trasforma la vittima in carnefice: ero certo che, se solo avesse mandato un po' in giro il curriculum, entro un mese avrebbe avuto un nuovo lavoro, ma lei preferiva farmela pagare, dimostrarmi che, a causa mia, lei era condannata a un'esistenza infelice.

«Possiamo andare a vivere a Milano.»

«Hai presente quanto costano gli affitti a Milano? E poi tu cosa fai? Torni a fare il cameriere in qualche locale? O ti metti a cercare lavoretti saltuari. Io ho già avuto un fidanzato che si faceva mantenere, non voglio ricominciare anche con il marito.»

Le sembrava che il ferirmi avrebbe alleggerito la sua pena.

«Allora cosa facciamo?»

«Non facciamo niente. Quando finiscono le ferie io torno a Molini, poi vediamo.»

Non mi era chiaro che cosa avremmo visto, ma volli cercare in quella e in altre frasi simili, il desiderio di una nuova partenza. Eppure, un'altra parte di me, decisamente meno ottimista, si diceva, ripetendo uno stupido adagio sentito chissà dove, che ogni pausa di riflessione ha un nome e un cognome.

Non osavo porle di nuovo la questione, ma il tarlo di un altro uomo nella sua vita non mi abbandonava. Una sera, mentre parlavamo, sentii improvvisamente le note della marcia di Radetzky: il suo telefonino, per me costantemente spento, era dunque attivo, animato da una nuova scheda, raggiungibile a un nuovo, sconosciuto numero. A chi lo aveva dato quel recapito? Chi era che la chiamava quella sera? Scacciai più volte dalla mia mente il fantasma di Otello, ma, di tanto in tanto, quello tornava a farsi sentire, a reclamare il diritto al più elementare e vieto buon senso: ogni pausa di riflessione ha un nome e un cognome.

Per sentirmi ancora vicino a lei, passavo ore sul suo blog, senza mai intervenire, solo guardando lo svilupparsi delle sequenze di messaggi, ammirando la dedizione con cui Shirin continuava a mantenere vivo il dibattito. Adesso che molti dei visitatori della prima ora erano probabilmente in vacanza, il sito era diventato una specie di salotto frequentato da un numero ristretto di habitué. Spariti i post delle femministe, spariti quelli dei difensori della tradizione e dell'italianità, il blog era rimasto uno spazio privilegiato per la discussione sui diritti degli islamici nel mondo e intorno a quella discussione si erano consolidate alcune amicizie epistolari (anche se l'Otello che era in me temeva che potessero spingersi oltre lo scambio di messaggi).

Attraverso le parole che comparivano sullo schermo del computer, mi pareva di poter vedere Shirin intenta a scriverle e mi sembrava persino possibile indovinare il suo umore, le smorfie del viso, il modo in cui era seduta. Quasi sempre me la immaginavo seduta sulla stupenda terrazza affacciata sul canale, ma quando, all'inizio della terza settimana d'agosto, sua madre mi disse che aveva lasciato Parigi, la mia mente, persa dietro i suoi interventi nel blog (che continuavano a succedersi puntuali più volte al giorno), prese a vagare in una nebbia d'indeterminatezza: da dove stava scrivendo? dove mai era andata a rifugiarsi? con chi?

Alla fine di quella settimana, che per me fu di pura angoscia, sentii il brontolio sordo di un grosso motore diesel e vidi Laika correre verso il giardino; mi alzai dal tavolo e mi affacciai alla porta: Shirin era tornata.

Malgrado fosse una scena vista mille volte al cinema, non potei fare a meno di correrle incontro e abbracciarla. Lei si abbandonò e ci baciammo a lungo, mescolando baci e lacrime e mai la realtà fu per me così vicina al cliché. Quella notte facemmo l'amore: l'incubo era finito.

Il giorno dopo, era domenica, la aiutai a scaricare dal bagagliaio dell'auto alcune scatole che aveva portato da Parigi: c'erano vecchi abiti che da tempo attendevano di raggiungere la nuova casa, scarpe, due brocche che sua madre aveva scovato in un mercatino delle pulci e, infine, un pacco più pesante degli altri, avvolto in una spessa carta marroncina.

«Quello posalo pure nel mio studio» mi disse Shirin.

Obbedii e, poco dopo, vidi che da quel pacco lei tirava fuori dei libri e li ordinava sul ripiano di uno scaffale; ero lontano e non volevo far mostra di particolare curiosità, però un titolo, scritto in grande sul dorso, riuscii a leggerlo: *La più felice tra le donne. Sguardi femminili sull'Islam*, era scritto da un uomo, un arabo.

Dove fosse stata nei cinque giorni tra la partenza da Parigi e l'arrivo a Molini non fu mai chiaro. A me disse di aver fatto visita a una collega italiana che era in vacanza in Trentino e io mi imposi di crederle, senza fare domande: avevo messo a dormire Otello ubriacandolo con l'amore che pensavo di aver ritrovato una volta per tutte.

Il martedì successivo, Shirin partì di buonora per Milano.

«Anticipo di un giorno, in modo da coordinare il mio lavoro con quello degli altri: la ripresa è sempre difficile.»

Mi sembrò un buon segno, un desiderio di normalità. Così, quando il giovedì mattina mi telefonò chiedendomi se mi dispiaceva che lei si fermasse un giorno in più a Milano per sistemare dei problemi sorti durante le ferie, io fui doppiamente contento: più rimaneva nella grande città, più rimaneva al riparo dalle grettezze della provincia padana. Lo so che era paradossale, ma nella lontananza vedevo la possibilità di nuovi equilibri.

Rispetto al passato, ora la situazione si era ribaltata; se prima Shirin tornava esausta dalla trasferta milanese e a Molini ritrovava energia e allegria, adesso era la città a darle la carica e il paese a estenuarla. Questo passaggio aveva una sua evidenza fisica. Il venerdì (poiché il rientro di venerdì divenne subito abitudine) la vedevo scendere dall'auto radiosa, la vedevo camminare verso casa con un passo quasi saltellante: sulla soglia abbandonava la valigia e prendeva in braccio

Laika che sembrava vivere per quel breve momento. Già nel weekend però, esauriti i racconti (sempre piuttosto vaghi) sul lavoro e sui colleghi, i silenzi cominciavano a insinuarsi tra noi e, come ho già detto, silenzio voleva dire rabbia, astio, accusa. Quando, il martedì, risaliva sulla sua Land Rover, devo ammetterlo, per me era un sollievo. È vero, avrei dovuto affrontare di petto il problema, invece scelsi di rifugiarmi nell'illusione che il tempo avrebbe sanato le ferite.

Sugli episodi dell'estate non tornammo più, ma, qualche volta, un po' per curiosità, un po' per cercare argomenti di conversazione, le domandai come andava il suo blog. Lei liquidò sempre la questione con espressioni come "normale amministrazione", "nessuna novità", "routine". Di fatto, non mentiva, nel senso che davvero il blog era diventato per lei un'abitudine; quello che mi preoccupava, e che avrebbe dovuto preoccuparmi molto di più, è che gli utenti di quelle pagine web erano diventati "abituali" frequentatori della sua vita.

A riguardo dei libri comperati proprio nella libreria islamica di rue Timbaud che tanto detestava, Shirin fu sempre evasiva e, quando le chiesi di cosa parlassero, con l'aria un po' assente di chi vorrebbe essere altrove mi rispose: «Sto scoprendo un mondo che tu non conosci».

«Se non lo conosco puoi parlarmene tu.»

«Non ne sento il bisogno.»

Ci amavamo ancora, ma non eravamo più in grado di dircelo, di dimostrarcelo, e allora amarsi era inutile.

Fotografia numero 37. Primo giorno di scuola. Il tepore del sole autunnale pare di sentirlo addosso vedendo la luce asciutta che, filtrando attraverso i rami di un ippocastano, macchia il selciato. I piccoli davanti, i più grandi dietro, come d'abitudine. I bambini con grembiulino nero e il fiocco rosso, le bambine con grembiulino bianco e il fiocco azzurro. Anche questa foto ha un'annotazione sul retro, scritta di mio pugno: «Su presto vieni qui, ma su non fare così, ma non li vedi quanti altri bambini, che sono tutti come te, che stanno in fila per tre, che sono buoni e che non piangono mai».

Sinceramente non avrei neppure voluto prenderla, ma, come maestro, il rifiuto della foto rituale avrebbe potuto suonare offensivo e di tutto avevo bisogno fuorché di alienarmi le ormai scarse simpatie dei miei compaesani: se ero ancora al mio posto era solo perché trovarne un altro che parlasse il dialetto era troppo difficile. Per lo stesso motivo accolsi con finto entusiasmo la decisione delle famiglie di seguire alla lettera le indicazioni della nuova ministra e di vestire i loro figli come remigini degli anni Sessanta. Anche in quel caso, la parola "tradizione" riempì le bocche di tutti e la parola "uguaglianza" le fece da contorno, come se non vedessero quanto fosse ipocrita il tentativo di coprire le disparità sociali con una divisa uguale per tutti, come se da quei grembiuli non fossero spuntate qua scarpe di marca da centocinquanta euro e là scarpe economiche, di quelle che l'azienda di Shirin metteva in vendita con un bollino blu sullo scaffale a indicare l'articolo a prezzo più basso. Parlo in generale, naturalmente, perché a Molini le differenze sono molto più sfumate. In ogni caso, come piccolo e inoffensivo atto di ribellione verso il dilagare del conformismo, trascrissi sul retro di quella foto ciò che ancora mi ricordavo di una vecchia canzone "di protesta", come si diceva in un tempo incredibilmente remoto.

Non fu quel giorno, ma quello successivo che Shirin scelse per andarsene.

Tutto si svolse seguendo una procedura classica: se solo mia moglie avesse fumato, mi avrebbe detto "vado a comprare le sigarette". Invece non fumava, perciò, salutandomi mentre uscivo per il mio secondo giorno di scuola, mi disse: «Parto in mattinata, ci vediamo venerdì».

Ci baciammo, con un leggero sfiorarsi di labbra, e io mi avviai, avendo come sola preoccupazione quella di far iniziare al meglio l'anno scolastico.

Una volta, in auto, avevo seguito uno stupido programma radiofonico in cui si stilava la classifica dei modi più crudeli per lasciare una persona: aveva vinto un ascoltatore che diceva di aver abbandonato la propria fidanzata scrivendole un post-it di addio e appiccicandolo sul frigorifero. Non ricordo se sulla macchina ci fosse anche Shirin, ma credo proprio di sì, perché fu quello il sistema che scelse per comunicarmi che non sarebbe più tornata a casa: «Mi trasferisco a Milano. Non cercarmi. Shirin».

La sequenza delle azioni che seguirono è facile da immaginare.

In primo luogo, contravvenendo agli ordini impartiti attraverso il bigliettino giallo, la chiamai al cellulare. Squillò a vuoto.

Poi corsi in camera, sperando in uno scherzo. L'illusione durò appena il tempo di aprire le ante del guardaroba: una buona parte dei suoi vestiti era sparita. Dal ripostiglio mancavano le sue valigie, dallo studio mancavano i libri comprati nella libreria islamica e, naturalmente, il nuovo computer.

Infine, chiamai mia suocera.

«Shirin è sparita» le dissi, cercando di contenere le incrinature della mia voce.

Dall'altra parte, la risposta fu calma e laconica: «Dovevi aspettartelo».

«Dimmi almeno dov'è. Sono certo di poterla ancora convincere a tornare.»

«Non lo so. Non ha voluto dirmelo proprio perché sapeva che tu me lo avresti chiesto.»

Lasciai perdere...

Quando eravamo ragazzi, una prozia di Antonio, quella che abitava a Vercelli, fu colpita da una qualche forma di demenza senile: i vicini di casa dicevano che a volte trascorreva anche due o tre ore, in piedi nell'androne, a fissare il pulsante di chiamata dell'ascensore. Io passai ciò che rimaneva del pomeriggio in quella condizione, inebetito, sulla soglia della follia vera e propria. Di quelle ore non ho memoria, ricordo solo che, a un certo punto, mi accorsi che era buio, un buio profondo che doveva essere lì da molto tempo; e malgrado capissi che dovevo accendere la luce, me ne stavo fermo, coi gomiti appoggiati al tavolo della cucina, nella posizione che avevo tenuto chissà per quanto. Alla fine, aiutato da Laika che ogni tanto uggiolava, trovai la forza per muovermi.

Preparai il pastone che le piaceva tanto. Io mi accontentai di un pezzo di formaggio e neppure mi riuscì di finirlo. Avrei potuto bere, attaccarmi alla bottiglia; mi trattenne la speranza di riuscire a trovare una falla nel sistema di difesa di Shirin. Attesi fino alle ventidue, poi telefonai all'albergo dove lei alloggiava abitualmente. A chi mi rispose chiesi, con tono sicuro, di passarmi la signora Tofigh: non una sola volta l'avevo chiamata al numero dell'hotel e mi sentivo quindi legittimato a credere che lei non avrebbe pensato a farsi negare preventivamente. E infatti non si fece negare: la receptionist, con voce priva di esitazioni, mi disse che la signora aveva annullato la sua prenotazione il giorno prima. Ebbi l'impressione, quasi la certezza, che non mentisse. E mi accorsi che della vita milanese di mia moglie non conoscevo praticamente nulla. Non conoscevo i cognomi delle sue colleghe, i loro numeri di telefono, non sapevo l'indirizzo né il nome della "solita trattoria" vicino a Lambrate, non sapevo niente. A Shirin bastava spegnere il cellulare per essere inghiottita dall'anonimato della metropoli. E lei lo spense.

Anche il seguito è facile da intuire. L'insonnia e poi, di colpo, il crollo, quando fuori è già l'alba. La sveglia, che ti strappa agli incubi e ti getta nell'angoscia, gli sguardi dei bambini che, a scuola, non si lasciano ingannare dalla tua ostentazione di normalità, le telefonate in ufficio, approfittando degli intervalli, con lei che è in riunione, è uscita, riferisco, la faccio richiamare, non può rispondere, è fuori sede, è in pausa pranzo, è fuori ufficio, è appena uscita.

Dopo due giorni di telefonate a vuoto, Shirin, probabilmente imbarazzata, lasciò che la centralinista le passasse la linea: «Non posso parlare, sono in ufficio».

«Lo so benissimo che sei in ufficio, hai solo da rispondermi quando ti chiamo al cellulare.»

«È che per telefono è tutto più difficile.»

«Allora torna a casa, così ci spieghiamo meglio.»

«No.»

«Perché?»

«Non posso parlare.»

«Ti chiamo stasera al telefonino.»

«No.»

«Torna a casa, ti prego. Anche Laika è triste.»

«Vediamoci sabato mattina alle dieci nel bar davanti alla Stazione centrale, quello all'angolo con via Vitruvio. Guai a te se porti Laika per intenerirmi: sai che non le piace viaggiare.»

«Va bene, non la porto.»

«Allora sabato alle dieci.»

«Ti amo.»

Aspettai una risposta e sperai che fosse sullo stesso tono, ma sentii solo il rumore della cornetta che si posava sul corpo del telefono.

Di quell'incontro non ho fotografie. Ovvio. Più in generale, non ho alcuna fotografia di Shirin scattata nell'ultimo anno e non so neppure se ne esistano, a parte quella del suo cadavere, naturalmente. L'ultima fotografia, l'ultimo bacio, l'ultima volta che fai l'amore; ti dici che se lo avessi saputo prima ne avresti scattate di più, che su quelle labbra ti saresti fermato più a lungo, che l'avresti fatto con più dolcezza, con più intensità, ma le cose diventano definitive sempre dopo, sempre quando è ormai tardi per migliorarle.

In ogni caso, credo che nessuna fotografia restituirebbe ciò che provai quel sabato, ché l'obiettivo non si sorprende, neanche quando le immagini sono sconvolgenti, incredibili, assurde.

Quando entrai nel bar, Shirin era già là, seduta, ma io non la riconobbi, dovette chiamarmi. Sentendo il mio nome, mi voltai di scatto...

In italiano si direbbe "pietrificato", ma i francesi hanno un termine che, almeno nella sua origine, chiarisce meglio il mio stato d'animo di quel momento: *médusé*. In *médusé* non c'è solo il senso della fissità, dell'immobilità, c'è qualcosa di più cupo, di più malato; non era semplice stupore, era paralisi del corpo e dello spirito, era punizione e condanna.

Shirin portava il velo.

Hanno ragione quelli che sostengono che il velo è pura seduzione. Incorniciato dall'hijab e ridotto a semplice e perfetto ovale, il suo volto aveva una bellezza che non avevo mai conosciuto. Eppure, quando tornai padrone dei miei movimenti e mi sedetti di fronte a lei, la sola cosa che riuscii a dire fu: «Guarda come ti sei ridotta!».

Non so quale paura, o quale antico disprezzo scattò in me per farmi scegliere il peggior esordio che si potesse pensare per un colloquio di riconciliazione. Probabilmente, qualunque frase avessi pronunciato, non avrei sortito risultati differenti, eppure non riesco a perdonarmi quella mossa falsa.

Lei si irrigidì: «Avevo ragione, era meglio se non ci vedevamo».

«Ma non puoi andartene così. Non è me che devi lasciare. Ti ho detto mille volte che possiamo venire a vivere qui a Milano. Finché non trovo un altro lavoro, io rimango a Molini dal lunedì al venerdì, poi ti raggiungo. Ci basta un piccolo appartamento: ce lo possiamo permettere.»

«Non hai capito. Io sto cercando le mie radici, quelle dei miei padri.»

«E le cerchi in Lombardia?»

Anche senza volerlo, il mio tono si era fatto sprezzante.

«Non importa "dove" sei, importa "con chi" sei.»

Dal letargo cui l'avevo costretto, Otello si svegliò d'un colpo.

«Lo sapevo che c'era un altro. Cos'è? Te la fai con qualche imam?»

Non ero mai stato così duro con lei, ma, invece d'irritarsi, la sua voce si velò d'una benevolenza carica d'odio: «Vorrei tanto che tu riuscissi a capirmi, ma per farlo dovresti uscire dai tuoi schemi di pensiero occidentali: non credo che tu ne sia capace».

Il demone del disprezzo, ormai signore assoluto del mio cervello svuotato, ci fece rimbombare dentro la solita frase: mogli e buoi dei paesi tuoi. Con quel proverbio in mente, ascoltai il seguito.

«Ho trovato delle persone. Non "una" persona, ma "delle" persone che mi hanno fatto capire quanto fosse inutile cercare di integrarsi in una società che non ha rispetto per quello che sei.»

La fermai: «I tuoi si sono integrati perfettamente, e non credo proprio che la società francese manchi loro di rispetto».

«Ma a che prezzo si sono integrati? Rinunciando alle loro tradizioni.»

Per dio! La tradizione, ancora quella: quante cose siamo disposti a sacrificare per la tradizione? a quale futuro vogliamo rinunciare in nome del passato?

«Fin da quando vivevano ancora a Teheran, i miei hanno rinnegato i loro padri, la loro fede, per compiacere gli occidentali che venivano a rubare il nostro petrolio. Per loro non è stato difficile integrarsi, no di certo. Sono quelli come loro che hanno reso più difficile il cammino dei loro fratelli musulmani.»

Ascoltavo, ma non volevo credere a ciò che sentivo.

«Ti sei convertita all'islam?»

Nel chiederglielo feci, con il mento, un cenno che voleva alludere a quel suo dannatissimo velo.

«No, non ho ancora la fede, se è questo che intendi. Però sono i segni dell'islam a tenere unita la mia gente. Questo velo è un segno di appartenenza: non importa se io credo o no, io appartengo.»

I segni! Gli anni passano a plotoni di mille e noi siamo ancora lì a scannarci sui segni, a issare croci e mezzelune, a morire per la conquista o la *reconquista*. Ci uccidiamo per il diritto di appiccicare sul muro due pezzi di legno disposti a croce o per il diritto di coprire i capelli con un pezzo di tessuto, ci uccidiamo per un muro pieno di buchi su cui pregare, credendo che Dio sia in quei sassi. È la nostra tradizione, diciamo, e la tradizione ci assolve da ogni colpa, la sua difesa ci autorizza a ogni crudeltà. I segni sono idoli, sono il vitello d'oro; se davvero credessero nel loro Dio, si ricorderebbero del vitello d'oro.

«Dimmi almeno dove abiti adesso, dove posso trovarti.»

Non mi rispose. Non era più Shirin quella che avevo davanti. Lo so che me lo ero già ripetuto altre volte, ma quel giorno sentii che non era un semplice modo di dire; se avessi creduto alle forze occulte, avrei detto che il suo corpo era abitato da un altro spirito.

Le presi il volto tra le mani. La stoffa dello chador sotto le dita mi fece quasi rabbrividire, ma continuai a stringerla, con tenerezza (e non, come più tardi desiderai, con violenza): «Shirin, torniamo a casa. Andiamo a cercarci altrove la felicità, facciamo dei figli, facciamo una famiglia. Andiamo dove vuoi tu, ma non lasciarti risucchiare da questo vortice. Ti stanno plagiando, ti stanno piegando ai loro interessi. Noi ci amiamo, dobbiamo stare insieme. Pensa, dei bambini, e io gli insegnerò a fare le barche di legno, e se non le faranno navigare nel ruscello dietro al cimitero di Molini, le vareranno nella fontana del Jardin du Luxembourg. Io, tu, i bambini e Laika, una famiglia...».

«Io ce l'ho già una famiglia e ho già una casa e una città dove vivere. È qui che devo stare, perché è qui che ci odiano.»

Di fronte a quell'aria ispirata, a quel misticismo d'accatto, i miei nervi crollarono e sbottai: «Se è per questo, vi odiano quasi ovunque, così come voi odiate tutti quelli che non sono come voi. Non venirmela a menare con queste storie: o ti hanno drogata o ti sei trovata qualche cazzo così grosso da farti girare la testa».

Avevo iniziato con le parole sbagliate e avevo finito alla stessa maniera.

Lei si alzò e se ne andò, come succede nei film; anche in questo mi ripeto, ma è proprio così, un *déjà-vu*: banalità per banalità, l'esistenza potrebbe anche scegliere di copiare i finali ridanciani dei telefilm anni Settanta, ma, chissà perché, preferisce la melensaggine lacrimosa delle telenovelas.

E adesso, con la solitudine bisognava farci i conti, sotto tutti i punti di vista. Per evitare di rispondere a domande che a Molini sarebbero state sempre più ricorrenti, alla cooperativa e al negozio di alimentari, luoghi storicamente deputati ai pubblici annunci, mi lasciai sfuggire, parlando ad alta voce, che Shirin sarebbe stata a Parigi per un lungo periodo: suo padre doveva essere operato di un tumore e si temeva per la sua vita. In paese si sprecarono i «mi dispiace», i «falle coraggio» e, più spudorati che mai, i «vi siamo vicini». Per almeno un mese sarei stato a posto, poi chissà. Un tempo, quando i padri finivano in galera, i ragazzini a scuola dicevano: «Papà è andato a lavorare in Argentina». Ma tanto, nessuno ci credeva. Chissà se i miei compaesani avevano bevuto la storia del tumore?

Per qualche giorno, telefonando al cellulare di mia moglie, mi sentii ripetere che l'utente desiderato non era al momento raggiungibile; poi, una sera, il messaggio cambiò: siamo spiacenti, il numero da lei chiamato è inesistente.

Al lavoro furono subito più espliciti, minacciosi perfino. La prima volta che la chiamai, il lunedì successivo, mi passarono un uomo, che si qualificò come addetto alla sorveglianza, il quale mi disse che la signora Tofigh non voleva più essere contattata da me: se avessi insistito a telefonare, avrebbero segnalato la cosa all'autorità competente. Da marito abbandonato a pericoloso stalker il passo era breve: mi sorpresi a rimpiangere i tempi in cui esisteva il reato di abbandono del tetto coniugale e, naturalmente, quello di adulterio. Ero certo infatti che l'improvvisa conversione di Shirin avesse ben poco di spirituale, malgrado i libri di indottrinamento che si era portata via.

L'idea che Shirin dividesse il letto con un altro uomo mi rendeva furioso e questa rabbia feroce funzionava da antidoto contro lo sconforto. Avrei potuto sentirmi smarrito, o sconfitto; avrei potuto ubriacarmi, abbandonarmi sul letto in lacrime, abbracciando il cuscino che era stato suo e che aveva ancora il suo odore, o lasciarmi sprofondare ogni sera nella stessa poltrona fino al giorno in cui non mi sarei più rialzato. Invece, come si dice, reagii, nervosamente. La rabbia mi dava energia e, improvvisamente, mi sentii vitale come poche volte ero stato. Insegnavo, andavo a fare la spesa, chiacchieravo con i miei compaesani, sempre con il sorriso sulle labbra. Io sapevo che quel sorriso era un ghigno, teso, quasi isterico, ma da fuori nessuno, tranne Antonio (cui avevo detto tutto), era in grado di capirlo. Io stesso arrivai quasi a convincermi che, partita Shirin, i rapporti con gli altri sarebbero potuti tornare normali. Sì, ero così infuriato con lei che arrivai a compiacermi del suo abbandono: nell'autunno ormai avanzato, il mio paese era bellissimo, era dorato di foglie morte e profumato di caldarroste. Io e Laika ci concedevamo passeggiate sempre più lunghe; ci capitava addirittura di salire fino a un alpeggio dal quale si domina la valle e da lì Molini sembrava uno scrigno capace di racchiudere tutta la serenità del mondo. Shirin mi appariva allora come l'elemento perturbatore: amare lei mi impediva di amare il mio paese, la mia gente, mi poneva in conflitto con i miei amici. E mentre scendevo lungo il sentiero, poco prima che il sole si spegnesse dietro al crinale, mi sentivo leggero: avevo smesso di amarla, ne ero certo, così come Laika aveva smesso di guaire quando passavamo davanti alla baita di Pinin.

Ma neppure quelle camminate riuscivano a esaurire l'energia che avevo dentro e allora, in attesa che ricominciasse la stagione sciistica, alternavo la corsa con la piscina, giù a Badallo.

E in piscina, una sera, nel punto in cui il corridoio si biforca per dare accesso allo spogliatoio maschile e a quello femminile, incontrai una mia vecchia compagna dell'istituto magistrale, Sabrina. Si può dire che non la vedessi dai tempi della maturità. Eppure, c'era stato un periodo, a scuola, in cui avevamo sentito il bisogno di trascorrere insieme ogni pausa, ogni intervallo. Per "insieme" non mi riferisco a qualcosa di sentimentale, perché già allora lei stava appunto "insieme" a un ragazzo più grande che qualche anno dopo sarebbe diventato suo marito. Nessuna attrazione fisica dunque, nessuna sbandata, semplicemente, avevamo degli interessi comuni: le poesie di Yeats, le canzoni dei Pogues, il Joyce di *Gente di Dublino*. Senza successo avevamo anche tentato la scalata dell'*Ulisse*, ma il fatto di esserne respinti non ci aveva scoraggiato: la nostra non era una passione letteraria, era pura infatuazione adolescenziale per un'Irlanda che non avevamo mai visto e che assomigliava pochissimo a quella reale. Ogni tanto, riuscivo a procurarmi delle lattine di Guinness e, di nascosto, ce le scolavamo durante la ricreazione, disgustosamente calde, passando così l'ultima parte della giornata in una specie di limbo.

Finiti gli esami però ci eravamo persi di vista, come capita quasi sempre: lei si era iscritta all'università di Torino, io a quella di Milano e del viaggio in Irlanda, che ci eravamo ripromessi di fare insieme, nessuno parlò più. Tre o quattro anni dopo, a una cena di classe, mi disse di essersi sposata da poco con il suo fidanzato storico. Un po' alticcio, ebbi la spudoratezza di chiederle se fosse incinta. Lei rise e mi disse di no: semplicemente non c'era più ragione di aspettare, dal momento che lui lavorava da tempo e che i suoi gli avevano costruito una villetta proprio accanto alla loro e, ovviamente, vicino al capannone dell'azienda di famiglia. La mia spudoratezza non si spinse fino al punto di domandarle se fosse felice.

Non c'è da stupirsi dunque se quella sera, quando lei mi salutò in quel corridoio male illuminato, io esitai un istante prima di risponderle. L'imbarazzo per non avere assolutamente niente da dirsi fu tale che, dopo una rapida stretta di mano, ci precipitammo nello spogliatoio, ciascuno dalla propria parte, ciascuno sollevato da quella separazione forzata.

Ma ciò che lo spogliatoio aveva separato, la vasca riunì. Del tutto casualmente ci tuffammo infatti nella medesima corsia e, in un momento in cui l'eccessivo affollamento rendeva quasi impossibile il nuoto, ci ritrovammo appesi al bordo, vicini, entrambi con l'aria contrariata.

«Quando è così» mi disse «mi viene subito voglia di uscire.»

«Anche a me. Non sopporto di dare e prendere manate a destra e a manca. E poi, pensa che a me piace nuotare a dorso.»

«Allora usciamo, magari tra un quarto d'ora si svuota un po' e possiamo ricominciare.»

La seguii verso la scaletta e, mentre andavamo a prenderci gli accappatoi appesi all'ingresso, notai che gli anni non avevano modificato in nulla il suo fisico asciutto. In altre parole, mi resi conto che aveva proprio un gran bel culo. Interpretai quel risveglio dell'attenzione come un ulteriore segno di guarigione dalla malattia chiamata Shirin.

Ci sedemmo su di una panca a bordo vasca e iniziammo a parlare di lavoro: anche lei era maestra, in una scuola della bassa valle, quasi alla periferia di Vercelli.

Non so se fu il confronto sul comune terreno della pedagogia o, più prosaicamente, il fatto di essere lì, mezzi nudi e un po' infreddoliti, ma l'estraneità tra noi svanì rapidamente. Non dico che ritrovammo la complicità dell'istituto magistrale, però la voglia di mangiare una pizza insieme, quella sì.

«Mio marito è via per lavoro, a comprare rubinetti in Cina, come al solito.»

Nella sua voce c'era un tale fastidio che non mi fu difficile intuire la risposta alla domanda che non avevo osato farle: no, non era felice.

«Mia moglie invece è a Parigi ad assistere suo padre all'ospedale.»

«Allora possiamo cenare insieme.»

«Perché no. Tanto qui la folla non accenna a diminuire.»

Uscimmo. La vasca piena implicava lo spogliatoio vuoto e mentre mi avvicinavo alle docce sentii scrosciare l'acqua al di là della sottile parete che separava la parte femminile da quella maschile. Non potei impedirmi di immaginare Sabrina nuda e, oltre all'attenzione, si risvegliò il desiderio.

Se non avessi paura di sembrare presuntuoso, direi che il finale è ovvio. D'altra parte, come raccontarlo altrimenti? Per smorzare un po' la spacconata, posso dire però che il fascino non c'entra: fu solo noia, solitudine, come quella sera a Parigi, con Béatrice.

La voglia di sesso (fare l'amore è un'altra cosa) ci venne in pizzeria, in quel gioco di sguardi e di correnti elettriche che si instaura a volte, quasi a prescindere dalla volontà dei giocatori. Eppure, malgrado la complicità evidente, come sempre dovetti aspettare che fosse lei a fare i primi passi: in tutta la mia vita, ho preferito essere scelto piuttosto che scegliere.

«Toglimi una curiosità» mi disse a un certo punto. «Quando a scuola cominciavamo a essere un po' brilli per la Guinness, non ti è mai venuta voglia di baciarmi?»

Non me lo ricordavo; chissà se, cristianamente, non avevo desiderato la donna d'altri o se invece lei non mi aveva mai attratto? Azzardai una galanteria, che tanto costava poco: «La voglia mi veniva ogni volta che ci vedevamo, ma poi avevo paura che se ci avessi provato tu ti saresti arrabbiata e sarebbe stata la fine delle nostre ricreazioni "Irish style"».

«E adesso ce l'avresti ancora quella voglia?»

«Adesso non ci fermeremmo al bacio.»
«E per te sarebbe un problema?»
Finsi di pensarci un po' su.
«No, non sarebbe un problema.»
«Neanche per me.»
Al cameriere che ci proponeva dolci e caffè chiedemmo solo se si poteva pagare alla cassa. Certo.
Ci alzammo e un minuto dopo eravamo fuori, più affamati di quando eravamo entrati. Prendemmo in considerazione le ipotesi canoniche: in macchina, in albergo, da me, da te. Troppo scomodo, troppo lontano, troppo a rischio. Anche il luogo fu una scelta di Sabrina: casa sua.
«D'accordo che è isolata, ma non ci sono i tuoi suoceri nella casa vicino?»
«Hai visto l'ora? Rincoglioniti come sono, staranno già dormendo da un bel po'. Non ti preoccupare.»
Aveva l'aria di chi proponeva una soluzione già sperimentata. Senza contare che quella piccola percentuale di rischio, e anche di beffa, aggiungeva peperoncino.
La seguii fino alle ultime case di Badallo, poi montai sulla sua auto e percorsi assieme a lei il tratto finale. Non era la serata ideale per due amanti clandestini: la luna era alta e potevamo essere visti distintamente. Ma, ancora peggio, potevamo vedere con chiarezza ciò che ci circondava, lo squallore di una zona industriale di provincia, i piccoli capannoni in cemento prefabbricato, simbolo e orgoglio della laboriosità settentrionale, i tir pronti al carico, i pallet accumulati dietro le cancellate: roba da soffocare qualsiasi romanticismo. Ma, giustamente, non si trattava di romanticismo. Ne ebbi la riprova quando dal garage interrato passammo, attraverso la scala interna, al corridoio e poi alla stanza da letto. Non appena chiusa la porta, Sabrina cominciò a denudarsi con gesti eccessivi, con una sensualità da quattro soldi. Mi si strusciava contro, si abbassava piano piano le calze, stiracchiava con

le mani il perizoma per renderlo ancora più sottile di quel che era (mi chiesi come mai avesse indossato string e autoreggenti per andare in piscina): voleva essere Sophia Loren davanti a Marcello Mastroianni, ma il suo assomigliava agli spogliarelli delle casalinghe sulle prime tv private.

Provai a essere più benevolo e a dirmi che forse cercava solo di dimenticare gli anni, di farmi capire che se ci fossimo amati ai tempi della scuola, lei sarebbe stata così, passionale. Eppure anche quello era artificio: le passioni dei sedici anni non sono così. Ma la cosa più importante era un'altra: di quelle mosse da seduttrice, di quella biancheria da porno-telefonista televisiva non me ne fregava nulla: l'avrei scopata anche se avesse avuto addosso lo scialle di sua nonna e le pantofole a forma di cane. Sabrina era una maratoneta: da ragazza non svettava affatto sulle altre né per bellezza, né per fascino, ma a trentacinque anni il suo corpo era decisamente più fresco di quello delle rivali; e io lo volevo, a partire da quel sedere che già mi aveva parlato in piscina.

Ero così eccitato che non provai alcuna vergogna a farlo nel loro letto coniugale, neppure quando lei prese dal comodino del marito un preservativo e me lo infilò. La luce era rimasta accesa e ogni tanto, quando cambiavamo di posizione, il mio sguardo cadeva sulle cornici d'argento appoggiate sul comò: custodivano le foto del matrimonio, dello sposo e della sposa che sorridevano all'obiettivo. Mi rassicurai immaginando che per loro quelle non fossero scene inedite.

Il mattino dopo, alle sei, mentre facevo la doccia nel bagno attiguo alla loro stanza, ripensai ancora a Béatrice. Con Sabrina era stato sicuramente più "movimentato", ma era stato meno squallido? *Après l'amour, comme c'est triste, les mots d'amour et les habits traînent par terre, plus rien n'existe, on reste tout seul dans sa mélancolie.* Gli amori clandestini hanno spesso un retrogusto amaro.

Ma cos'avevo da rimproverarmi?

Da qualche parte a Milano c'era un integralista islamico che si trombava mia moglie e la costringeva pure a portare il velo in testa. Il marito di Sabrina stava probabilmente facendosi massaggiare in qualche bordello cinese. Perché mai avremmo dovuto provare dispiacere?

Eppure, sotto quella doccia, l'acqua che cancellava dalla mia pelle gli odori del sesso portava nello scarico anche tutta la gioia, la soddisfazione: restava solo il vuoto e un gran bisogno di Shirin. Se dunque avevo una colpa, la rinnovata voglia di rivedere mia moglie ne era la punizione.

Telefonicamente, ogni contatto era precluso; anche suo padre si era rifiutato di darmi il nuovo recapito e nel modo in cui mi aveva congedato, io avevo sentito risuonare il monito del giorno in cui avevamo lasciato Parigi: rendila felice, altrimenti me la riprendo.

Sapevo dove lavorava, ma la sede della sua società era all'interno di un centro uffici costituito da una decina di palazzi e completamente recintato. Vi si accedeva in auto da almeno quattro cancelli diversi e tutti sorvegliati; risi pensando alla mia faccia affissa sui muri delle guardiole: *wanted*. Appostarsi lì significava avere una possibilità su quattro di intercettare Shirin a bordo del suo Land Rover e nessuna probabilità di poterle parlare. Senza contare che, nei giorni in cui lei si recava in ufficio, io dovevo stare a scuola.

Mi arrovellai a lungo cercando il modo di incontrarla, fino a che non ebbi un'intuizione da vero marito geloso, o da detective, che poi è la stessa cosa. Il suo vecchio computer era rimasto a casa e mi ricordai che verso la metà di settembre Shirin lo aveva ancora impiegato per qualche ricerca in internet. Lo accesi e cercai l'elenco dei siti web che aveva visitato. Per fortuna, non aveva avuto l'accortezza di cancellare la "cronologia". Esaminai un indirizzo dopo l'altro, partendo da quelli che ricorrevano più frequentemente.

In testa c'era quel suo maledetto blog; seguivano alcuni siti islamici in francese, negozi on-line di abbigliamento *halal* e, a una certa distanza, il sito della società per la quale Shirin lavorava. Dopo un attimo, la mia attenzione si appuntò su un sito di annunci immobiliari: Shirin lo aveva consultato ripetutamente. Quadrilocale in affitto via Padova ang. via Celentano. Affittasi, due camere e cucina, via Rovigo. Piazza Tel Aviv, appartamento, 90 mq. Affittasi. Affitto in via Flumendosa ampio appartamento cinque locali.

Mia moglie aveva cercato casa, di nascosto e, a giudicare dalle mappe allegate agli annunci, l'aveva cercata in una zona ben precisa. D'altro canto, l'area di via Padova era stata spesso al centro di tensioni razziali: era facile immaginare che il suo nuovo amichetto avesse proprio lì i suoi interessi e che, pur volendo farsi mantenere da Shirin (era lei che cercava un appartamento e lo cercava anche bello grande), tentasse di non cambiare quartiere.

Niente mi confermava che lei avesse optato proprio per uno di quei quattro annunci; avrebbe potuto visitare altri siti da altri computer, avrebbe potuto sfogliare decine di giornali pieni di inserzioni, ma io non avevo che quei quattro indirizzi e quelli decisi di usare.

Ero sicuro che, se Shirin avesse potuto scegliere da sola la casa in cui iniziare la sua nuova esistenza da convertita con il fondamentalista barbuto (così me lo immaginavo, con la barba da talebano), non si sarebbe lasciata sfuggire l'occasione di installarsi in piazza Tel Aviv e di irridere la sorte e la toponomastica. Fu dunque su quel recapito che mi concentrai. Nelle centinaia di post che gonfiavano il suo blog, cercai qualcosa che mi riconducesse a quella piazza. Ci passai mezz'ora e l'unica cosa che ne ottenni fu una specie di nausea: i messaggi degli ultimi giorni erano un susseguirsi di disquisizioni su quali parti del corpo dovessero rimanere coperte in una donna pia e osservante, sul punto esatto in cui finiva il collo (osceno) e iniziava il mento (presentabile), sulla direzione degli sguardi consentiti a una musulmana. Pensare che Shirin si occupasse di simili argomenti mi dava il voltastomaco.

In ogni caso, nessun indizio.

Scorsi ancora la cronologia e afferrai un particolare che prima mi era sfuggito: su "google maps" aveva cercato a più riprese l'immagine satellitare di un punto ben preciso di via Padova, quello all'incrocio con via Celentano.

Fotografia numero 38. Lo stabile è verde, d'un verde profondo, ma i muri sono scrostati e lasciano apparire larghe macchie di colore più chiaro. Si sviluppa per metà su via Padova e per metà su via Celentano. Lo spigolo dove le due ali si incontrano è arrotondato, in puro stile fascista. A uno dei balconi semicircolari in cemento grigio, sembra che da un momento all'altro debba affacciarsi il duce e tenere un discorso. I terrazzini sono ingombri di armadi metallici e sono riparati, qua e là, da tende di plastica. Malgrado il suo aspetto délabré, *la casa conserva un certo fascino, una certa eleganza, ma fotografata così, in quel sabato di nubi più grigie del grigio dei balconi, l'immagine d'insieme mette una tristezza infinita.*

Dopo averla fotografata dall'altra parte della via, rimasi qualche minuto a guardarla. Non potevo credere che Shirin avesse lasciato la nostra casa di Molini, il prato, la cucina economica, per chiudersi là dentro. E la mansarda di Cité de l'Hermitage? Avrebbe potuto tornare là, a contemplare i tetti di Belleville nella calma del vicolo invece di condannarsi al fragore degli autobus, delle auto, alla patina di polvere che dagli scappamenti si depositava su ogni cosa.

Ero lì da due ore, da quando la via era ancora silenziosa e i lampioni ancora accesi. *E Cesare perduto nella pioggia sta aspettando da sei ore il suo amore, ballerina. E rimane lì, a bagnarsi ancora un po'*. No, per fortuna non pioveva quel giorno, perché dovetti aspettare a lungo. Verso le sette, un bar vicino alzò la serranda; fui tentato di entrare e prendermi un caffè, ma resistetti: temevo che se avessi perso di vista anche solo per un istante il portoncino del condominio, Shirin avrebbe scelto quel momento per uscire di casa e io l'avrei mancata. L'insegna della farmacia, a intervalli regolari comunicava ai passanti l'ora e la temperatura; avrei preferito che non ci fossero orologi a scandire la mia attesa, ma purtroppo il mio sguardo, dritto sull'ingresso, incrociava fatalmente quelle cifre luminose che mi ricordavano da quanto tempo ero lì. Senza contare che più le ore passavano e più il supplizio cresceva: era sabato e, io lo sapevo, a Shirin piaceva alzarsi tardi e rimanere vicino all'uomo che amava... Ogni volta che vedevo aprirsi la porta, le mie pulsazioni aumentavano il loro ritmo in maniera incontrollata; dopo un po' persi il conto dei falsi allarmi, ma furono molti. L'orologio segnava le 11.04 quando Shirin uscì. Questa volta la riconobbi subito, anche con il velo.

Attraversai di corsa la strada, facendomi insultare da un automobilista costretto a inchiodare. Quando, da dietro, afferrai le spalle di mia moglie, lei non aveva fatto che tre passi. Si voltò e toccò a lei rimanere *médusée*.

Appena si riscosse dalla sorpresa, quasi sibilando, mi disse: «Vieni, saliamo».

Imboccammo le scale, di marmo, con la balaustra in muratura e il mancorrente di legno pieno di graffi e di incisioni. Al secondo piano ci fermammo. Lei tirò fuori dalla borsetta a tracolla una lunga chiave e aprì.

«Entra, accomodati.»

La situazione era, come si dice comunemente, surreale. Fino a qualche mese prima, io e Shirin avevamo condiviso tutto, ci eravamo giurati fedeltà e amore eterni e ora lei mi apriva la porta di casa “sua” e mi diceva “accomodati”, come se fossi stato il dirimpettaio o il ragazzo che consegna le pizze.

Dal pianerottolo si accedeva a un lungo corridoio sul quale si aprivano cinque porte bianche, di legno, con il vetro ondulato e le maniglie d’un ottone opacizzato da decenni di incuria. Passando, gettai uno sguardo nelle stanze. Sul lato sinistro del corridoio, le camere erano completamente prive di mobili, fatta eccezione per alcune brandine pieghevoli di metallo: su una di queste, un sacco a pelo ammucchiato testimoniava la recente presenza di qualcuno. A destra, accanto al bagno, la camera era invece arredata con un piccolo armadio in stile marina inglese e un letto singolo, di laminato arancione. Non dubitai neppure per un attimo che quella fosse la stanza di Shirin: la sua mania per la paccottiglia da robivecchi aveva colpito anche lì, ma questa volta non c’era alcuna ricerca dell’antico, o di una memoria di cui impossessarsi, c’era solo trascuratezza, sciatteria.

Entrammo in cucina e, con la mano, mi fece segno di sedermi. Presi la sedia, la scostai dal tavolo e mi ci lasciai cadere sopra: era di plastica, verde, così come di plastica verde era il tavolo, un tavolo da giardino di quelli che si vendono negli ipermercati. Il pavimento, i muri, la cucina a gas, il lavello di ceramica pieno di screpolature, tutto esalava squallore. La parete su cui poggiava il fornello era rivestita di piastrelle bianche, quadrate, qualcuna “abbellita” in passato con decalcomanie floreali. I muri restanti erano coperti d’una carta da parati marroncina, il cui disegno voleva imitare la trama della juta; su quella tappezzeria lei ci aveva attaccato con il nastro adesivo dei manifesti. C’erano foto di Teheran, di moschee, dei monti Alborz e poi preghiere e decaloghi islamici in francese e in arabo.

«Da quando parli arabo?»

«Lo sto imparando, è la lingua della mia gente.»

«Non dire fesserie, Shirin: tu sei francese. Francia, Parigi, Canal Saint-Martin. Sei un distillato di francesità. I tuoi erano già francesi anche quando vivevano a Teheran. Non hai niente a che spartire con gli iraniani.»

«Tu non capisci...»

«Già, certo, io non capisco mai niente.»

«Non capisci che noi non stiamo fondando il circolo degli iraniani in Italia; noi stiamo fondando una nuova nazione che non ha i confini dell'Iran o dell'Iraq o del Marocco. Noi stiamo fondando la nazione islamica nel mondo.»

«Ma se l'altra volta mi hai detto che non hai la fede.»

«È vero, non ho la fede, ma l'islam è il collante, è la nostra identità culturale. E sai cos'è che ci ha fatto scoprire che noi avevamo una vera identità culturale? È stato il vostro odio, il vostro disprezzo. È il vostro odio che ci ha uniti. Noi sappiamo chi siamo, perché voi ci avete detto e ripetuto che noi non eravamo come voi. Ce lo avete ribadito con le leggi, con i vostri presepi, con i vostri crocefissi, con i vostri sindaci sceriffi che noi, anche se eravamo nati qui, eravamo diversi. E allora noi ci siamo parlati e abbiamo capito che era vero, che avete ragione: siamo diversi, ma tra di noi siamo uguali. Iraniani, pachistani, marocchini, afgani: tutto questo è finito.»

Aveva la gola secca. Si alzò e andò a bere, dal rubinetto. Ero sempre più frastornato e, dato che me ne rimanevo in silenzio, lei riprese: «È vero che sono nata in Europa. La maggior parte di noi ci è nata: chi in Francia, chi in Italia, chi in Belgio o in Germania. Ma voi ci avete rifiutato. Non siamo francesi, italiani, belgi, siamo "immigrati di seconda generazione". Però non siamo nemmeno più iraniani o marocchini. Siamo altro, siamo i costruttori di una nuova nazione».

«Perdio Shirin! Chi è che ti ha indottrinata così?»

«Ma è chiaro che sono stata indottrinata! Io non arrivo a pensare da sola! Io ho sempre bisogno di qualcuno che mi dica cosa devo dire e cosa devo fare, visto che sono solo una conta-fagioli, come diceva Sébastien! Non mi ha indottrinata nessuno: sono riflessioni che noi abbiamo fatto insieme.»

«Noi chi?» urlai. «Chi cazzo sono 'sti "noi"?»

«Sono quelli che mi hanno salvata dalla depressione quando i tuoi amici e i tuoi sindaci mi hanno fatto sentire una reietta. Noi siamo quelli che non hanno il diritto di esistenza nel vostro paese, quelli a cui date tutte le colpe.»

«"Noi" sono quelli da cui ti fai scopare.»

«Lo so che credi di ferirmi così, ma non m'importa nulla. E se proprio lo vuoi sapere, da quando sono andata via di casa, il pensiero del sesso non mi ha neppure sfiorato. La mia vita è dedicata a un'altra causa e il sesso è solo una distrazione: la ricerca del piacere impedisce di pensare all'assoluto.»

Si alzò e mi indicò col dito la sua stanza.

«Là dentro nessun uomo osa mettere piede. È il mio rifugio sacro, il mio *ricoprimento*, il mio *hijab*. Oltre quella soglia non va nessuno.»

«Ma nelle altre sì, vero? Cos'avete fatto, una comune di islamici? E quando ai tuoi amici viene duro perché ti vedono cosa fanno? Si ingroppano tra loro?»

La mia volgarità cresceva di pari passo con la rabbia.

Shirin rimase imperturbabile: «Questo è un luogo di meditazione e di riflessione politica, niente di più».

«E spiegami un po': com'è possibile che degli islamici dividano la stessa casa con una donna senza essere sposati con lei? Io dell'islam non conosco molto, ma mi sembra che questo presenti qualche piccolo problema. Cosa ne dice il vostro imam? In Iran ti avrebbero già lapidata.»

«Non siamo in Iran. Quando la nostra nazione sarà costituita in terra d'Europa applicherà la *shari'a* e forse situazioni come questa non saranno più accettabili, ma fino ad allora, qualunque cosa serva all'affermazione finale, quella cosa è anche giusta. Dopo, la nostra lotta contro l'occidentalizzazione, contro la *tagharrub* sarà totale.»

«Lasciatelo dire, Shirin, sei diventata matta. Ti hanno fatto il lavaggio del cervello. Secondo me ti hanno anche drogata.»

Lei mi sorrise, benevola, e mi fece una carezza sul viso, di quelle che una volta i preti elargivano ai piccoli delinquenti degli oratori per far loro comprendere che, malgrado la loro inguaribile cattiveria, Dio li amava ugualmente.

Per la prima volta (ma, ovviamente, non per l'ultima) provai un impetuoso desiderio di ucciderla; di afferrarla per il collo e di stringere e scuoterla, scuoterla e strozzarla, e poi scuoterla ancora fino a che l'essere immondo che si era impossessato della mia Shirin non fosse uscito dal suo corpo e me l'avesse restituita; viva o morta non importava, ma mia moglie doveva essermi restituita.

Per non dare sfogo a quella voglia difficile da controllare, mi alzai di scatto, presi il mio giaccone e me ne andai, senza salutarla, senza cercare di convincerla ancora.

Scesi le scale di corsa e, praticamente, mi gettai in strada. Fuori, l'aria fredda e il rumore mi diedero una strana sensazione di benessere. Uscire da quel "luogo di meditazione e di riflessione politica" e trovarsi nel caos di Milano era rassicurante: ero di nuovo nel mondo reale. Mi accorsi che, per tutto il tempo che ero stato nella cucina di Shirin, il mio respiro era stato quello di un asmatico in cerca di ossigeno, o quello di un sub alle prime armi che si fa prendere dalla "fame d'aria". Adesso, mentre camminavo verso la macchina parcheggiata un po' più in là, il movimento dei miei polmoni tornava a essere regolare.

Durante il viaggio di ritorno, guidai come un automa. È sicuro che presi il biglietto dell'autostrada, che a un certo punto imboccai lo svincolo e pagai al casello, ma non ricordo uno solo di quei passaggi. La mia mente era completamente assorbita dalla metamorfosi di Shirin. Cercavo di capire quale tipo di follia si fosse impossessata di lei e conclusi che si trattava del tipo più pericoloso: la follia collettiva. Da sola, mia moglie non avrebbe mai assunto quelle posizioni, ma l'aver incontrato sul suo cammino altra gente come lei le aveva fatto abbassare ogni difesa e perdere ogni buon senso. Il condividere la condizione di emarginati, di detestati, aveva accomunato persone che altrimenti non si sarebbero neanche guardate: lo aveva detto Shirin stessa, era l'odio che li teneva insieme, l'odio ricevuto e l'odio ricambiato. E sulla base di quell'odio avevano cercato, avevano inventato delle radici comuni, per illudersi di essere nazione e non un semplice manipolo di esclusi.

Tutti quei pensieri, quelle riflessioni giravano per la mia testa in modo stranamente ordinato: la rabbia era svanita lasciando dietro di sé una lucidità eccezionale. Mi tornarono alla mente le teorie di un certo Anderson, che avevo studiato all'università per un esame di sociologia. Anderson parlava di "comunità immaginate"; non "immaginarie", ma proprio "immaginate", nel senso che certe comunità sono assolutamente reali, ma si basano su un'appartenenza creata a tavolino, su legami costruiti a partire da una proiezione dei propri desideri. I membri di una comunità immaginata rifiutano l'idea di essere un gruppo ristretto e pensano di essere l'avanguardia di un'immensa schiera di persone che la pensano come loro. Le lingue generano comunità immaginarie, le quali si compattano intorno all'uso di un certo linguaggio appunto. Le religioni creano comunità immaginarie e quello che Shirin e i suoi amici stavano facendo ne era un chiaro esempio: stavano mettendo insieme una serie di codici, di rituali e di pratiche in cui riconoscersi, in cui inventare delle radici, dei miti di fondazione. E soprattutto stavano mettendo insieme un certo numero di nemici contro cui battersi, perché senza l'odio e la guerra, la loro comunità, costruita sul nulla, si sarebbe presto dissolta. E la stessa cosa stavano facendo i leghisti in Italia e i razzisti in tutta Europa, per trovare una ragione d'esistenza. Ogni comunità generava quella avversa; erano speculari e complementari: non avrebbero potuto vivere gli uni senza gli altri, senza seminare il vento dell'odio, fingendo di ignorare che quel vento, prima o poi, si trasformerà nella tempesta che li spazzerà via per sempre, e noi con loro.

La domenica, preparando la lezione per il giorno successivo, ebbi l'impressione di una certa ciclicità della mia storia, mi parve cioè di essere tornato ai primi tempi, quando Shirin non aveva ancora scelto tra Sébastien e me e io mi stordivo di lavoro per non pensare a lei.

Feci in modo che la scuola assorbisse tutte le mie energie, ma più che riscatto, nel mio compito di maestro cercai mortificazione, umiliazione, cercai qualunque cosa mi procurasse un dolore almeno comparabile a quello della perdita di mia moglie, un dolore nuovo che offuscasse quello vecchio.

Devo ammettere che il mio tentativo fu coronato da successo, almeno per un po'. Avevo ormai accantonato l'idea di conciliare il mantenimento delle radici con l'apertura al mondo, dunque interpretai il mio ruolo arrendendomi incondizionatamente alle richieste dei miei compaesani: religione, tradizioni, grembiulino, fedeltà ai vecchi programmi ministeriali, ai metodi d'insegnamento che noi avevamo conosciuto in veste di scolari e che, sostenevano loro, funzionavano molto meglio di tutte le innovazioni che avevano trasformato la scuola in una fabbrica di ignoranti: "autonomia scolastica", avevano concluso, significa anche poter scegliere la via del passato. Un anno prima, avrei avuto moti di ribellione, ma a distanza di soli dodici mesi ero diventato un docile esecutore del volere di chi mi pagava. La trasformazione nel triste e svogliato maestro di Vigevano era avvenuta.

Fu quindi il peso del tedio, alleggerito appena dalla spontaneità e dall'allegrezza dei bambini, a ricacciare verso il fondo del mio animo le immagini dell'appartamento di via

Padova. Per aiutarlo, alla distruzione morale cercai di aggiungere quella fisica: ore di camminate con Laika, fin oltre l'imbrunire, chilometri di corsa macinati a ritmi da atleta, quintali di legna spaccati con l'accetta per prepararsi non a uno, ma a dieci inverni.

Però, se prima parlavo di ciclicità è perché, proprio com'era accaduto in quei mesi di limbo, i ricordi, fiaccati ma non spenti da tutta la girandola delle inutili fatiche, riacquistavano forza e cercavano di sorprendermi nei momenti in cui ero più inerme: davanti alla televisione, mentre mi facevo la barba, quando, convinto ormai d'aver preso sonno, posavo il libro e spegnevo l'abat-jour sul comodino. D'improvviso, a tradimento direi, la memoria mi riproponeva un'immagine: il corridoio della nuova casa di Shirin. Lei era al fondo, presso la cucina, e io all'inizio, ormai vicino alla porta d'ingresso; io avevo il giaccone in mano ed ero pieno d'ira, lei era appoggiata allo stipite e aspettava un mio cenno di saluto, forse di addio. Non l'avevo salutata; tra le molte cose ben più importanti di cui avrei potuto rammaricarmi, io mi dolevo per quel mancato saluto, per un arrivederci che suonasse come una promessa o per un addio che suggellasse definitivamente la nostra vicenda.

Ed ecco che per riparare a quell'atto mancato, esattamente otto giorni dopo, di domenica, mi ritrovai allo stesso posto e alla stessa ora. *E Cesare perduto nella pioggia sta aspettando da sei ore il suo amore, ballerina.*

La volta prima, non mi ero preoccupato di capire quale fosse il pulsante del citofono corrispondente all'alloggio di Shirin: le targhette erano perlopiù scritte a mano, su pezzi di carta incollati; qualcuno, più raffinato, aveva indicato il proprio nome con il dymo e qualcuno lo aveva ritagliato dall'intestazione della bolletta dell'Enel. Nessuno di quei cognomi era riconducibile a Shirin e suonare a caso i campanelli la domenica mattina presto non era raccomandabile. Approfittando dell'uscita di un inquilino, cercai di infilarmi nell'apertura della porta, ma quello, un marocchino sui trent'anni con il figlioletto per mano, notando la mia mossa, si voltò di scatto e chiuse con forza il portoncino: evidentemente, avevo un'aria sospetta.

Per fortuna, verso le nove mia moglie uscì. La sequenza dei gesti fu la stessa della settimana precedente: attraversamento a rischio, corsa, mani sulle spalle di Shirin. La sua reazione però fu differente.

«Vattene.»

«Ti prego, volevo solo salutarti. Mi manchi.»

«Vattene.»

«Solo due parole. Siamo ancora marito e moglie, no?»

«Vattene, altrimenti chiamo aiuto.»

Poi prese a camminare con passo spedito lungo via Padova, in direzione della periferia.

Mi posi al suo fianco, ma lei, accelerando, riusciva sempre a volgermi le spalle. Che io la stessi inseguendo risultava chiaro anche ai passanti: ci guardavano ora incuriositi, ora preoccupati. Erano arabi, sudamericani, pochi gli slavi, pochissimi gli italiani: difficile pensare che qualcuno chiamasse la polizia.

Bruscamente, Shirin attraversò, e io dietro. Continuavo a parlare, a pregarla, ma lei non mi rispondeva. Mi sentivo un imbecille e mi vergognavo per tutti quegli sguardi in cui avvertivo il disprezzo. Eppure dovevo riuscire a parlarle, con calma, anche se fosse stata l'ultima volta che lo facevo. Ora la sua camminata era quasi una corsa. Dove fuggiva? Io volevo solo parlarle. Non volevo farle del male, possibile che non lo capisse? Volevo dirle che l'amavo, che l'amavo ancora. Non volevo farle del male.

Arrivammo a un grande piazzale di terra battuta che, con le recenti piogge, era diventato una specie di palude. C'erano auto parcheggiate e vecchi camion arrugginiti, forse abbandonati: niente persone. In quel punto, Milano rivelava ancora qualcosa del suo passato industriale. Si vedevano le sagome di vecchie fabbriche, dipinte in verde e in ocra, il profilo di una ciminiera e, in lontananza, la torreggiante mole di un serbatoio per l'acqua. Dalla parte opposta a via Padova, un filare di alberi scheletrici faceva da confine al piazzale. Fu verso quegli alberi che si diresse Shirin, ormai in vera e propria fuga.

Ma io non volevo farle del male.

Si infilò tra due camion posteggiati, che con i loro cassoni occultavano quello che stava di là. Per meno di un secondo, Shirin, che mi aveva distanziato, scomparve dalla mia vista. Mi decisi a correre e la raggiunsi in quello spazio che, riparato dalla lunga fila di mezzi pesanti, credevo essere ancora più deserto di quello che avevamo appena attraversato infangandoci le scarpe.

E invece, il luogo non era affatto deserto.

Quando vi sbucai, mi trovai circondato da una decina di uomini; Shirin era in mezzo a loro e il suo sguardo ora sembrava canzonarmi. Mi fermai di botto, addossando la schiena alla cabina di un camion. Loro, che avevano formato un semicerchio, mi si fecero un po' più appresso.

Li guardai e non ebbi dubbi: facevano sicuramente parte della nuova nazione islamica che, a sentire mia moglie, avrebbe dominato l'Europa. Alcuni di loro erano giovanissimi, ancora imberbi; nessun *dress code* li distingueva dai loro coetanei che l'indomani si sarebbero seduti sui banchi di una qualsiasi scuola superiore della periferia milanese. Altri invece esibivano barbe imponenti e indossavano il caftano con sopra la giacca a vento. Altri ancora, pur con la barba, vestivano all'occidentale. Anche le provenienze sembravano essere diverse. Diverso era il colore della pelle, il taglio degli occhi: sicuramente, qualcuno di loro aveva un genitore italiano.

Il più alto, quello che aveva l'aria del capo, chiese a Shirin: «Ti ha dato fastidio, sorella?».

Glielo domandò in italiano, segno che l'arabo non era lingua veicolare in quel gruppo. E poi quel "sorella"; cos'era? Più che di islam sapeva di afroamericano. D'altro canto, la settimana prima, Shirin stessa aveva parlato di "fratelli musulmani". Una marca d'appartenenza presa a prestito, quanto la loro fantomatica nazione.

«È mio marito» rispose Shirin «ma non lo voglio più vedere.»

«Non sapevo che fossi sposata!»

A parlare era stato uno dei ragazzini e nella sua voce l'inflessione milanese era fortissima. Il suo amico, a fianco, si fece coraggio ed esordì con una spacconata: «Vuoi che te lo faccia a pezzi?».

Anche lui aveva l'accento milanese.

Siamo nati chi in Francia, chi in Italia, chi in Belgio o in Germania. Ma voi ci avete rifiutato.

Parole di Shirin, parole sante. Anche se parlavano con cadenze lombarde, piemontesi, venete o siciliane, avevamo voluto che rimanessero "immigrati di seconda generazione".

La voce mi sorprese alle spalle e sobbalzai. Veniva dallo stretto passaggio tra i due camion, lo stesso nel quale ci eravamo infilati io e Shirin.

«Cosa succede qui? Fuori documenti e permessi di soggiorno.»

Un carabiniere. Due carabinieri. Tre carabinieri.

Svelti e senza esitazioni, gli uomini che prima mi avevano circondato portarono la mano al portafoglio ed esibirono le carte richieste.

«E tu cosa aspetti?»

Si rivolgeva a me.

Ero confuso e, pensando che i militari fossero intervenuti

in mio soccorso, avevo creduto che l'intimazione di presentare i documenti non mi concernesse.

Mostrai la mia patente a quello che, tra i carabinieri, sembrava il più alto in grado.

«Ma bene,» fu il suo commento «abbiamo anche un italiano in mezzo a questo bel gruppo di terroristi.»

«Anche qui c'è un'italiana» gli fece di rimando il collega.

Lui prese la carta d'identità di mia moglie e commentò: «Shirin Tofigh, cognome tipicamente italiano. Di dove sei? Di Bologna? Di Bari? Di Sesto San Giovanni?».

In un'altra occasione mi sarei infuriato, ma adesso ero semplicemente annichilito.

Annotarono i nomi e gli estremi dei documenti, poi, portando la mano alla visiera per ostentare un ironico saluto militare, il superiore ci disse: «Ci rivediamo, non vi preoccupate, vi teniamo d'occhio».

Forse fu viltà, forse fu solo buon senso. Non so cosa fu, ma mi accodai ai carabinieri e abbandonai la nascente nazione islamica. Senza salutare Shirin.

Mi ci volle un po' per recuperare l'auto. Stranamente, di domenica era stato praticamente impossibile trovare posto e mi ero risolto a posteggiarla in un parcheggio sotterraneo a diversi isolati da là. Avevo avuto la lungimiranza di annotare sul telefonino il numero esatto del posto dove l'avevo lasciata e localizzarla non mi fu difficile. Il brutto venne dopo. Appena mi sedetti alla guida, le forze che mi avevano retto fino a quel momento, mi abbandonarono di colpo; ogni gesto, anche quello minimo di girare la chiave e mettere in moto, mi costava un sacrificio enorme. Alla fine, innestai la prima e partii. Le luci al neon si riflettevano sul parabrezza e lasciavano nei miei occhi delle scie chiare, ipnotiche. I cartelli che indicavano l'uscita si ripetevano, sembrava che quelle frecce mi costringessero a fare sempre lo stesso giro.

I neon sul parabrezza divennero come lampi, come flash. Sentivo anche un suono pulsante, elettronico: forse qualche furgone stava facendo retromarcia. Uscita. Uscita. Ancora diritto. Poi a sinistra. Uscita. Neon. Bip, bip, bip. Uscita: scendere di un piano. Area arancione. Area verde. Area gialla. Di nuovo un'area verde, ma non quella di prima. Da parcheggio si era trasformato in labirinto. Le luci ipnotiche cancellavano ogni differenza tra una corsia e l'altra, tra una rampa e l'altra: l'impressione non era più quella di tornare sempre sugli stessi passi, bensì quella di un percorso infinito e insensato.

Non so veramente cosa accadde; ricordo la mano di un uomo, di un sorvegliante, che mi afferrava e mi scuoteva, ricordo la sua voce: «Si sente bene?».

«Credo di sì. Ho avuto un piccolo mancamento, ma adesso sto meglio.»

«È fermo qui, in mezzo alla corsia, da cinque minuti. L'ho visto sullo schermo. È sicuro di stare bene?»

«Sì, la ringrazio. Mi indichi solo l'uscita, per cortesia.»

L'uscita era a pochi metri; chissà quante volte l'avevo superata senza vederla.

Come la settimana precedente, nel viaggio di ritorno mi trovai a galleggiare nei miei pensieri, lontano dal mondo reale. La domanda della madre di Shirin risuonava, rimbombava come una sentenza: hai fatto tutto ciò che dovevi per difendere tua moglie? E a questa se ne accompagnava un'altra, tutta mia: come avevo potuto non accorgermi che Shirin stava cambiando in modo così folle? Il suo mutamento non era stato repentino; era cominciato con l'esclusione dai *Magnin* e io non avevo saputo riconoscere i sintomi di una deriva inarrestabile.

Quel che accadde dopo, o meglio, ciò che non accadde, rivisto oggi ha il sapore di quelle sequenze cinematografiche in cui, dalla stessa finestra, si vede in rapida alternanza il succedersi delle stagioni: gli alberi persero tutte le loro foglie, la neve portò con sé la recita natalizia con angioletti e re magi, la befana concluse le feste e aprì il secondo trimestre, la neve cominciò a sciogliersi e le giornate ad allungarsi.

In tutto questo tempo, di Shirin non ho più avuto notizie. Ho telefonato di tanto in tanto ai miei suoceri: mi hanno detto di non preoccuparmi per lei, che presto si sarebbe fatta viva tramite il suo avvocato per chiedere il divorzio; eravamo sposati in Francia, le procedure sarebbero state rapide.

E così arriviamo al giorno in cui mi hanno arrestato e qui ci sono cose che posso solo immaginare. D'altro canto, le ho immaginate così tante volte durante queste settimane di detenzione, che ora scriverle non mi costa alcuna fatica: mi sono, per così dire, anestetizzato.

Quel giorno mia moglie (ed era ancora mia moglie, visto che il suo legale non si è mai manifestato) si è svegliata presto. Probabilmente, quando ha alzato gli avvolgibili, via Padova era ancora tranquilla e buia come l'avevo vista io nelle mie prime ore di attesa. Ha indossato un paio di pantaloni, neri, morbidi. Ha stretto intorno alla vita la cintura e sopra si è infilata un maglione, ampio, abbondante. Niente chador, niente velo: la giornata speciale richiedeva un abbigliamento adeguato. Ha fatto colazione, tranquilla, spalmando sul pane abbondanti cucchiaiate di quella marmellata di mirtilli che le piaceva tanto.

Quando è stata pronta per uscire, i suoi amici l'hanno salutata, magari l'hanno anche abbracciata.

Il Land Rover ha imboccato via Padova, verso nord-est, direzione autostrade. Poco dopo Novara, come dicono i navigatori satellitari, ha imboccato l'uscita a destra. Chissà se era ancora tranquilla come prima o se il suo cuore palpitava? In fondo, quella era la strada che aveva fatto mille volte per tornare a casa, per tornare da me e da Laika, dai suoi amori: come si sentiva ora a percorrerla con una meta così diversa?

Alla fine è arrivata a Badallo, in piazza del Municipio. Credo che il Land Rover lo abbia lasciato in doppia fila: lì non si trova mai posto. Dopo di che ha salito la piccola rampa di scale ed è entrata.

Non so se abbiano provato a fermarla, così come avevano fatto con me: è certo che non l'hanno fermata.

Fotografia numero 39. È quella del giornale, del «Corriere della Sera». Il corpo di Shirin non esiste più, è devastato. Tutto intorno, macchie scure, forse sangue.

L'articolo porta la data del giorno successivo al mio arresto, lo rileggo.

«Gli abitanti di Badallo (VC) sono ancora sconvolti. Quando vivi in una cittadina di provincia non metti in conto di trovarti di fronte a un attentato terroristico di matrice islamica, come a New York, come a Londra o a Madrid. Badallo è uno di quei posti in cui tutti si conoscono e anche l'attentatrice suicida che ieri si è fatta esplodere all'interno del palazzo comunale era nota da queste parti. Un anno e mezzo fa era stata protagonista di una violenta protesta contro le guardie comunali che chiedevano a una donna musulmana il rispetto dell'ordinanza che impediva l'utilizzo del burkini sulle spiagge e nelle piscine di Badallo. È probabile che, oltre al fanatismo religioso, sia stato il risentimento verso il sindaco a scatenare la follia omicida della donna. Ieri, Shirin Tofigh ha fatto irruzione nell'ufficio del Primo Cittadino che si trovava lì al lavoro con tre colleghi della giunta comunale. Una volta dentro, la terrorista ha fatto esplodere l'ordigno che portava alla cintura: oltre alla kamikaze, sono morti Luca Capodanno, sindaco di Badallo, Luigi Amaturo, assessore all'artigianato e Giuseppe De Foschi consigliere comunale, tutti esponenti della Lega Nord locale. Capodanno poi, oltre che sindaco, era anche deputato.

La donna ha agito da sola, ma è chiaro che nella preparazione dell'attentato è implicata una rete terroristica di vaste proporzioni con basi a Milano e in altre città del Nord Italia. Numerosi immigrati arabi, già noti alle forze dell'ordine, sono stati fermati nelle ore immediatamente successive alla strage, ma l'organizzazione poteva contare anche sull'appoggio di cittadini italiani. Gli inquirenti hanno gravi sospetti su Giacomo Musso, marito di Shirin Tofigh, di fatto separato da qualche mese, ma spesso in contatto con la donna. L'uomo è stato arrestato ed è ora detenuto. Circa un anno fa, Giacomo Musso si era già reso responsabile di un grave episodio di violenza e ci si domanda come abbia potuto mantenere il suo incarico di maestro elementare nella piccola scuola di Molini.»

L'articolo continua, ma tutto il resto è superfluo. Anche questo pezzo, a dire il vero, era superfluo nel mio memoriale difensivo e il memoriale stesso lo è, dal momento che non ho intenzione di difendermi. Scriverlo è servito solo per tenermi in vita, per non farmi sopraffare dal dolore. Adesso che il memoriale è finito posso lasciare spazio a tutta la mia disperazione.

Shirin è morta, uccisa dall'odio.

Qui, in carcere, ho chiesto più volte che mi procurassero un libro ambientato in Israele; si intitola *L'attentatrice* e lo ha scritto un uomo, un arabo, ma con pseudonimo femminile. Ne avevo sentito parlare un paio d'anni fa, ma non avevo mai provato il desiderio di leggerlo; adesso vorrei davvero sapere se la mia storia e quella di Shirin sono già contenute in quel romanzo: ma non lo saprò mai. Però sono certo che almeno una differenza esiste: la vicenda di mia moglie è maturata tutta in Europa, lontano dai territori occupati, lontano dai coloni sionisti, lontano da odi atavici e da ferite che la storia non ha sanato. Ciò che ha condotto alla morte Shirin, Luca Capodanno e i suoi compagni di partito è un odio tutto nuovo, artificiale; un odio che è stato distillato con sapienza, che è stato creato ad arte e che a poco a poco viene spruzzato nell'aria per creare nuovi nemici, per dare vita a nuove divisioni, a nuove nazioni: la nazione padana da una parte, la nazione islamica dall'altra, a insistere sullo stesso territorio, a contendersi uno spazio che potrebbe accogliere tutti. I signori dell'odio siedono in comodi scranni parlamentari o in grandi palazzi ricchi e ornati; si illudono di poter usare quell'odio in dosi medicinali, magari omeopatiche, e poi di riuscire a controllarlo, come una terapia che dovrebbe distruggere solo le cellule malate. Ma l'odio non si controlla; l'odio rompe gli argini e dilaga, si alimenta di se stesso e travolge tutto: il ventesimo secolo ce l'ha insegnato, ma noi non abbiamo imparato nulla. Chi semina il vento raccoglierà tempesta.

L'odio ha travolto me e Shirin, quella tempesta ha spazzato via la più bella storia d'amore che si potesse mai scrivere. Mi resta tra le mani tutta la ruggine del Père Lachaise. E mi resta, come speranza, la scritta sul frontone di quella cappella funeraria: LA MORT MÊME NE LES SÉPARERA PAS.

Il vento soffia e la tempesta non si è ancora placata. Shirin è stata la prima attentatrice suicida in Italia, nessuno può giurare che sarà l'ultima e nessuno vuole chiudere i rubinetti dell'odio. È per una giusta causa, dicono. È per salvare la nostra tradizione, la nostra religione. Ma io dico che l'ateismo è la sola religione di pace. E se proprio Dio esiste, se esiste quel dio che tutti credono di possedere in esclusiva, allora stramaledica se stesso, si bestemmi, si flagelli per tutte le sue colpe e forse, se si sarà umiliato abbastanza, qualcuno lo perdonerà, io no.

Quattro giorni fa, il pachistano è stato spostato. Lo sapevo che era una spia: quando se n'è andato, sotto il suo materasso ho scoperto un sacchetto di plastica con dentro dei biscotti; veniva da una pasticceria, dentro, oltre ai biscotti, c'era ancora lo scontrino e aveva la stessa data del giorno in cui lui è arrivato in cella. Per forza era un informatore, certe cose mica te le fanno portare in questa parte del carcere.

Il sacchetto l'ho lasciato lì, nel suo nascondiglio originale: le guardie non si sono preoccupate di ispezionare la cella, tanto il pachistano era uno dei loro. Così, adesso che ho finito il memoriale, ho deciso di farmi un regalo: tra due minuti, quando avrò posato la penna, prenderò quel sacchetto, mi sdraierò sulla mia branda e mi mangerò i biscotti, lentamente, pensando alla mia casa bianca, con il nome del mio avo scritto sopra la meridiana, nel 1881.

Quando hanno aperto la cella, era già tardi perché, con una corda al collo, freddo pendeva Miché.

Il cadavere del mio cliente è stato trovato disteso sul letto. Giacomo Musso si è infilato in testa il sacchetto dei biscotti e ne ha legato i manici intorno al collo. È morto per asfissia, in pochi minuti.

Il suo nome è stato depennato dall'elenco dei possibili terroristi, quell'elenco che è stato stilato sulla base di un rapporto dei carabinieri di Milano, stazione Crescenzago: identificazione di alcune persone sorprese in atteggiamenti sospetti in via Padova.

Sono sotto la pensilina dell'autobus numero 49. Piove anche questa volta, ma è una pioggia sottile. Vicino a me c'è un gruppo di giovani nigeriani. Sono appena stati liberati. Ridono.

IN TUTTE LE LIBRERIE

il nuovo romanzo

Alessandro Perissinotto
LE COLPE DEI PADRI

di cui proponiamo le prime pagine

CI VORREBBERO LE BRIGATE ROSSE

Questa storia inizia con un pugno in faccia e finisce con un colpo di pistola, o viceversa, a seconda dell'ordine che vogliamo dare alle cose, perché l'ordine è solo una convenzione e il tempo, che sembra allineare gli eventi lungo sequenze immutabili, talvolta si ritorce su se stesso come legno di vite. In ogni caso c'è un pugno, ben assestato, ma alla persona sbagliata. E c'è un colpo di pistola, sparato verso la persona giusta, ammesso che esista qualcuno che davvero si merita un proiettile.

Siamo seduti in un bar, Franco e io. È un bar alla moda, di quelli che non ci piacciono. Però è comodo incontrarsi in piazza Vittorio e lì i caffè sono tutti alla moda. Per fortuna non è ora di aperitivi e di fighetti: i clienti sono eccezioni. Una coppia di amanti clandestini si è chiusa in una bolla in fondo alla sala e, al banco, un uomo, di cui vedo solo la schiena, di tanto in tanto porge in avanti il bicchiere per farselo riempire di vino bianco.

Ogni volta, io e Franco ci diciamo che dovremmo capire se la vecchia "Fogna" esiste ancora, ma poi non lo facciamo, per pigrizia o per malafede. La "Fogna" è la bettola dove ci trovavamo da ragazzi, il sabato sera; un locale lungo e stretto che, oltre il bancone, ospitava tre tavolini, rotondi, pubblicitari: Caffè Paulista. Niente birra alla spina, solo bottiglie grandi di Peroni. Uno dei tre tavolini era il nostro, mio, di Franco e di Roberto. Uno era riservato ai calabresi, quattro vecchi di quarantacinque anni, in servizio permanente continuo nel bar: carte, sigarette e frequenti raffiche di Dio fa', la bestemmia che gli immigrati dal sud imparavano a infilare ogni quattro parole per mostrare ai torinesi la loro ferma intenzione di integrarsi. Dio fa', variante troncata di Dio fauss, dio falso e bugiardo. Bestemmia da officina, da pezzo che cade dal tornio, bestemmia che marca l'arrivo dell'addetto ai "tempi e metodi", col suo cronometro. Bestemmia da fonderia, da colata di ghisa che acceca all'improvviso; bestemmia da lavoro, abusivamente esportata al bar, per accompagnare una primiera mancata o un rigore negato alla *giuventus*.

Il terzo tavolo era vuoto, sempre.

Ogni volta diciamo che torniamo là, dove si erano consumate le nostre utopie adolescenti, sotto lo sguardo dei calabresi. Ma poi, ogni volta, preferiamo piazza Vittorio e il decoro spudoratamente vintage della Drogheria. Ogni volta significa poi una volta l'anno: è quella la frequenza con cui io e Franco ci vediamo. E la sera, rientrando a casa, diciamo alle nostre mogli che l'incontro è stato bellissimo, che abbiamo ripreso il discorso da dove l'avevamo lasciato l'anno prima, come se i trecentosessantacinque giorni in mezzo fossero stati congelati in una breve parentesi; ma non è vero, semplicemente ci piace crederlo. Roberto invece è desaparecido; ultimo domicilio conosciuto: Bonn. Persino Facebook si sottrae al compito di ritrovarlo. E poco ci importa.

Siamo seduti al bar dunque, io e Franco. E parliamo, e davvero lo facciamo come se il tempo non fosse passato, come se credessimo ancora nella parola che cambia il mondo.

«La gente è esasperata: prima o poi qualcuno riprende a sparare.»

«Non credo,» faccio io «la lezione degli anni '70 l'abbiamo imparata.»

Lui insiste.

«Io sento dire da tutte le parti: "Ci vorrebbero le Brigate Rosse".»

Il barista ci guarda, con l'aria di chi non ama che si facciano certi discorsi. L'uomo al banco ne approfitta per afferrare la bottiglia di prosecco e servirsi da solo.

«Non ho nessuna nostalgia per quel periodo.»

«Non ti piacerebbe che qualcuno infilasse una pallottola in mezzo agli occhi a qualche ministro? O magari a qualche giornalista, a quelli più spudorati, a quelli più venduti, quelli che hanno abbastanza faccia da culo per dire che è la sinistra che controlla i mezzi di informazione.»

Prima di rispondere mi prendo un attimo per pensare a tutte le volte che, di fronte alla televisione, mi è venuto il voltastomaco. Un attimo, per pensare alla sofferenza vera che abbiamo sentito tutti noi, schiavi ma non servi. E in quell'attimo mi rendo conto di aver provato il desiderio di ucciderli, loro e i potenti a cui baciano la mano. Ma non riesco a dirlo. Non ho il coraggio per ammettere di aver contemplato l'omicidio politico come igiene del nostro paese. Quindi mi rifugio nella banalità assoluta: «La violenza non è mai una soluzione».

Franco capisce che sto mentendo in malo modo e mi incalza: «Te lo ricordi il rapimento Dozier vero? Non dire che non stavi dalla parte delle Brigate Rosse perché non ti credo».

Ha ragione. Se almeno una volta nella tua vita avevi ma nifestato per la libertà in Cile o contro l'apertura di nuove basi NATO, in quell'occasione non potevi che essere dalla parte delle Brigate Rosse. No, non lo dicevi apertamente, ma a scuola, negli intervalli o durante le ore di officina, dove parlare col compagno era l'unica strategia di salvezza, il sequestro Dozier assumeva contorni epici. Era Robin Hood contro lo sceriffo di Nottingham, era Davide contro Golia. Un generale americano! Era la scelta della vittima che faceva amare il carnefice.

«Sì, un comandante NATO in mano ai brigatisti era un godimento.»

«Era come il Toro che batte il Real Madrid, nel '92.»

Gli sorrido: mi piace il paragone. Lui torna alla carica: «Allora facciamo un po' di tifo per la P38?».

E con la mano abbozza un gesto che la mia generazione conosce, quello con il pollice, l'indice e il medio a imitare una pistola.

È a quel punto che l'uomo al banco si alza dallo sgabello, è di poco più vecchio di noi. Osservo il suo incedere traballante e immagino che debba andare in bagno. Invece fa due passi e si ferma, davanti al nostro tavolo, lo sguardo appannato. E, tutto a un tratto, il suo muoversi lento, da pachiderma stanco e disorientato, si trasforma in un guizzo. È col sinistro che colpisce il mento di Franco. Non so se sia mancino, ma il colpo è fiacco, spento; Franco non avrebbe difficoltà a restituirglielo, con più forza, ma rimane lì, inebetito, a prendersi, dopo il pugno, l'invettiva dell'altro: «Non bestemmiare» gli urla sfidandolo con gli occhi. «Con la P38, le Brigate Rosse hanno ucciso un mio compagno di scuola. E anche un altro, uno che abitava vicino a casa mia, alla Falchera, un amico di mio padre...»

La voce, impastata fin dalle prime parole, si spegne e l'uomo esce dal bar. Il barista ci guarda di nuovo, un po' come a dire che ce la siamo cercata e un po' per verificare che la cosa sia finita lì, che a Franco non venga in mente di inseguirlo o di aspettarlo per spaccargli la faccia: non voglio rogne nel mio locale.

Ma Franco è più avvilito che arrabbiato. Il cazzotto lo ha appena solleticato, ma le parole sono andate più in profondità e hanno riportato alla luce un'immagine che noi, che ci avviciniamo alla cinquantina, abbiamo sepolto nell'animo nel 1979, quando vivere in questa città faceva paura, quando niente ti metteva al riparo dall'eventualità di essere la prossima vittima. È l'immagine di un ragazzo di diciotto anni che, per caso, si trova in mezzo a una sparatoria: si butta a terra, dietro un'auto, ma questo gesto non basta a salvargli la vita. Non è una scena che abbiamo visto, ce l'hanno raccontata, e proprio per questo ci è parsa ancora più drammatica. Ci hanno detto che, vedendo il ragazzo scomparire dietro la macchina parcheggiata, il brigatista si è chinato e ha fatto partire una raffica all'altezza del suolo, per uccidere. Ancora oggi non so se davvero sia andata così o se Emanuele sia stato colpito da un proiettile vagante quando era ancora in piedi, ma poco importa. Di certo so che non è stato un brigatista a sparare, ma uno di Prima Linea.

«Secondo te,» mi chiede Franco «quello lì era compagno di Emanuele Iurilli?»

Annuisco, in silenzio, e lui abbassa lo sguardo: si vergogna di aver inneggiato al terrorismo.

Franco era accanto a me il 9 marzo del 1979, nell'officina di aggiustaggio dell'istituto tecnico che entrambi frequentavamo per alimentare il sogno familiare di avere un figlio alla Fiat. La notizia della morte di un ragazzo che stava rincasando da un altro istituto tecnico ci aveva ammutoliti e il chiacchiericcio, che di solito accompagnava lo stridere della lima su un pezzo serrato nella morsa, era cessato di colpo rendendo ancora più lugubre l'officina.

«E l'altro? Quello della Falchera?»

«Credo si riferisse a Carmine Civitate. È stato ucciso da Marco Donat-Cattin e da un altro, ma si è trattato di uno scambio di persona: volevano ammazzare un certo Villari che secondo loro era responsabile della morte di due compagni. Ma anche Villari non c'entrava niente.»

«Com'è che sai tutte queste cose?»

«È perché hanno a che vedere con la storia di Guido Marchisio, uno che ho intervistato qualche mese fa. Mi sembrava una vicenda interessante la sua, ma il giornale non me l'ha pubblicata.»

«Marchisio quello della Moosbrugger?»

«Lo conosci?»

«Sì, perché era amico di...»

In fondo ci conosciamo tutti, perché siamo nati a Torino e a Torino i gradi di separazione sono sempre meno di sei, perché siamo cresciuti tutti sotto l'occhio vigile della stessa matrigna, quella che una volta dettava il ritmo del nostro lavoro, del nostro riposo, che definiva l'orizzonte dei nostri sogni e che oggi, invecchiata e indebolita, è come quelle donne, un tempo bellissime, che del loro passato di creature magnifiche e crudeli, non hanno saputo conservare che la spietatezza.

UN PUGNO SULLA TEMPIA

Come in quella di chiunque altro, anche nella vita di Guido Marchisio ci sono alcune date che segnano una frattura insanabile: il 26 ottobre 2011 è una di queste.

Quando io ero bambino, a scuola girava una leggenda metropolitana che suonava così: lo sai che se ti danno un pugno sulla tempia subito non ti accorgi di niente e poi dopo tre giorni muori? A garantire della veridicità dell'informazione era sempre un cugino, o un fratello maggiore o qualcuno che aveva un amico a cui era capitato. Il 26 ottobre 2011 per Guido Marchisio è un colpo alla tempia:

lì, sul momento, non si accorge di nulla, ma dopo qualche tempo si accascia.

Il 26 ottobre 2011, alle ore 8.45, Guido Marchisio premette così forte il clacson che, quando ritrasse la mano, quello continuò a suonare ancora per qualche secondo prima di tornare, con uno scatto secco, in posizione di riposo. La Panda verde davanti a lui aveva proceduto a passo di lumaca fino a che il semaforo non era diventato giallo e poi rosso: solo a quel punto aveva accelerato riuscendo a passare prima che, dalla traversa, iniziasse la processione dei camion. Non sapeva se era più inferocito per il deficiente della Panda o per il fatto che lui stesso, quel giorno, guidava una Panda, rossa per di più. Sulla portiera, la sua auto mostrava una scritta bianca: GERMANCAR – AUTO SOSTITUTIVA. La Mercedes che l'azienda gli aveva messo a disposizione doveva passare il tagliando e lui si trovava lì, in una *sardomobile*.

E forse pensava all'umiliazione dell'utilitaria quando, senza riflettere, coordinò l'occhio con il piede e schiacciò l'acceleratore appena la luce verde del semaforo bucò la foschia. Non so invece quali fossero i pensieri dell'uomo alla guida dell'autobotte Shell che a quel semaforo non fece troppa attenzione. Quando Guido Marchisio si voltò a sinistra, raggelato dal rumore dei freni, il muso del camion era già così vicino che poteva leggervi la scritta di plastica cromata piazzata tra il vetro e la griglia del radiatore: IVECO TURBOSTAR.

Non capirò mai perché, nell'imminenza della fine, non potendo contribuire in alcun modo alla salvezza e realizzando l'inevitabile, la nostra mente si rifugi in particolari di nessun conto: il colore della camicia dell'uomo che sta per spararci, il profumo di funghi che avvertiamo mentre manchiamo una presa e precipitiamo nel vuoto, la marca dell'autocarro che sta per travolgerci.

Vent'anni prima, mentre preparava l'esame di analisi matematica, Guido era rimasto affascinato dal concetto di "limite", di "tendente a zero" e quando, durante le lezioni di disegno meccanico, si trovava in mano due matite, non era raro che giocasse ad avvicinarle sempre più, cercando di capire quale fosse il momento esatto in cui lo spazio tra loro era il più piccolo possibile senza ancora essere nullo, in cui la loro distanza diveniva infinitesima pur mantenendosi maggiore di zero. Il 26 ottobre 2011 egli capì che la differenza tra "zero" e "tendente a zero" poteva essere la differenza stessa tra la vita e la morte. Nel momento in cui il rumore di freni si spense polverizzando nell'aria il ferodo delle pastiglie, la distanza tra il paraurti del camion e la fiancata della Panda non era maggiore di quella tra le due matite con le quali aveva cercato di dare concretezza al "limite".

Probabilmente, se solo avesse potuto aprire la portiera, sarebbe sceso ad affrontare il camionista, magari lo avrebbe persino preso a pugni. Invece, bloccato nella sua scatola di latta, il respiro troncato dalla paura, si accontentò delle mani che l'altro, da dietro il parabrezza, alzava in segno di scusa.

Il tempo, che per qualche secondo si era smarrito, riprese a scorrere; il mondo, pietrificato, tornò a essere fluido. Guido avviò di nuovo il motore imballato e si scostò quel tanto che bastava per leggere la targa del mezzo pesante: BJ 214 CW. La memorizzò, senza problemi: ci era abituato. Poi ripartì, alla testa di un corteo di automobilisti divenuti all'improvviso più prudenti, più silenziosi. E si ritrovò a guidare come certi vecchi, aggrappato al volante, il naso a un palmo dal parabrezza, quasi fosse il vetro a essere appannato e non la sua mente sconvolta dallo spavento.

Qualcosa di forte, in questi casi ci vuole qualcosa di forte; e si ricordò di quei pomeriggi d'infanzia, con sua madre che, biascicando parole come "affanno" o "palpitazioni", annegava uno zuccherino in un cucchiaio di Vecchia Romagna. La fila di auto al suo seguito tirò un sospiro di sollievo quando la Panda rossa, che dopo il mancato incidente non aveva superato i trenta all'ora, mise la freccia e si arrestò davanti a una casupola a un solo piano dove un'insegna luminosa di tre lettere colorava la nebbia di blu. Per anni, quasi ogni giorno, era passato lì davanti, senza che una sola volta la scritta BAR lo avesse invitato a entrare: era posto da camionisti, da operai al cambio turno e da sfaccendati. Ne ebbe la conferma aprendo la porta. Da dietro il banco, il barista lo accolse con lo sguardo sospettoso di chi è abituato alle solite facce e, al suo saluto, rispose con malgarbo chiedendogli cosa prendesse.

«Un cognac.»

L'altro afferrò sullo scaffale dietro di sé una bottiglia senza marca e versò due dita di liquore in un bicchiere del Cynar.

Guido si era ripromesso di fermarsi solo il tempo necessario per buttar giù d'un colpo il "qualcosa di forte", ma, nel momento stesso in cui prese in mano il bicchiere, sentì le gambe che si piegavano e, appoggiandosi prima al banco e poi al muro, raggiunse il primo tavolino della saletta che si apriva verso il retro. Nelle sue orecchie, lo stridere dei freni del camion era come un brano musicale mandato in loop: attaccava all'improvviso, cresceva in intensità e frequenza e cessava, per poi ricominciare. Dopo due sorsate, però, il sibilo cominciò a fondersi con le imprecazioni dei tre uomini che, in fondo alla sala, giocavano e perdevano al videopoker: non era orario da operai al cambio turno e i camionisti, lo aveva visto, erano per strada; non restavano che i perdigiorno.

Rallentati un poco i battiti del proprio cuore, Guido Marchisio prese a girare lo sguardo intorno, come per riappropriarsi di una realtà che, negli ultimi quindici minuti, era stata inghiottita dall'incubo, per riempire gli occhi di immagini diverse da quella della scritta IVECO TURBOSTAR. Sui muri, le foto dell'Italia Campione del Mondo nel 1982 e nel 2006; Guido, aiutato dal diverso colore della maglia, riconobbe Zoff e Buffon: le sue competenze calcistiche non andavano oltre. Terminata l'esplorazione delle pareti, il suo sguardo si posò sulle schiene di quelli che tentavano la fortuna alle macchinette. Quello di sinistra aveva i capelli biondi, cortissimi e sfumati sul collo, dove si intravvedeva un piccolo tatuaggio che pareva raffigurare un'aquila o qualche altro rapace. Si disse che doveva essere un simbolo militare e se lo vide a Srebrenica a massacrare i bosniaci musulmani. Accanto a lui, un uomo in tuta da ginnastica; una tuta azzurra e lucida, indossata per sciatteria. In vita si vedeva la cinghia del marsupio dal quale, ogni volta che veniva battuto dalla macchina, estraeva una nuova moneta. La terza schiena era del grigio d'una giacca fuori moda, di lana pesante, che faceva a pugni con l'ocra acceso dei pantaloni di velluto a coste, lisi e rattoppati in più punti. La nuca, che sembrava incastrata direttamente sul colletto della giacca, era quella di un vecchio: capelli canuti, ma non bianchi, gialli piuttosto, incollati al cranio dalla brillantina, o forse dalla scarsa attitudine all'igiene. Di tanto in tanto, il vecchio veniva scosso da furiosi attacchi di tosse ed era obbligato a sputare nel fazzoletto che teneva nella mano destra, mentre con la sinistra continuava a premere i pulsanti del marchingegno.

Osservando i loro gesti compulsivi, Guido si sentiva infinitamente migliore di quei tre e questo lo aiutava a riprendere coraggio: l'incidente, che peraltro non c'era stato, era cosa passata, archiviata, l'indomani avrebbe di nuovo viaggiato a bordo della sua Mercedes con tanti di quegli airbag da tenerlo al riparo da tutto, anche dall'incontro con dei falliti come quelli.

Cercò sul fondo del bicchiere l'ultimo sorso del suo presunto cognac e si alzò, nel momento stesso in cui l'uomo in tuta, dopo aver elevato nell'aria l'ennesimo Dio fa', metteva provvisoriamente fine alla sua rovina quotidiana.

Guido Marchisio lo avrà rivisto mille volte quell'episodio e, a poco a poco, nella sua mente avrà assunto contorni cinematografici: inutile tentare di sfuggire alla retorica, nella memoria, i giochi di sguardi degli istanti fatali finiscono per assomigliare tutti al duello di *Mezzogiorno di fuoco*. E se Guido è lo sceriffo Kane, tocca al bandito sparare per primo: «Minchia, ma sei proprio tu?».

«Come scusi?»

«Sei tu davvero, sei Ernesto.»

«Credo che lei mi abbia scambiato per un'altra persona.»

«Ma che scambiato! Sono Santo, il fratello di Nicola. Giocavamo insieme in strada, in via degli Ulivi.»

Istintivamente, Guido si mise con le braccia conserte, a protezione dei soldi e del cellulare che teneva nelle tasche interne della giacca. Lo conosceva fin troppo bene il trucco: uno ti ferma con una scusa e l'altro ti sfila il portafoglio. Quand'era ragazzo, un uomo, che nel suo ricordo era già più che maturo, gli aveva chiesto un'indicazione stradale e mentre lui gli spiegava l'itinerario, un complice gli aveva rubato dalla tasca dei jeans le ventimila lire che suo nonno aveva avuto l'imprudenza di affidargli un paio di isolati più in là, per strada.

Di fronte al mutismo di Guido, il sedicente Santo insistette: «Guarda che non mi posso sbagliare: siamo stati bambini insieme».

«Mi risulta davvero difficile crederlo.»

E chi mai lo avrebbe creduto? I vestiti da soli, anche svuotati delle persone, sarebbero stati sufficienti a convincere chiunque che il proprietario del completo di Armani e quello della tuta da jogging nella loro vita non avevano condiviso altro se non quel surreale dialogo pieno di fraintendimenti. Difficile persino supporre che per un certo periodo i due avessero avuto la stessa età: se questo, per caso, era accaduto in passato, ora di sicuro non era più così, ché l'uomo in tuta pareva, se non il padre, almeno lo zio di quello con l'abito blu.

Eppure, con la stessa caparbietà con cui aveva sfidato fino all'ultima moneta il videopoker, Santo riprese l'iniziativa.

«Giocavamo sempre a pallone. Tu eri malato per il pallone. Quando non c'era scuola, eri già in strada alle otto del mattino, che mia madre diceva sempre che sembrava che non c'avevi i genitori.»

La soluzione più semplice sarebbe stata quella di uscire, ma Guido si rese conto di provare un improvviso piacere all'idea di deludere il suo interlocutore, in un modo o nell'altro. Avrebbe frustrato le sue velleità di borseggiatore o, in alternativa, avrebbe ridicolizzato la sua smania di cercare un passato in comune.

«E dov'è che avremmo giocato insieme a pallone io e lei?»

C'era beffa e disprezzo nella voce, ma l'altro parve non accorgersene.

«Te l'ho detto, via dei Ulivi, alla Falchera.»

Via degli Ulivi, via degli Abeti, via delle Querce. Chi decide la toponomastica delle metropoli spesso ha il dono dell'ironia, o del sarcasmo: a Torino, la dolcezza di quei nomi d'albero era stata riservata alle strade del quartiere più degradato, la Falchera appunto, una cittadella di case popolari dove né abeti, né ulivi, né tantomeno le querce avrebbero mai voluto mettere radici. Qualcuno sussurrava, con finta serietà, che i grandi personaggi che solitamente prestano il loro nome alle arterie urbane, a vedersi dedicare una via alla Falchera si sarebbero rivoltati nelle tombe. Nata negli anni Sessanta come quartiere isola immerso nella campagna suburbana, la Falchera aveva ospitato lo smarrimento e la rabbia dei meridionali risucchiati a Torino dal vortice della Grande Fabbrica, della madre matrigna: Guido non solo non ci era cresciuto, ma neppure vi aveva mai messo piede.

«Sono certo che lei si sbaglia. Quand'è l'ultima volta che ha visto questo Ernesto?»

L'altro ci pensò un attimo: «Poteva essere il '75. C'avevamo tutti e due nove anni».

Fece una piccola pausa: «Sei del '66 pure tu, vero?».

«Sì, sono del '66. Credo che siano nati cinque o sei bambini in quell'anno, non di più, e io e lei siamo tra questi pochi fortunati.»

Santo, posto che questo fosse il suo nome, lo guardò rattristato, incapace di ribattere e questa volta fu Guido a incalzare: «Come fa a trovare in me una somiglianza con un bambino di nove anni e che non vede dal 1975?».

L'altro, non riuscendo a trovare le parole, portò il dito indice prima sotto l'occhio destro e poi sotto quello sinistro. Guido capì.

«Si chiama "eterocromia"; è una particolarità che riguarda l'uno percento della popolazione. Significa che, in Italia, siamo grosso modo in seicentomila ad avere i due occhi di colori diversi. La combinazione più frequente è la mia: azzurro e marrone. Se questo Ernesto aveva gli occhi diversi, vuole dire che era uno dei seicentomila, e io sono un altro: quando fonderemo il club degli eterocromatici glielo farò sapere, così potrà invitarci anche Ernesto. Adesso la saluto.»

L'uomo in tuta mosse di nuovo l'indice e se lo appoggiò sullo zigomo destro, nel punto corrispondente a quello dove, sul volto di Guido, campeggiava un neo piuttosto evidente.

«Ce l'ho dalla nascita, così come dalla nascita mi chiamo Guido e non Ernesto. E sono cresciuto in corso Rosselli, non in via degli Ulivi.»

Perentorio, deciso, Guido Marchisio aveva ritrovato il suo temperamento.

«Mi scusi» balbettò l'altro.

«La scuso.»

Pagò e uscì in strada, senza ricordare che, se prendi un pugno alla tempia, dopo tre giorni muori.

CONTINUA

Stampato presso ELCOGRAF S.p.A.
Stabilimento di Cles (TN)